語言文字叢書

閩南語否定結構的
變遷與效應

——由正反問句、動貌系統與程度結構入手

蘇建唐　著

序

　　漢語否定詞的研究有多重面向，從地理分布來看，漢語方言依否定詞的詞彙形態體現，可以分成南北方言兩支。北支（包括官話、晉語、皖、湘、贛、吳語）表意願的否定詞為以雙唇清塞音 *p-* 為聲母的否定詞「不」為主，南支（包括客、粵、閩語）相對當的否定詞則以相同發音部位的鼻音 *m-* 充當聲母，如臺閩語中的 ṃ，一般書寫為「毋」。自然語言中否定語意通常不以單純形態出現，而是與其他句法語意範疇如意願、存有、情態、語氣等共現，這點臺閩語表現得更淋漓盡致，如「毋 m^7」（不要）、「無 bo^5」（沒有）、「袂 bue^7」（不會，「毋」＋「解」的合音）、「莫 mai^3」（別）。這倒不是說南北兩支否定詞來源完全不同，北支如以北方官話（如北京話）為例，「未」和「無」已經合流為「沒有」，如「沒有簽」和「沒有鉛」，臺閩語的「未」與「無」分立，如：「未簽 $be^7\ tshiam^1$」和「無鉛 $bo^5\ ien^5$」，兩者後來引發了不同的競合關係。否定詞的多重面向不止反映在否定與其他語法範疇的組合上，還體現在句法結構上，這點在臺閩語正反問句（又稱反復問句）的表現上尤其顯而易見。

　　正反問句是由肯定子句和其否定組合而成，肯定和否定單位有對當關係，「卜 beh^4」對「毋 m^7」、「有 u^7」對「無 bo^5」、「會 e^7（＜解）」對「袂 bue^7」、「了 $liau^2$」對「未 be^7」（還沒有）。我們不妨把上述的否定詞看成否定句末助詞，各個否定助詞都有肯定的助詞對當，但這樣對稱的格局因時間的推移而產生變化。考查明清以來的閩南語文獻可以看出上述一系列正反問句中的否定句末助詞逐漸由多樣性走向平

整化，由句末助詞「無」勝出取得主導的地位，取代像「毋」的句末助詞，這或許有人會認為是因共同語（又稱華語或漢語）以「沒有」煞尾的正反問句影響所致。但作者經深入的探索提出獨到的分析法，他主張「毋」併入「無」之後產生一個空缺，由語言系統中的「V-*m*-V」與「VP- 嗎」所填補。

作者也就「未」所形成的合成完成體提出他獨樹一幟的解析法，點出其中「沒有 V」、「從沒有 V」和「還沒有 V」三種語意，並觀察到彼此競合的關係產生兩種效應：或者其一勝出或者各得其所。

關於否定和疑問詞所塑造成的微量構式，臺閩語和共同語表達微量時反映出語言類型上的差異，臺閩語「無甚乜 XP」相當於共同語「不怎麼 VP」或「沒什麼 NP」。作者認為共同語之所以有兩式並存，可能是由於「不」和「沒」分流之故。臺閩語一枝獨秀，可能與「無」蓋過「毋」有關。這反映出作者相當敏銳的洞察力。

以上重點指出本書作者建唐三方面最重要的創獲：(1) 闡述臺閩語系統內部觸發的正反問句中句末助詞的競合現象、(2) 解析「未」所形成的合成完成體、(3) 論證否定和疑問詞所塑造的微量構式。

本書其他引人入勝獨特之見解，隨處可見，在此不一一贅述，就讓讀者慢慢地咀嚼體會吧！

連金發
二〇一九年春於清華大學語言學研究所

目次

表目錄

圖目錄

凡例

本書使用的英文縮寫符號對應如下：

Adv：副詞（Adverb）

Adj：形容詞（Adjectives）

Asp：體標記（Aspect marker）

Benef：受益標記（Benefective marker）

CL：類別詞（Classifier）

Com：協同標記（commititive marker）

CP：標補語詞組（complemantizer phrase）

Deo：義務情態（Deontic modality）

Dim：小稱詞（Diminutives）

Dyn：動力情態（Dynamic modality）

Mod. verb：情態動詞（Modal verb）

MP：情態動詞詞組（Modal verb phrase）

Neg：否定詞（Negatives）

NP：名詞詞組（Nominal phrase）

Pref：前綴詞（Prefix）

Prt：助詞（Partical）

Psy. verb：心理動詞（Psychology verb）

Q：疑問助詞（Question partical）

Suff：後綴詞（Suffix）

Targ：行為目標（Target）

TP：時態詞組（Tense phrase）

VP：動詞詞組（Verbal phrase）

VP：輕動詞詞組（Light verbal phrase）

第一章
緒論

　　語言是一個變動不羈的結構，隨著來自各層面的影響，各組成成分之間的關係也將因應調整，其結果除了會在系統內部引發不同向度（dimention）的連鎖現象外；也可從同一單位成分在不同方言系統中，調整其變化規則，看出此間的差異性所在，前述現象於某程度上皆可視為結構變化後的效應（effect）。此外，也不能忽略外部因素對上述現象的影響，往往效應的產生，包含格局與結構成分的變化過程，往往都離不開心理因素的關係。

　　本文將利用前述觀點，探討閩南語（重點以臺灣閩南語為主，下簡稱「臺閩語」）否定詞系統的變化及其相關效應，探索對象將以口語中常見的否定詞（Negatives）「m」[1]（讀為/m⁷/[2]，約同「不」）、

1　本文對於方言的用字，原則上以《教育部臺灣閩南語常用詞辭典》為依循標準，惟遇到語料本身用字不同時，為尊重原著，不另做更動；不過若為檢測目的，而加入的成分，依然會按辭典所隸定的形式書寫。但關於「m」的部分，本文仍以羅馬字形式標示，原因如下：首先，根據羅傑瑞（1995）的研究指出，閩南語的/m⁷/應該來自原始閩語的「無」，但為了避免在標寫上可能出現混亂，故本文不以「無」表示；再者，儘管辭典以「毋」代表「m」，但兩者非但語義不合，且擔心第二章觀察否定詞的發展過程，若同樣論及「毋」時會造成誤解；最後，由於本文亦涉及其他同時使用「m」作為否定詞的南方方言，該詞於不同次方言中，其聲調雖不一致，但都可以「m」統一，為能以更涵括性的角度切入，我們選擇將之視為正式的否定詞，而非簡單的讀音而已。

2　本文閩南語語料的標音主要以教育部閩南語常用詞辭典為主，做少量修改，標示上以調類為主，實際運用上每字都有單／連讀調，數字分別代表：陰平（1）、陰上（2）、陰去（3）、陰入（4）、陽平（5）、陽去（7）和陽入（8），其中陽上（6）歸入陰上，故未列出，並以（0）為弱讀調。至於若遇到客家話的語料，則以教育部客家

「無」（讀為/bo⁵/）和「未」（讀為/ber⁷/）為主，亦適時擴及南北方言系統的比較，以突顯閩南系統的特殊性。

1.1 研究對象

現代漢語方言的否定系統若按能否傳達情態（modality）語義來看，大致可分成兩類，其中帶有情態成分者是指可從中分析出情態動詞（modal verb）的否定詞，例如「甭」或「勿愛³」（讀作/mai³/）等；另一類則是無法從中分析出情態成分者，例如「不」、「無」或「未」等。本文探討重點限定於第二類否定詞，並以臺閩語口語常見者為主，下列有必要進一步說明背後取捨的原因。

首先看到「可從中分析出情態動詞的否定詞」，這類否定詞的特點在於，其成員多半可分析為由一個否定詞搭配一個情態動詞合音而成，例如「甭」（即「不」＋「用⁴」）、「勿愛」，Lien（2015c）認為該詞應是「m」＋「使」的合音詞）、「袂」（讀作/bue⁷/，即「m」＋「解」的合音詞）或「嫑⁵」（/monn⁵/，即「m」＋「好」）等等。

語常用辭典標示的四縣腔為主；粵語則參考線上《粵語發音詞典》（http://www.yueyv.cn/）或《粵語審音配詞字庫》（http://humanum.arts.cuhk.edu.hk/Lexis/lexican/）所載。

3　根據《教育部臺灣閩南語常用詞辭典》所記，傳達祈使否定的/mai³/應以「莫」（原始讀音為/mok⁴/，且屬非合音詞）替用；然而，2.1.1節回顧漢語否定詞發展大勢時也會論及非合音的「莫」，這裡為能區辨兩者，便以另一俗寫體「勿愛」替代。

4　「用」的情態功能僅存在於否定環境中；然而本文認為這並不影響其被視為一個情態動詞，也符合這裡論及的情況「Neg＋Modal verb」。

5　「monn⁵」常見於明清閩南戲文之中主要用以傳達「禁止」的語義，例如「分付我掌門，無乞外人入來」（吩咐掌門的人，不要讓外人進來。）（萬曆35.006）所載，這類用法可能屬於潮汕方言的標記，讀/monn⁵/；港澳粵語中也可見到用例。然而，該用法在臺閩語中並不常見，又或是罕見討論，就筆者自身經驗，似多分布於臺中地區，其餘地區的發音人多以「毋好」（讀作/m⁷ hoo²/）表達；鑒於本文在這裡主要

　　然而，合音的條件往往與使用者的說話語速和習慣有關，當某方言使用者或因影響溝通，進而選擇原有形式時，這些合音詞將被打回原形[6]，這也顯示合音詞於某程度上僅能被視為一種臨時形式，不利於未來進行通盤性的觀察。如「勿愛」在粵語中仍維持分用與合音並存的情況，如「唔使錢」（讀作「/m⁴ sai² cin⁴/」，意即「不用錢」）或「咪噉啦」（讀作「/mai⁵ gam⁵ laa¹/」，意即「別這樣啦」）；其餘的「甭」與「嫑」也分別可在臺灣共同語[7]（下簡稱「共同語」）與臺閩語中發現分用形式，如「不用再說了」或「m 好按呢」（讀作/m⁷ ho² an² ne¹/）。

　　值得注意的是，「免」可用作傳達否定祈使是無庸置疑的，這點亦與「甭」相同，這點可詳參連金發（2016）的討論；但由於「免」無法還原成雙音節成分，所以並不適用以臨時性為由加以排除。根據本文觀察結果顯示，「免」在歷時語料的分布格局相當一致且獨立，未見該詞與其他非合音否定詞具明顯的競爭關係。就這一點而言，與本文論旨的關聯性不大，故仍須排除於討論範圍之外。若有心想深究者，可另外參考連金發（2016）的討論。

　　接下來看到本文探討的主要對象：不帶有情態成分的否定詞。以

討論複合形式的「Neg＋Modal verb」，因此不列入統計。最後須補充的是，讀作/monn⁵/的「無」可能正是來自「毋＋好」，「好」於港澳粵語便讀為高升調/hau²/，但更進一步的論證則有待另文說明。吳縉雯（2008）曾按該詞功能取其近義字「別」入替，然而，本文為避免與臺灣共同語的「別」混淆，傾向使用更能表現其合音詞特色的「嫑」。

須說明的是，「無」在《荔鏡記》中常見一種傳達否定祈使的用法，僅以融合形式呈現。

6　本文雖未發現「袂」的分用形式，但根據陳澤平（1998）的觀察可知，該詞確實是合音而成的方言俗字，特此說明。

7　「臺灣共同語」一詞參自連金發（2008）與曹逢甫（2013）等人的文章，表示以現代漢語北方官話系統為基底的臺灣通行語。

臺閩語口語常見者來說，可同時出現在動詞組（verbal phrase）前（即「Neg＋VP」，下文簡稱「動前」，用作否定副詞）與動詞組後（即「VP-Neg」，下文簡稱「動後」，用作否定動詞）者，共有「m」、「無」和「未」三項，其中「無」尚具有能後接名詞組（nominal phrase）的動詞用法（即「Neg＋NP」）。

除上述分布位置外，綜參前人（如：Tang 1992、黃伯榮 1996、呂叔湘 1999〔1980〕：383-384、于嗣宜 2003、劉月華等 2001：791-792、梅廣 2015：437-453 等）分析結果可知，「m」、「無」和「未」所否定的概念，大致可分成：a. 情態（主要落實於動力（dynamic）、義務（deontic）、認知（epistemic）三種情態動詞）；b. 判斷（主要落實於後接繫詞（copula）的情況）；c. 狀態（主要落實於後接形容詞組（adjective phrase）的情況）；d. 存在（主要落實於後接名詞組）；e. 合成完成體[8]（compounding perfect aspect）（主要落實在後接動詞組）等五類，關於此間分布細節整理於下表一。

8　梅廣（2015：437-453）根據漢語的特性，提出了一種融合「時制」（tense）與「動貌」（aspect）的複合型時體概念，稱「合成動貌」，而「合成完成體」正是旗下一員，大致可對應「已然」（reality）的概念，惟本文於相關概念的討論主要建立於該文的基礎之上，故直接引述之，但顧及篇幅與行文重點，相關概念將於第四章另作詳細解釋與討論，此處先有初步了解即可。另者，過往對於aspect的翻譯莫衷一是，或稱「體」（如：戴耀晶1997），或稱「動貌」（如：張泰源1993），兩者各有其所取面向。對此本文暫採梅廣（2015：437-453）的方式，將動貌作為通稱，即相當於所有的aspect。至於「體」則用以稱呼各種動貌的類別。惟引用其他文獻時，為求尊重故不做更動。另者，學者一般認為漢語不存在真正的時制，故此處僅列體貌。關於這方面的觀念，Li and Thompson（1980：217-252）、戴耀晶（1997）、林若望（2002）、Lin（2003）等已有清楚的討論，可進一步參考。

表一　臺閩語的否定系統的格局

否定概念		m	無	未
情態	動力	✓	✓	✗
	義務	✓	✓	✗
	認知	✓	✓	✗
判斷		✓	✗	✗
狀態		✓	✓	✗
存在		✗	✓	✗
合成完成體		✓	✓	✓

　　表中訊息顯示，臺閩語口語常用的三個基本否定詞間，功能分用的情況並不十分明確，特別在否定情態、狀態和合成完成體部分尤為如此，而混用的背後更可能肇自一連串的結構調整。若由歷時材料的記錄來看，「m」、「無」和「未」三者一直都是漢語否定詞系統的基本成員，具有悠遠的發展歷史，彼此間的互動更可能反映因歷史流變所造成的系統更替，同時也有利於未來觀察受到結構調整的效應，這也是本文挑選這類否定詞作為研究對象的主要原因。

1.2　基本研究概念

　　本研究的進行主要建構在：一、結構主義（structuralism）二、認知語言學（cognitive linguistics）兩大概念之上。「結構主義」強調將語言視為一種具系統性的整體，本概念也引發本文：若可藉著比較在不同時期的否定詞系統，應能觀察到此間的格局變遷以及可能產生的連動效應。「認知語言學」則強調加諸在語言的影響主要來自使用

者對它的認識與詮釋,對於某些可用以觀察結構變化的格局、結構成分甚至過程,都能夠透過該學派的核心主張與觀察,並就背後形成的動因(motivation)與機制提出適當解釋。接下來,我們將分兩小節分別對上述兩種概念的精神做進一步介紹。

1.2.1　結構的系統性與變動性[9]

　　「結構主義[10]」於現代語言學的濫觴,可追溯到十九至二十世紀之交的法共同語言學先驅 Saussure,他認為語言是一個系統的存在,因此不能僅對各語言現象進行孤立分析,須從系統性角度提出整合性

9　本節於概念的建立與書寫規畫上,受到何大安(1988)所著《規律與方向:變遷中的音韻結構》一書相當大的啟發,同時也相當程度地參考該書的內容,特此一併致謝與說明。

10　「結構主義」由Saussure倡導運用到現代語言學分析後,隨著各傳承者的詮釋與信念不同,漸衍生出三大主要次學派:布拉格學派(Prague School)、哥本哈根學派(Copenhagen School)和美國結構主義學派(American structuralists),本文在運用上並不刻意區分或取捨,但仍願意對此間分別稍作說明。這三個次學派彼此所持信念同異互見,相同點在於,他們皆反對德國新語法學派(Neogrammarism)全然由歷史觀點,且未考慮語言系統性的分析方式,這也是這三者同樣被歸入結構主義次學派的原因。然而,這三個學派間仍有相當程度的歧見存在,例如布拉格學派較另兩者而言,更強調須將語言的結構與交際功能功能的結合,該派學者認為用作交際的工具應是語言的基本功能所在,語言本身是由多種表達手段所構成,並用以作服務特定目的的系統,故不能將二者切割研究;同時該學派也認為語言永遠處於變化狀態,故投入共時研究不能將演化因素排除,**歷時研究也不能將系統和功能割斷**。相反地,哥本哈根學派則承繼Saussure著重研究語言形式的觀點,主張分析時須排除社會和歷史演變因素,著重探索結構間的關係,傾向進行封閉性觀察,這點與另外兩派是相當不同的。美國結構主義學派則偏向從人類學觀點出發,著重結構形式的描寫,同樣避開意義的因素,主張依靠形式的對立便能決定意義的不同,該派學者常運用替代法(Substitution method)探索各單位在話語中的分布情況;此外,該學派也重視結構的層次,並進而發展出「直接成分分析法」(immediate constituent analysis),將句子按層次區分出各個組成成分。

的研究。但這並不代表 Saussure 完全將歷時面的探索排除在外，且視之為與共時觀點互斥；相反地，該作者也提到許多共時現象的產生多是由歷時的演變積累而成的（Saussure 2011：101-137）。以上也是本章一開始所揭示的概念：語言是一個變動不羈的結構。

　　關於結構的概念，何大安（1988：1-3）認為可從「整體」（wholeness）、「成分」（constituent）和「關係」（relation）三方面進行理解，下列依序說明。

　　首先，結構本身作為一個可研究的客體或現象時，其自身必須是一個具有整體性（wholeness）的完整體，其所包含的各部分雖可能來自不同來源，而不具有同質性，例如語言往往有引自不同源頭的外來成分，此時彼此間屬於異質性關係。然而，無論這些成分原具有的相異性程度高低如何，在實際運作之時，它們都必須服膺同一套語法規則，如此方能使該結構本身運作無礙。

　　如上所述，結構須是一具有整體性的完整體，所有成分都須依同一規則運作，而這樣的概念與看法，事實上也蘊含（entailment）了一個概念：結構本身是由各個具同質或異質性的成分所組成的。更具體地說，當某客體或現象被視為一個結構時，同時也表示，該結構本身可進一步分出構建其成立的次單位，直至無法再分出任何下位成分時，方無結構存在。至於分析這些成分的依據，即能否被視為一個成分，是按其能否由不同向度（dimension）組合成各種有作用的單位，彼此相配成形塑結構的各個單元。

　　既然結構本身是由一個大大小小不同成分所組成的完整體，那麼如何管理這些成分之間各種可能關係，便需要一套法則或規則，進行系統性的支配；這些關係包含並存、對立、互補、選取、排列、蘊含與替代等等（何大安 1988：3）。以本文討論的否定結構來看，其運作除個別否定詞本身的使用外，各否定詞之間的並存、對立與互補等

關係，則須倚賴一套法則，加以規範其與不同成分之間的互動，可能同時涉及情態動詞、動詞、形容詞、繫詞與名詞……等。根據以上各成分相互搭配時反映出來的功能與分布情況，可清楚反映出各否定詞之間的相互關係，進而勾勒出否定詞作為一個結構體的系統性和運作細節。

綜上所述，大致可將結構視為一個以一套運作法則，管理數個不同成分的完整體，同時也可視為一種系統實體（entity），是故未來本文將以「系統」或「結構」交互稱之。

在確定結構的內涵，以及結構和語言的關係之後，接下來則進一步看到結構如何體現其變動性。語言作為一個具系統性的結構體，主要體現在由橫切面進行的觀察；然而，誠如上文所述，Saussure（2011：101-137）曾提到許多共時現象的產生多是由歷時的演變積累而成的。上述概念正是來自擷取不同時期的語法剖面，加以比較所得到的結果；這樣的觀察也是語言作為人類生物本能的一種體現，意即：語言正如不斷代謝的生物體，無法一直維持某一個時點的狀態，即使只有某一小點不同，也須視為不同的兩個切面。

以上概念可統合為下圖一[11]，圖中 t1 和 t2 分別代表不同的兩個時點；A 跟 B 則是某結構系統於這兩個時點的橫切面，該切面由各成分（如 a、b、c 等）與規範各成分關係（如 d、e、f 等）的規則所組成。當該結構從 A 到 B 的過程中，其成分與關係發生了變動，並可以演變規律 R 呈現，實線表變化之前，虛線表變化之後，透過該圖能清楚掌握結構體現出的變動性。

---

11 本圖引自何大安（1988：4）的圖一，特此說明。

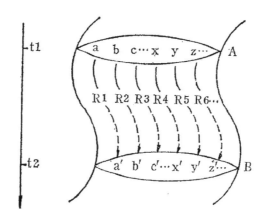

圖一　結構的變動性

　　除此之外，當語言結構發生變動時，其結果可能使原本的成分關係失去平衡，進而引發新一波的變動，後者亦可視為連動的效應。例如：圖二中 A 和 B 原是分用不同功能的成分，經一段時間的變動之後，A 被 B 所整併；惟在 B 同時負擔兩種功能情形下，此時為兼顧表達需要與結構平衡性，可能會引進相應的新成分（或表達方式），成分 C，並開啟下一段的結構調整。例如：北方漢語中原本僅用作正反問句[12]（bipolar question）的「VP- 不」在兼作進而整併為其他問句功能後，也引發了後起的「VP- 不 -VP」進入系統成為新興形式，細節可詳參第二章。

---

12 「正反問句」問句一詞也可稱為「反復（或做「反覆」）問句」又或「有無句」（正反問句的一種），某種程度上都是一種基於句法結構特色所作的稱呼；但朱德熙（1985）則另外提出一種在VP前加一個疑問副詞的「Adv-VP」結構，並同樣稱作反復問句，如此一來便與肯定與否定並列的結構產生牴觸。是以余靄芹（1988、1992）另由語義角度提出「中性問句」的術語（neutral interrogatives）進一步統稱。對此，正文所指涉者僅為「VP-Neg」，且因本文主要探討對象仍以「VP-Neg」為主，故不涉及前述矛盾；同時也無須另設中性問句之稱，是以未來一律以正反問句稱呼。

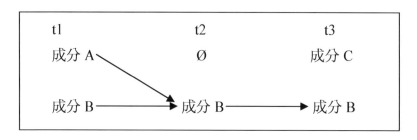

圖二　結構變遷可能效應之一

　　此外，也可能發生兩個以上的成分競爭同一個功能 F 的情況，如下圖三。這點也可以閩南語常見的文白異讀現象說明，這是指某詞可能存在兩種讀音，為能使兩者都能續存，因而使用者選擇將二者運用於不同的使用場合中，如此也能滿足語用的需求。然而，前述的均衡態勢也可能受到破壞，意即：當其中成分 A 擴張功能後，超越其原有範圍並影響成分 B 的領域，經一定的競爭過程，強勢方將吞併弱勢方成為唯一或主要常見選項，例如「謝」在閩南語中具有/sia^7/與/tsia^7/兩種讀音，原分別用於文讀與白讀兩種場域，但隨前者擴張其使用範圍並侵入口語範疇，現今/sia^7/已很大程度地成為日常主要讀音。

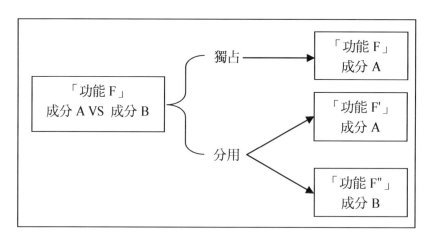

圖三　結構變遷可能效應之二

　　語言結構演變的結果也可能落實在不同方言之上，何大安（1977：61-75）就音韻方面的研究發現，當不同方言發生「接觸」（language contact）時，常能見到甲方言受乙方言影響，甚至借入某語法成分 A。若借入的成分本就同時符合兩個方言的相應關係，其過程便能無縫接軌；反之，若該成分與貸方語言不甚相符，為能維持結構的整體性，貸方語言將採取種種手段以適應彼此，可能是調整後接受，成為成分 A'，又或抗拒接受，即該成分出局。另者，梅祖麟（1994）也按此在語法中看到類似情況，例如中原官話系統的「V　過　O」，在閩南語中變成「捌[13]（讀作/bat⁴/）VO 過」，可視為一種調整後接受的結果。

　　值得注意的是，上述觀察某方面也可解釋，何以某抽象成分 A 在不同方言中將具體落實成相異的狀態[14]，意即：當抽象成分 A 進入在甲與乙方言之後，很可能受到不同方言語法結構影響，致使該成分最後分別發展成 A' 與 A"，具體如下圖四所示。

圖四　結構變遷可能效應之三

---

13 傳達「從沒有VP過」的用詞，在《荔鏡記》中可發現「識」與「八」等形式。兩者在讀音上應為/be⁷bat⁴/（漳腔）或/be⁷pat⁴/（泉腔），根據Lien（2015a）所述「識」為/bat⁴/或/pat⁴/的義訓字，本字根據楊秀芳（2014）所述，應為「捌」。

14 關於這部分的想法，某程度上也呼應Chomsky提出的「原則-參數」理論（Principles and Parameters Theory）；惟該理論雖是用以詮釋不同語言者如何處理「普遍語法」（Universal grammar, UG），與這裡的討論對象或有些許不同，但背後的精神應是一致的。

　　總結來說，由於語言本身是具有結構的系統，是以常有牽一髮而動全身的情況發生，本文將以此觀念為基礎，透過上述幾種可能的效應模式，觀察否定結構的變化及其產生的效應。

1.2.2　語言實現與變遷的認知因素

　　從認知角度觀察語言現象的方式，並被確認為一個獨立新興語言學學派，應可回溯到一九七〇年代後期；該學派主張語言是人類認知能力的一部分，不應自外於人類其他生物本能，意即：對於語言現象的分析應是一個動態的識解（construe）過程，須透過心理分析手段，從語言外部尋找解釋。

　　上一節介紹的結構主義學派較關心語言各成分間的組合關係，對於使用者如何感知世界，並以語言將相關體驗概念化（conceptualization）的過程關注度較低。然而，這不代表結構主義學者完全不理會語言外部的現象，其中又以布拉格學派為代表，該學派主張須融合結構和功能視角研究語言，這一點和 Halliday 領軍的「系統功能語言學」（system-functional linguistics）看法相近；後者更直接主張須將語言視為一套和語境相連繫，以及提供使用者選擇意義的「意義潛勢」（meaning potential）系統。具體來說，詞彙的詮釋必須透過一定的語境（context）或框架（frame）方能生成，這一點正觸及語言使用時所牽涉的心理運作過程，也正是稍後用以建構認知語言學派的核心精神。根據以上討論結果來看，本文結合結構主義與認知語言學的研究方向應是可行的。

　　認知語言學家認為，抽象的心智活動無法脫離相對具體的身體經驗尢自獨立運作，意即：使用者加諸在語言的影響，主要來自其自身對它的認識與詮釋；基於以上理念，該學派主要有三大研究角度：經

驗觀（the experiential view）、「突顯觀」（the prominence view）與「注意觀」（the attentional view）（Ungerer and Schmid 2006〔1996〕：1-6）。

　　「經驗觀」強調的是，當面對陌生事物時，語言使用者傾向根據自身經驗，以較具體且熟知的概念理解它，而這類概念往往是該類事物中的原型範疇（prototype model of categorization），相關概念可詳參 Rosch（1978）與 Rosch and Lloyd 所編纂的 *Cognition and Categorization* 中一系列的文章。有關「經驗觀」的運作，主要來自「想像」，這在人類的眾多認知能力中占有吃重的地位，「概念隱喻」（conceptual metaphor）便是其落實在語言上的主要手段（相關概念可詳見 Lakoff and Johnson〔1980〕的討論），而「類推」（analogy）則是背後重要的機制（mechanism）。若將相對陌生的事物當作「目標域」（target domain），語言使用者習慣把熟悉的經驗當作來源域（source domian），利用此間較為相近的特點「映射」（mapping）到目標域上，這過程涉及的機制便是類推。簡單來說，經驗觀的實踐是人類在已知概念的基礎上，倚賴類推的方式，將部分特點映射到不熟悉的目標域上以助其理解。

　　「突顯觀」的概念主要源自 Rubin（1915）關於「前景」（figure）與「背景」（ground）的探索，該研究指出，人類面對一個客觀事物或情形時，會因為識別和理解方式不同，即：突顯的部分不同或採取的視角等等，進而形塑不同的心理印象，又稱「意象」（image）。意象之中突顯出的部分可對應上述的前景，至於隱現的部分則對應到背景；這背後也傳達出人類在建構一個概念時，須透過一個「認知域」（cognitive domain），即一個可涵蓋此概念的寬泛概念。「基模」（schemas）正是意象的一種表現方式，指人類與外界事物的往來中所塑造的一種簡單且基本的認知模型，例如：人對「裡」和「外」的認識，便是透過「容器」基模所建構起來的。

「注意觀」則強調說者（speaker）所選擇的語句表現方式（express），其實也反映了某事件之中吸引其注意的部分所在是什麼。以「The car crashed into the tree」為例，該句突顯的僅是整體「駕駛」事件的一環，至於駕駛如何啟動這輛車、如何乘駛過馬路，甚至因何緣故導致車禍發生等相關背景知識皆為說者略過，顯示最吸引其注意者應是整起事件的最後結果。以上也說明了，說者會因注意力擺放位置不同，調整觀察的視角，進而影響語句表現的方式與重點。

以上三個研究角度雖各自獨立說明，但不代表此間完全互不干涉；相反地，「經驗觀」、「突顯觀」與「注意觀」應是相互連結的語言觀察方式（interlocking ways of approaching language）。尤其在觀察語言變遷的部分，這三個研究角度分別在不同角度提供研究者觀察認知輸入的心理運作過程（mental processing of cognitive input），以及語言使用者如何賴以將相關體驗概念化。具體來說，從認知觀察語言結構的變遷，將能為較機械性的結構變化，提供一個探索這背後心理運作過程的視角。

最後須說明的是，「經驗觀」、「突顯觀」與「注意觀」是認知語言學派用以觀察語言的三個基本角度，但於實際分析上則體現為數個次理論，包含「象似性」（iconicity）、「構式語法」（construction grammar）與「主觀化」（subjectification）等，將於未來論及相關現象時方細談。

1.3　研究方法

誠如 1.2.1 節所述，本文論題將漢語否定詞系統視為一個包含不同成分，據一定運作方式，且變動不羈的結構體，以此為基礎，企圖從結構變遷角度出發，著重探索其後造成的連動效應；為能有效地針對

該議題提出適當研討，未來將透過以下三個研究方法進行。

首先，本文先觀察漢語否定詞於不同時期的共時（synchronic）格局，爾後再將從各時期獲得的資訊加以比較，藉以觀察此間的歷時（diachronic）結構變化與調整細節，以便為可能的後續效應找到影響的前因，並且進一步有效勾勒出觀察藍圖。

再者，本文將把焦點放在語言通則的探索上，打算藉由比較不同類型的方言，探知類似現象在其中的發展是否具共性。本方法的用意有二，一來是語言某程度上既然能反映一個社群的集體意識，因此從宏觀角度來說，類似的現象應能見於其下幾個次社群之中，如此將能求得一定的共性（universal）與內在秩序。二者是儘管某發展確實都能在幾個次社群中尋得，但各次社群之所以需要分立，正是來自各自所擁結構具不同程度的差異。因此可預期的是，各次社群對於同一現象仍應存有一定程度的落差，這部分正是一個能夠探索各次社群個性（particular）的好機會。

第三，精確的語言分析工作須建立在客觀的語料上，若搭配計量分析（quantitative analysis）的方式，某程度上也可了解語言競合的趨勢；「語料庫語言學」正是基於前述觀念，並從一九八〇年代興起的一種研究方法，主要是以語篇語料建立起的語料庫為基礎，從中搜集語言材料進行分析。由於這類語料是某種語言中自然出現且未經加工的材料，因而可提供比反思、直覺、軼事更客觀的語言觀點（申厚坤 2005），因此本文將藉此蒐集共時和歷時的語料，企圖利用更客觀且有效的方法提出詮釋。

1.4　研究意義

在進一步提出具體待探索論題之前，有必要先釐清兩個問題：為

什麼需要研究臺閩語否定詞系統？以及本研究對整體語言本質研究的貢獻是什麼？對於第一個問題，可藉由比較臺閩語和共同語的否定詞功能系統作為開端，並從表二的比較看出臺閩語的特殊性。

表二　臺閩語及共同語否定系統格局比較

共同語	否定概念	臺閩語
不	情態	m／無
	狀態	
	判斷	m
沒（有）	存在	無
不／沒（有）	合成完成體	m／無／未

以表二的情況來看，臺閩語代表的是南方方言系統（本文指涉與觀察對象僅包含：臺閩語、臺灣客語和港澳與馬來西亞的粵語等，儘管各自於細節部分或有不同之處，但整體而言尚具一致性），該類系統的常用口語否定詞皆呈現「m」、「無」及「未」三分對立的格局；共同語則代表北方官話（Mandarin Chinese）系統，其常用口語否定詞屬於「不」和「沒（有）」二分格局。比較結果顯示，臺閩語否定詞之間常出現混用的情況；然而，共同語的分布則涇渭分明，相較之下顯得相當整齊。

關於上表呈現出的南北方言差距，過往研究（如：劉相臣與丁崇明 2014 等）焦點多放在功能劃分較明確的北方漢語系統，但對於臺閩語的混用情況卻罕見討論。這裡想問的是，針對臺閩語是如何走向

現今混用的情況？是長期如此？又或是歷經了分工明確到混用的過程？若為前者，比較北方的情況，何以南北有如此不同的發展？若為後者，當早先各司其職的情況被破壞時，原有結構必然啟動重整作業，那麼繼起的效應為何？

　　面對上述一連串的問題，有必要結合共時與歷時層面鳥瞰漢語否定詞的整體發展格局，與南北系統的分合及各自面對的結構變遷，這將有助於釐清影響當今系統的線索。然而，漢語因發展悠遠，歷時文獻汗牛充棟，不易單憑一人一書之力完成全面性觀察，同時又能兼顧各項細節，對此本文將先由宏觀角度出發，確認漢語否定詞在各時期的發展大勢，以及造成南北方言格局分立的關鍵時期與因素。爾後，在確認歷史發展趨勢與問題後，本文將進一步縮小觀察範圍，把重心轉放在否定詞結構於臺閩語的調整之上，企圖觀察相關的效應並提出適當分析，希望能有效填補過往研究在這部分的不足。以上是本文的第一個研究意義。

　　本文的第二個研究目的在於，對於臺閩語否定系統的觀察固然能由小見大，增加對於語言本質的了解；反之，也能利用漢語的發展大勢，適時為臺閩語的發展提出詮釋。如此一來，除了可利用宏觀角度為個別現象提供整體性詮釋外，微觀研究的成果也能回頭為宏觀理論提供更多實證。關於這點大致可以和 1.3 節提出的研究方法相互呼應，希望能有助於豐富與平衡我們對語言本質的認識。

1.5　論題選擇背景

　　關於臺閩語否定詞結構的觀察，同樣可藉由「m」、「無」和「未」三者的混用作為開端。首先，根據 1.4 節的初步比較可知，臺閩語否定詞的分工儘管不若共同語來得明確，但也並非全然雜亂無章，大體

而言,可得出「無」較易與另二者產生分工不明的印象;然而,這又代表著什麼訊息?還須透過下表三進一步比較。另外,某事物之所以顯得不同,往往是來自和其他參照對象的比較得知,故表三同樣列出共同語的否定詞結構替臺閩語定位;表中列出的否定對象是能被臺閩語否定詞否定者為主,再另行從共同語中挑選對應者進行測試。

表三　臺閩語及共同語於不同否定概念的比較

方言成員 否定概念		臺閩語			共同語	
		m	無	未	不	沒（有）
情態	動力	✓	✓	✗	✓	✗
	義務	✓	✓	✗	✓	✗
	認知	✓	✓	✗	✓	✗
判斷		✓	✗	✗	✓	✗
狀態		✓	✓	✗	✓	✗
存在		✗	✓	✗	✗	✓
合成完成體		✓	✓	✓	✓	✓

按功能分布來看,一般認為「無」與「未」約可對應「沒（有）」,「m」則對應「不」,儘管「沒（有）」兼容兩個成分,但其與「不」之間的區別是相當明確的;反觀「m」、「無」與「未」則出現明確與混用互見的情況。其中分工明確的部分可從否定判斷與存在等概念看出,但我們比較關心此間混用的方向性,接下來,先依次比較不同否定範疇的混用情況。

先看到情態詞的部分,共同語仍維持「不」;反之,臺閩語則呈現「m」和「無」互見的情況。儘管此處怕模糊焦點,不方便逐一比較細項,須待第三章另談,但根據本文初步觀察結果顯示,「m」和

「無」在否定不同情態的比例也不同：動力情態約占各半；義務情態較多為「m」；認知情態則以「無」占絕對優勢。

否定狀態的部分，共同語和臺閩語呈現完全相反的情況，前者同樣維持「不」，後者雖同時可見到「m」與「無」的用例，但「m」大多分布在「m 著」（約對應「不對」）或「m 好」（約對應「不好」）等形式，相比之下，「無」的限制性較小，「能產性」（productive）也大上許多。

接下來看到合成完成體的否定，無論共同語或臺閩語在這部分都出現混用情況，後者更呈現「m」、「無」和「未」三者並存的狀態，該範疇可謂所有概念中最複雜者。

綜合上文觀察與比較結果顯示，若從共同語的角度來看，「m」與「無」儘管和「不」以及「沒（有）」對應，但在功能分布上，「無」卻跨出了「沒（有）」的界限，與「m」發生混用，本文認為這樣的現象正傳達出，混用的方向上應可視作「無」侵入「m」。或許有人會問，何以不是「m」侵入「無」？但是若接受此觀點的話，事實上也蘊含著「無」在早先時期的分布範圍應大過「m」，甚至是「不」。然而，針對這樣的假設，卻與本文初步就歷時材料的觀察結果相悖；惟顧及本節論述重心並不在此，且為能維持論述整體漢語否定詞發展歷程的完整度，相關細節將於第二與第三章另行論述。

接著納入「未」比較三者的混用情況，其中「無」和「未」同樣對應「沒（有）」，一般而言，應不妨礙彼此之間的互用，是以侵入現象看似不存在；然而，若細觀在功能替換上的不對稱便可知，這樣的觀察同樣存有再議的空間。先就「無」的部分來說，表中該詞可同時否定存在和合成完成體；反之，「未」僅能否定合成完成體；如果從形式與意義的配對來看，這兩個詞之間原應分工明確，演變至此，本文認為這正反映了「無」向「未」侵入的情況。當然，未來在第三章

時，我們同樣會用語料加以佐證。

另外一點，「不」在共同語中與「沒（有）」多數時候分工明確，惟有在後接經驗體標記（experiential aspect marker）[15]時，可能與合成完成體產生連結，這點也在與其相應的「m」上看到，如「不曾」與「m 捌」；至於「未＋經驗體標記」自然也是存在的，如「未曾」。

根據本文初步觀察發現，「無」早期閩南語中用以承載合成完成體的用例極少；反以另外兩者為主，但在臺閩語中卻呈現完全相反的情況。對於此間變化細節未來將於第三與五章再加以探討，目前可確定的是，「無」在這部分同樣扮演侵入方的角色。

綜上所述可知，「m」、「無」和「未」的混用大致是以「無」為主要入侵者，以上也透露了一件事，臺閩語否定詞之間曾發生結構調整，這背後也引發了三個主要問題：第一，「無」成為侵入方背後的策動因素是什麼？第二，結構本身既然是一個具有系統性的完整體，成分間必然牽一髮而動全身，那麼以上變化後續產生的效應是什麼？能否藉此更加了解語言的運作本質？第三，若將漢語視為一個更大的結構體，其發展或具有整體趨勢性，這部分能否提供臺閩語這類次結構一個更宏觀的解釋？

為能提高討論的效度，本文以否定詞常見的「Neg＋VP／NP」與「VP-Neg」兩種結構為基礎，分從歷時與共時層面進行觀察，除考究否定詞的整體發展趨勢，藉以釐清混用的可能成因外，也可觀察結構調整之後可能產生的後續效應。對此，1.2.1 節曾提到三種可能效應，本文將據此為基礎，試著透過下列議題進行觀察與分析。

---

15 關於漢語經驗體標記的用法以及發展，可參考魏培泉（2015）與Lien（2015），有較詳盡的討論。

一、「m／無」混用可見於臺閩語句末否定詞的混用（merge），
　　當結構調整後，對於其他相關層面的後續影響是什麼。本議
　　題可呼應 1.2.1 節提到的第一種效應。

二、為釐清「m」、「無」和「未」在合成完成體概念上的競爭，
　　有必要先確立這三者確切否定的合成完成體概念為何？除後
　　接動詞組的情況外，我們也將透過常見的時間詞組結構
　　「Neg＋經驗體標記」觀察相關競爭，檢視上述現象對共時
　　格局形成的影響，本議題可呼應 1.2.1 節提到的第二種效應。

三、〔Neg Wh-word XP〕[16]是一個常見於南北方言系統的「微量」
　　（paucal）程度「構式」（construction）。本文除觀察「微
　　量」構式在不同次結構之中如何呈現，也企圖藉此反映出該
　　成分為了適應不同結構所作的調整。本議題可呼應 1.2.1 節
　　提到的第三種效應。

1.6　前人研究成果與未竟之處概述

　　針對 1.5 節列出的三個待探索議題，前人都曾有過相當程度的討
論，下列將分別簡述過往研究成果，並從中梳理出可深究的方向。

1.6.1　前人對臺閩語句末否定詞發展與競合的探索

　　本文在 1.1 至 1.2 節中曾提到，現代漢語方言的否定詞系統大致
可分成：一、二分型（北方官話）；二、三分型（閩南方言）兩類，

---

16 本文為能於符號上明確區分構式與詞組結構，將以〔AB〕代表構式結構，「A＋B」
　為詞組結構，/A+B/則同時為構式與詞組結構。

且同時適用於「VP-Neg」與「Neg＋NP／VP」兩類基本結構。若就分布位置與功能對應的邏輯來看，各否定詞對應的範疇無論在動前或動後都應具有一致性；然而，根據實際觀察結果來看卻非如此。

　　根據王本瑛與連金發（1995）、魏培泉（2007）、鄭雅方（2007）與劉秀雪（2013）等人的觀察，句末否定詞在臺閩語「VP-Neg」中有逐漸混用的情形。意即上述各句末否定詞間原有的功能界線已慢慢崩解，並傾向以其中一員為代表，而這樣的情況主要發生在「VP-m」和「VP-無」的混用上，並以後者為侵入方。

　　下兩表皆是前人的調查成果，表四是鄭雅方（2007：56-57）根據「故事集」做的統計；表五則是林信璋（2011：53）於新竹地區進行的田調報告。首先為了確定兩表的比較基礎，需要對時間與數據進行校對，表反映的年代約為一九九三至二○○三年，由於「故事集」的調查對象原則上須超過五十歲，若以真實時間（real time）推估，約對應到表五的六十歲以上人士，兩方所得數據亦接近或相仿。

表四　肯定與否定的對應性

有	欲		解	
無	無	m	無	袂（m解）
100%	83%	17%	35%	65%
（88/88）	（19/23）	（4/23）	（12/34）	（22/34）

表五　新竹地區情態動詞與句末否定詞搭配[17]

VP-Neg 選用 年齡分組	有	欲		解	
	無	無	m	無	袂（m 解）
二十三歲以下	591 （100%）	218 （100%）	0 （0%）	170 （90.43%）	18 （9.57%）
二十四至三十九歲	541 （100%）	211 （100%）	0 （0%）	154 （90.06%）	17 （9.94%）
四十至五十九歲	622 （100%）	230 （100%）	0 （0%）	53 （27.89%）	137 （72.11%）
六十歲以上	565 （100%）	203 （100%）	0 （0%）	64 （34.59%）	121 （65.41%）

　　接下來，我們再利用兩表所考材料反映的年代，分別觀察「VP-m」和「VP-m 解（袂）」。先看到「VP-m」的部分，雖然兩表的數據略有差異（83% VS 100%），但也已相當接近，顯示這部分的混用已大致走到末端，爾後其與「VP-無」更迅速達完全混用的情況。反觀「VP-袂（m 解）」的部分則相對較慢，數據顯示該形式在五十歲以上一直維持相當穩定的優勢。較值得注意的是，以上情況卻在四十歲以下發生急遽變化。這顯示「VP-袂（m 解）」在阻擋「VP-無」擴張的過程中，可能通過某個臨界點後便迅速潰守，某程度上也呼應了「滾雪球效應」（snowball effect）（Ogura and Wang 1996），顧及行文的流暢度與完整性，本效應的精神將在 3.2.1 節論及相關現象時另述。

　　這裡有幾個值得思考的問題。第一，各形式潰守的時間何以不一致？儘管最後都面臨被完全取代的情況，但「解……m 解」潰守的時

---

17 為求表五與表六的呈現方式一致，以利閱讀，本文在不更動表六數據的情況下，略做調整呈現手法。

間確實較「欲……m」慢。畢竟「VP-無 Neg」的侵入應是同時發生，何以「解……m 解」可支持較長的時間？第二，「m／無」在該位置的混用是否造成其他的相關效應？表五顯示一九九三至二〇〇三年時「VP-m」與「VP-無」的混用已經走到末端，但在早期閩南語文獻反映出的狀況又是如何？若當時分用程度尚且完整，那麼是否可以藉著歷時觀察，了解上述更動對整體語法系統造成什麼樣的影響？能否做出一體性的解釋？

就結構的功能來說，1.2 節曾提到「VP-Neg」主要用作疑問句。根據劉月華等（2001：785-794）的分類，疑問句至少可分成四類[18]：是非問句（Yes-No questions）、特指問句（Wh-questions）、正反問句，以及選擇問句（disjunctive questions）。其中正反問句是指一個由謂語肯定形式與否定形式並列構成的疑問句（劉月華等 2001：791），「VP-Neg」可歸作這類問句的一種形式，並可以臺閩語作為這類方言的代表；此外，正反問句還另外有「VP-Neg-VP」的形式，並且普遍存在北方官話系統中，南方方言則以廣東話與客語為代表。

根據劉秀雪（2013）的調查，臺灣閩南語的「VP-Neg-VP」僅存在少數動詞之中，例如「是 m 是」、「知 m 知」；本文則另外在其他文獻中發現，如「肯 m 肯」（情態動詞）或「合 m 合意」（一般動詞），皆以「V-m-V」為基底結構。但值得思考的是，既然同屬「VP-Neg-VP」結構，何以未發現「V-無-V」（實際上應是「有無 V」，其功能也可包含「V-未-V」，此間發展細節則在第三與第五章另談）？這部分是否與上述「VP-m」為「VP-無」所侵入而弱化有關？若是，其背後動機又是如何？這也都有待研討。

---

18 湯廷池（1998）曾針對「是非問句」和「正反問句」提出判別方式。「是非問句」是以「是無」或「honn⁰」等語尾助詞構成（即「命題＋是無／honn⁰」），同時可用「是、對」回答者；但是無法當間接問句使用。「正反問句」則以句末否定詞構成（即「VP-Neg」），回答時僅能以正反動詞回答。

　　本文認為這裡有必要先釐清「VP-Neg-VP」結構和選言問句「V-conj-Neg-V」的關係，因為這將會對於語料的搜集產生影響。對於上述兩個結構，黃正德（1988）曾提出此二者間具備衍生關係，該文認為「VP-Neg-VP」是以「V-conj-Neg-V」為基底進一步演變而來，「conj」在這裡為選擇連詞（disjunctive conjunctives）的簡寫，對於這點本文亦表贊同。但這是否因而表示這兩個結構在臺閩語中須視為等同關係？這部分本文持否定意見，並認為此二者應各自獨立存在，主要是基於下列理由。

　　對可進入成分的限制性（constraint）而言，「VP-Neg-VP」明顯高過「V-conj-Neg-V」。首先，前述幾個主要否定詞皆可進入「V-conj-Neg-V」，「VP-Neg-VP」卻僅允許「m」出現。另者，「V-conj-Neg-V」可搭配的動詞幾無限，反觀「VP-Neg-VP」主要以「繫詞」與意願情態動詞（volitional modal verb）為主，其他動詞則相對罕見（背後原因於 3.2.1 節再談）。由上列討論來看，若「V-conj-Neg-V」與「VP-Neg-VP」具等同關係，那麼這兩者間應不致存在前述的差異，因此本文在語料搜及時將排除「V-conj-Neg-V」的情況。

　　最後還有一個現象值得注意，若以功能來看，湯廷池（1998）認為「VP-m」[19]（為與正反問句形式區分，下文以「VP-m$_Q$」標記）是臺閩語原有的句末疑問助詞，且應為「VP-嗎」的取代對象[20]。除此之外，王本瑛與連金發（1995）、林信璋（2011）與劉秀雪（2013）

19　由於「VP-毋」在臺閩語同時代表正反或是非兩種問句形式，為了有效區分不同功能，本文以「VP-毋」表正反問句，「VP-毋$_Q$」表是非問句；其餘句末否定詞的情況亦然。至於「VP-Neg」若用作是非問句時，同樣以「VP-Q」表示。

20　雖然「敢問句」（K-VP）也是臺閩語是非問句的可能選項之一，但如施其生（2000）所言，其與「VP-毋$_Q$」可合成為「K-VP-毋$_Q$」，如「<u>敢是你无</u>？」；同時本文也找到「K-VP-嗎」的例子，如「<u>敢講我這爾毋值你个信任嗎</u>？」（《我在》）。兩相比較之下，「VP-毋」和「VP-嗎」位置一致，取代的可能性較高，且不妨礙與「敢問句」的並存關係。

等人還觀察到「VP-嗎[21]」已進入臺閩語，劉秀雪（2013）更依據金門和同安地區的調查報告指出，這類形式更普遍存在於青壯階層之中，關於「VP-m_Q」以及「VP-嗎」之間的互動也值得深究。

　　但這卻也引發了進一步的思考。若臺閩語原已有「VP-m_Q」用作是非問句功能，那麼何以還能兼容「VP-嗎」？另者，如前文所述，「VP-無」已相當程度的合併了「VP-m」，則又為何不直接以「VP-無」用作新的是非問句形式，反而選擇「VP-嗎」？

　　至於「VP-嗎」的來源，前述各家皆認為應是借自共同語的形式，此觀點雖可取，但仍有其無法解釋的現象。首先，前述觀點應是建立在「VP-嗎」直至戰後方由國民政府帶入的基礎上，故此前於臺灣應不成氣候。然而下列例句顯示，臺閩語於終戰前已存在用例，此外在數量上也已具不少用例，《語苑》有一九三筆；《公報》有三〇五筆，這是過去研究未及解釋的部分。有鑒於前人研究的方言點皆以北部偏泉腔地區為主，或許有人會將「VP-嗎」歸咎於漳泉之分，但本文也觀察了其他漳腔文獻（包含《漳腔字典》、《四個閩南方言》等），同樣未見「VP-嗎」的記錄。以上顯示臺閩語除漳泉外可能存在另一種次方言，但過往較罕為人所討論，而「VP-嗎」正是該次方言存在的證據，這也是未來探索的重點之一。

（1）如此較隱當嗎？（《語苑 5》）[22]

　　　lu[5]　tshu[2]　khah[4]　uen[2]　tong[3]　ma[1]

　　　如　此　　比較　　穩　　當　　Q

　　　（如此比較穩妥嗎？）

---

21 林信璋（2011）和劉秀雪（2013）稱作「嗎問句」。這裡則由結構切入，為求與「VP-Neg」相應。本文一律稱作「VP-嗎」。

22 本書遇方言例句時，第一行為原始資料；第二行為方言拼音；第三行為共同語對譯；第四行為共同語翻譯。

（2）kiám　kóng　ē　liáu　<u>mah</u>？（《公報》1886）

　　敢　　講　　會　了　　嗎

　　敢　　講　　會　完　　Q

　　（能夠講得完嗎？）

　　儘管「VP-嗎」的來源尚待釐清，但該形式對「VP-m_Q」的取代卻是事實，而這背後還有一個須連帶解釋的問題。2.1.1.3 節也提到臺閩語的「無」與「未」在共同語中已融合為「沒有」，若一併考慮前述的「VP-m／無」混用，那麼何不借入「VP-沒」反而選「VP-嗎」[23]？這背後應涉及其他限制。若是如此，那麼，這個限制的內涵是什麼？更有待進一步追索這限制的內涵是什麼？

　　對於以上幾個問題的發生，本文認為可視作否定詞於句末混用的效應，是故應從結構本身的平衡性出發進行解釋，意即當原本均衡的格局受到改變時，便可能有其他手段遞補以維持平衡。這點也可由漢語相關歷時發展大勢看到，詳情可見於第二章的討論；若能以之做出適當說明，將可提供更具普遍性的詮釋。

1.6.2　前人對合成完成體否定詞的探索

　　在上文 1.5 節之中曾提到過，臺閩語的合成完成體否定詞同時包含「m」、「無」和「未」三者；且就功能分布來看，「無」應是主要侵入者。然而，當本文進一步觀察前人（如：楊聯陞 1971 和張玉金 1994，2013 等）於歷時研究的成果卻顯示，相應於「m」的「不」才是此間最早的合成完成體否定詞；「未」居次；「無」則最末。若將此

---

23 這裡應不須考慮「VP-未」與「VP-無」在臺閩語中是否成為「VP-沒」。因為「VP-嗎」與「VP-沒」都是借進來重塑「-Neg」的功能成分。

回頭比較現代漢語的分布，「不」在共同語中已將本功能讓給「沒（有）」；臺閩語則三者並立，這顯示漢語否定詞於合成完成體系統的競爭並不單純，且南北各異，應是歷經多次結構調整所致。

對於以上討論，這裡想問的是，漢語對合成完成體的否定結構是如何發展至今日的情況？各時期的結構調整大勢如何？另外，若按1.2.1 節所述，當結構中發生兩個以上成分競爭同一個功能位置時，其結果可能導致其中一或數員落敗遭剔除，又或是彼此間取得分用態勢。以共同語的情況來說，較接近第一類發展；至於臺閩語的情況，過往討論重心多放在「未」，是以下列將以此為重心，希望能透過這部分的整理了解前人的觀點。

過往對於「未」的討論，也多半圍繞在該詞與時間表達的互動，但若細看，則發現各家看法其實莫衷一是，下表六整理自前人幾點較具代表性的看法，一起比較可更清楚掌握此間不同。

表六 「未」傳達的時間概念

學者	「未」傳達的時間概念
Kennedy（1952） Mulder（1959）	完整體
刑公畹（1983） 張華（2006）	對以往（過去以迄現在）表示否定
張玉金（2013）	過去時＋完成體
梅廣（2015）	現在時＋完整體

如上表所列，Kennedy（1952）和 Mulder（1959）應是目前所見

最早論及這方面的研究，兩者皆提到「未」涉及「完整體[24]」（perfective）的概念；此外，刑公畹（1983）與張華（2003）也提及「未」是一個對以往（過去以迄現在）表示否定的詞。張玉金（2013）則綜合以上說法，同時結合「時制」和「完成體」概念將「未」的時間表達設定為「過去時（past tense）＋完成體[25]（perfect）」；無獨有偶地，梅廣（2015：437-453）也結合「時制」（不完全等同西方語言的時制，待第五章細論）與「完整體」概念提出「合成完成體」（composite aspects）的架構，以解釋漢語時間觀念。然而不同的是，文中梅廣認為漢語根本不存在過去時的概念[26]，因而在他的「合成完成體」體系中，「未」僅可能是對「完成體」（「現在時」（present tense）＋完整體」）的否定。

　　有關前人對於合成完成體的觀點如此紛雜，本文認為有一點很值得反思。時間應是一種可透過外界客觀環境進行確認的概念，人們心中對於過去、現在和未來的定位理論上是相對客觀的概念。那麼何以同一個否定詞，卻可以在否定之餘另外投射出這三種時間概念，如同多義詞（polysemous word）一般？過往卻未見對這之間的連結關係進

---

24 這裡雖以perfective涉及「體」的概念，但過去有人（如：張泰源1993）也將「體」翻譯成「合成完成體」。兩者各有其所取面相。對此本文暫採梅廣（2015：437-453）的方式，將合成完成體作為通稱，即相當於所有的aspect。至於體則用以稱呼各種合成完成體的類別。惟引用其他文獻時，為求尊重故不做更動。

25 對於perfect aspect的翻譯，張玉金（2013）原文寫作「實現體」，稍後的梅廣（2015：437-453）則譯作「合成完成體」。本文為求行文一致性，統一做「完成體」。另據張玉金（2013）所述，該文指的完成體也是用來否定現在時標記「了」；至於何以「未」在這裡可同時否定過去和現在兩個時制，這可能是該作者另須回答的問題。

26 有關漢語表示過去時的方式，雖未如英文具詞形變化（如：加-ed），但仍可藉由句中其他成分傳達相應概念，例如加上時間副詞，如：小明昨天買了一套新的衣服。梅廣（2015：437-453）或因討論重心不同，未及詳加敘述，並不代表該文觀念有誤，在此說明。

行系統性討論，並且如何從時體系統對這三種語義提出整體性的詮釋？以上問題將牽動未來對於「m」、「無」和「未」之間競爭的討論架構，有必要待探索。

由於以上分歧涉及漢語時體系統問題，本文企圖建構一個可釐清各次概念，以及可進一步觀察各否定詞變化過程的整合模型，是以未來於第五章中，將針對箇中細節以及合成完成體系統的概念加以釐清，目前較一致的看法是，「未」是用以「對某事件的發生加以否定」。初步看來，本文認為這背後涉及使用者的後設分析（meta-analysis），將於第四章中由認知角度進行探索。

實際上，語言成分的競爭往往不只體現在一種格式，植田均（1993）與楊榮祥（1999）都觀察到，北方漢語中，「未」與「不」以及「沒」曾於「Neg＋經驗體標記」中競爭。本文也就歷時語料初步觀察各詞出現順序，「未嘗」是該結構中最早的成員，於《論語》時便已有之；「未曾」則於《墨子》便有用句；「不曾」約在六朝出現；晚至《金瓶梅》更出現「沒曾」。

有關此間演變關係，楊榮祥（1999）認為由於「未」的〔＋時間性〕特徵與「曾」重複而冗餘，才由單純否定的「不」入替；然而，本文認為這樣的說法可能有兩點待解釋之處。首先，若「Neg＋經驗體標記」帶有〔－時間性〕的限制，又如何解釋同樣帶有〔＋時間性〕的「沒」於明代（「沒」做否定完成體用法，據周法高（1953）的觀察，不早於唐代）也得以進入格式（如《金瓶梅詞話》中有「沒曾」）？再者，又如何解釋其他真正屬於〔－時間性〕的否定詞（如「莫」、「非」、「弗」等[27]）卻未發現後接經驗體標記的形式？以上問題顯示有必要重新檢驗這類否定詞的共性。

---

27 以上僅為列舉，其他不具〔－時間性〕的否定詞可參考Kennedy（1952）所列。

　　「Neg＋經驗體標記」也能在臺閩語中發現用例，如「未曾」、「未曾未」和「m 捌」等。本文也在前人基礎上進一步觀察《荔鏡記》[28]的情況，當時至少包含七種形式（詳參 5.2.2.2 節的表四十三），且各詞在用法部分也常有重疊的情況。相較之下，儘管形式上已簡化，但從各形式的用法來看，從明清到臺閩語，甚至擴及共同語的比較都可看到，這之間卻出現了不小的變化。

　　例如：以「未曾」為例，臺閩語用以強調「對未來事件的預期」，接近英文的「have not yet」；但在明清時期則與現代共同語一致，皆強調「整體事件的從未發生」，接近英文的「have never」。

　　若由字面上來看，明清時期與現代共同語的用法比較接近「未曾」的原義，那麼有必要進一步解釋的是「未曾」何以在臺閩語中出現了不同的發展，這背後影響因素是否也跟詞彙競爭有關係？

　　從前人（如：王力 2004〔1958〕：234-254、蔣紹愚 2001〔1994〕、鄭再發 1966、蔣冀騁 1990、1991、1997）研究中可看出，晚唐五代到明清之際之於漢語語法的發展十分重要，無論在音韻、詞彙甚至語法上皆占有承先啟後的地位。關於這點由植田均（1993）與楊榮祥（1999）的研究皆可發現，各否定詞的使用在近代漢語中常有分工不明（相較於現代漢語）的情況[29]，甚至增生許多近義的新成員（相較於上古與中古漢語）；新舊成員間也互有競爭，其結果更影響了現代

---

28 同時期還有同樣以閩南方言寫成的《基督要義》。然而根據搜尋結果顯示，該書包含的相關用句極少（不足20句），這也導致分布情況相較於閩南戲文很受局限。在考慮文獻反映的全面性後，本文在這裡傾向以《荔鏡記》作為當時的代表。

29 關於漢語史的分期，整理前人（如：王力2004〔1958〕：40-44、呂叔湘1985：序、胡明揚1992、太田辰夫1991〔1988〕與魏培泉2000等）看法，本文大致分成：上古、中古、近代與現代四期。上古時期指先秦以前，各家對這點的看法大致相當；中古時期以魏培泉（2000）討論的標準，設定在「東漢─魏晉南北朝」的五百多年之間；近代則綜參胡明揚（1992）與魏培泉（2000）的討論，設定在「晚唐五代至清初康乾之際」；此後便漸逐漸進入現代漢語階段。其餘時段大致可視為過渡時期。

漢語的格局。本文認為「Neg＋經驗體標記」作為語言結構的一環，同樣需要因應結構調整進行變化，關於詞彙競爭的結果，可能導致有一方自此衰亡，也可能另以分用形式並存；若為後一種情形則再分成地理上的異地並存，或以不同功能並存於同一方言。以上皆須從整體結構變遷的角度進行考量與詮釋，本文將於第五章一併討論。

1.6.3 「微量」構式於方言間的差異

「微量」一詞於本文中是指「某具象或抽象事物的實際量（X）較預設值微小」的意思，而用以傳達與承載此語義的構式，即稱「微量」構式；關於構式相關理論以及進一步的測試，將於第六章另做詳述。這裡先看到，據本文初步觀察顯示，無論是以北方官話為基底的共同語，又或是隸屬南方系統的臺閩語中，皆可發現相應的微量構式，例如〔沒什麼人〕或〔無啥物人〕（「無啥物」讀作/bo⁵ siann² mih⁴/，可對應「沒什麼」），都指「人不太多」的意思。過去 Huang（2013）曾就本構式於共同語使用情況作過討論，下列先利用該文研究成果釐清相關基本概念。

首先，如句（3）所示，後半句的「沒什麼客人」至少包含下列兩種理解方式。值得注意的是，若由結構的修飾關係來看，〔沒什麼客人〕僅存在一種修飾關係，但上句卻出現兩種理解，這顯示上述「歧異」（ambiguity）並非源於對結構理解不同所造成。

（3）一樓有很多客人 A，可是二樓卻沒什麼客人 B。
　　語義一：二樓沒有任何客人。
　　語義二：二樓只有一些些客人。

　　對此 Huang（2013）認為，以上「歧異」主要產生於「對比」（contrast）語境中，句（3）的「什麼客人」原應理解為「完全沒有」（none），但當說者想強調的是「客人 B 的量不足以與客人 A 的量相比，顯得人潮稀少時」的意思，此時便產生了語義二[30]的理解。以上顯示這背後應是語用手段（pragmatic strategy）運作的結果，本文將後一種理解稱作「微量」，其承載成分可初步抽象化成〔沒什麼 NP〕。

　　同樣的狀況也可從對譯的臺閩語用例中看到，如句（4），且能抽象化成〔無啥物[31]NP〕。基於以上觀察與測試，這裡初步將〔沒什麼 NP〕與〔無啥物 NP〕都理解為構式；此外，本文認為這之間某程度上也反映了方言間的共性。

　　（4）一樓有真濟人客，但二樓卻<u>無</u>

---

30 Huang（2013）將語義二稱為「不重要「（insignificant）意義。然而，若一併考慮〔無啥物X〕的X可能後接動詞性成分的情形，如：銅山仔無啥會曉寫（《雲林五》130.18）。兩者都表達「實際情況（X）較預設值少」的語義，本文認為「微量」應是較適當的稱呼。

31 臺閩語「啥物」是由明清閩南語的「是物」演變而來（連金發2014b），連金發（2012）認為「物」（讀為mih[4]）本指實體的東西，初始與「何」合用為「何物」，後世逐漸承載前一成分的疑問語義，此後於盛唐時期（約八世紀前半）的敦煌寫本（如神會語錄、大目乾連冥間救母變文等）出現與繫詞（copula）做焦點的「是」（讀為si）合用為「是物」（關於「是物」的討論另可詳見太田（1968，2003〔1987〕：121-122）、志村良治（1968，1994〔1984〕：159-211）與呂叔湘（1985：129-130）的文章。），即明清閩南戲文的「是乜（「物」的俗寫，亦讀為mih）」並與「乜」皆可充作疑問代詞，如「是乜人」（什麼人）或「乜人」（什麼人），此後「是」則音變為「甚」sim[2]屬廈門系讀音，至於「啥」siann[2]則為漳州系讀音，其鼻音來自「物」的鼻音聲母（onset），同樣可在「物」省略的情況下單作疑問代詞使用，如「我想講你來佇遮是卜做啥（gua[2] siunn[3] kong[2] li[2] lai[5] ti[7] tsia[5] si[7] beh[4] tsue[7] siann[2]，我想說你來這裡是要做什麼）？」（《臺南》164.14）

it¹ lau⁵ u⁷ tsin¹ tsue⁷ lang⁵ kheh⁴tan⁷ si⁷ li⁷ lau⁵ kiok⁴ bo⁵
一 樓 有 很 多 人 客 但 是 二 樓 卻 沒

啥物人客。

siann² mih⁴ lang⁵ kheh⁴
什 麼 人 客

（一樓有很多客人，可是二樓卻沒什麼客人。）

　　除了允許 NP 進入 XP 位置外，根據本文初步觀察發現，「微量」構式也能接受動詞詞組的用例，這一點無論臺閩語或共同語皆然；至此，為求能從宏觀角度進行觀察，這裡先將「微量」構式依所含成分整合為〔Neg Wh-word XP〕。

　　然而，以上並不代表〔Neg Wh-word XP〕完全不具有方言差別。根據下表七整理顯示，無論「XP」落實為「NP」或「VP」，臺閩語都以〔無啥物 XP〕為其唯一形式；相反地，共同語則同時並存兩套形式：〔沒什麼 NP〕與〔不怎麼 VP〕。根據上述比較結果可知，臺閩語和共同語面對「微量」構式的表現並不一致，但是對於這樣的不同，過往未曾有過文章進行深究。

表七　共同語和臺閩語「微量」構式成分比較

方言	〔Neg Wh-word XP〕			用例
	否定詞	疑問代詞	XP	
臺閩語	無	名詞性疑問代詞（啥物）	名詞性成分	無啥物人
			動詞性成分	無啥物歡喜
共同語	沒	名詞性疑問代詞（什麼）	名詞性成分	沒什麼人
	不	副詞性疑問代詞（怎麼）	動詞性成分	不怎麼高興

　　如果依前述比較結果，進一步將觀察對象放大到客語和粵語等南方方言，情況亦然，都只有一套「微量」構式，〔無乜 XP〕。〔無啥物 XP〕雖因 X 的成分不同，須分成〔無啥物 NP〕和〔無啥物 VP〕兩類，但基本成分仍一致；反之，當隸屬北方官話系統的共同語〔沒什麼 NP〕，當 NP 擴展為 VP 時，只能換成〔不怎麼 VP〕[32]，無法接受〔沒什麼 VP〕。這點在某程度上顯示，該構式應可被視為區分方言類型的一種判斷依據

　　但是此前述判斷依據在港澳粵語上卻出現無法解釋之處，如表八所示，「微量」構式在馬來西亞粵語中與臺閩語和客語一致；然而，港澳粵語卻出現三套並存的情況，甚至較共同語來得複雜。

表八　各地粵語的「微量」構式成分比較

粵語地區	〔Neg Wh-word XP〕			用例
	否定詞	疑問代詞	XP	
馬來西亞	無	乜（「什麼」）	名詞性成分	無乜人
			動詞性成分	無乜去運動
香港澳門	無	乜	名詞性成分	無乜人
			動詞性成分	無乜去運動
		乜點	動詞性成分	無乜點去運動
	m	點（「怎麼」）	動詞性成分	m 點去運動

　　關於這個部分，若暫不論港澳地區的情況，單看其他幾個地方，其實已可發現兩個待研究的議題。

---

32 儘管現代漢語中存在「沒什麼了不起」的用法，但是「沒什麼$_{deg. adv.}$＋X」的格式能產性並不高，可進入X的成分也不廣，如：*沒什麼漂亮／知道／想去。本文認為不適合將「什麼」視作典型程度副詞。

　　第一點，何以「微量」構式在南北系統有如此差異？根據本文初
步觀察，「微量」構式在不同次結構的差異，很大程度上也反映出該
成分為了適應不同結構所作的調整。至於這樣的發展歧異，是否會與
兩個否定詞系統限制不同有關，進而讓初始對譯的兩者各自走上相異
的發展路徑？

　　第二點，如果接受以上觀點，那麼若依此回頭觀察港澳粵語的情
形，如上所述，我們發現即使同屬南方系統，甚至同為粵語，各地仍
存有差異，這點的確對本文提出以「微量」構式進行方言分區的觀點
造成挑戰。對於這樣的問題，是否也反映出背後更為複雜的語言接觸
歷史，也有待從結構觀點提出完整性的討論。

1.7　語料來源

　　本文在語料引徵上分成四個部分，下列將依序介紹語料來源，挑
選標準以及語料代表性。

1. 古代非閩語文獻：挑選原則主要參考蔣紹愚（2001〔1994〕：
   16）所定用「白話寫的文學作品」，包括《左傳》、《世說新
   語》、《水滸傳》等。觀察文獻超過十五部，但為篇幅考量，無
   法一一枚舉（來源取自中研院漢籍電子文獻資料庫、CBETA
   數位研究平臺（http://cbeta-rp.dila.edu.tw/）、中國哲學書電子
   化計畫（http://ctext.org/zh），以及香港科技大學建置的早期粵
   語標註語料庫（http://pvs0001.ust.hk/WTagging/）和早期粵語
   文獻語料庫（http://pvs0001.ust.hk/Candbase/），詳細對照表見
   附錄一的「例句出處索引」）。
2. 現代非閩語文獻：共同語的部分來自前人研究列出的例句為

主，若為測試目地，本文可能自設用句。客家語和粵語則各查
訪四位發音人，其中客家語部分由海陸與四縣腔各找兩位；粵
語則分別從香港與澳門各找一位留學生，馬來西亞則找兩位，
田調例句詳參附錄二。

3. 早期閩南語：包括明清閩南戲文《荔鏡記／荔枝記》[33]（最早
的「嘉靖本」約刊於西元 1522-1566 年間，最晚的「光緒本」
刊於西元 1885 年）金花女、蘇六娘、教會傳教文獻《基督要
理》（Dotrina Christiana）（1605）、《臺灣教會公報》[34]（1885-
1968）（下簡稱「公報」）和日治時期警察教科書《語苑》
（1909-1941）。

4. 現代臺閩語：以《臺灣民間故事集》（胡萬川教授主編，1993-
2003）（下簡稱「故事集」）、「拱樂社」歌仔戲文[35]（下簡稱
「拱樂社」，創作時間約介於 1950-1970 年代）以及「閩南語
電視劇」（包括大愛電視臺的《四重奏》、公共電視臺的《後山
日先照》與中華電視公司的《酒瓶可賣否》等，收錄時間約
1988-2010）語料為基礎為主。

　　本文挑選上述語料時儘量以能反映當時口語者為標準，古代部分
則可直接參考蔣紹愚（2001〔1994〕：16）的挑選原則，故不再贅

---

33 萬曆本寫作《荔枝記》，其餘版本則為《荔鏡記》。本文為求行文統一，一律稱作
《荔鏡記》。

34 事實上，該刊物的刊名幾經更迭，最早名為《臺灣府城教會報》（1885-1891），後歷
經《臺南府教會報》（1892年1月-1892年12月）、《臺南府城教會報》（1893-1905）、
《臺南教會報》（1906-1913）、《臺灣教會報》（1913年5月-1932年），最後方為《臺
灣教會公報》（1932年5月-1942年），本文為求行為統一，暫統稱《臺灣教會公報》。

35 由於劇本蒐集不易，本文所觀察的「拱樂社」劇本僅涉局部（包含：真假王子（一-
三）、兩世同修（二-五）、金玉奴、劍底鴛鴦（一）、金銀天狗（一）、劉伯溫、狀元
及第、三伯英台、節烈夫人等），雖非全豹，但仍可有助管窺這時期反映的變化。

述；現代部分或利用自省法（introspective method），若遇非閩語文獻則向其他母語發音人確認合法度與適用性。然而，顧及過往對於本文觀察的閩南語文獻並未多談，為能確切掌握各文獻的代表性，下列將針對這部分進行介紹。

先看到早期閩南語的部分，《荔鏡記》、《金花女》與《蘇六娘》皆成於明清時期，特別是《荔鏡記》更是現今所存最早的閩南語文獻，以上文獻的語言特色融合潮泉兩個閩南次方言，相關研究成果可見吳守禮（1972）與曾憲通（1991、1992a、1992b）。

同屬明中末葉的《基督要理》原是西班牙文獻，包括西文版和漢字版，後者包含閩南語、官話和古文三種版本，本文選用閩南語版。該書由十六世紀前後菲律賓馬尼拉一地華人基督徒所編寫，據連金發（2010）研究指出，該文獻反映了當時海外漳腔閩南語的特色。

至於《公報》則是十九世紀末由臺南基督教長老教會所發行，原以教會羅馬字所刊印，反映早期臺灣本地的閩南方言。語料來源搜自「中研院閩客語典藏」網站（http://minhakka.ling.sinica.edu.tw/bkg/bkg.php?gi_gian=hoa），其收錄時間雖達八十三年，但本文觀察時間集中在一八八五至一八九五年之間，這是為了補足《荔鏡記》至《語苑》之間的空缺時間。

《語苑》則是日治時期由總督府高等法院臺灣語通信研究會所編集發行的雜誌，編纂者主要是當時的法院通譯，其對象則是須通曉臺灣語的警務人員。該文獻包含閩南語（書中原稱「臺灣語」）和客語（書中原稱「廣東語」），本文觀察僅以前者為觀察對象。該文獻包含許多口語對話，又因是警用教科書，故其中包含不少問句，對本文第三章的研究有相當助益。

接著看到現代臺閩語的部分，「故事集」是由胡萬川教授帶領人員記錄，根據李嘉慧（2001）所述，該文獻對民間口傳文學的研究具

重要意義。「拱樂社」原是歌仔戲劇團名稱，由雲林麥寮陳澄三先生於一九四八年所創設，演出的劇本則聘請專人書寫而成。據邱坤良（2001：112）等人研究指出，由於戰後初期為配合國民政府的政策，故可能出現許多共同語語法；本文認為這可能也反映了後來共同語和臺閩語接觸的證據，因此傾向保留。至於「閩南語電視劇」則是一九八八年以後臺閩語的主要傳播管道之一[36]，更反映共同語和臺閩語經過戰後數十年間融合後的成果。

由於本文常設及計量分析，為了避免過多的數據反而造成閱讀的困難，我們將視情況挑選具代表性的文獻，企圖簡明地呈現變化的歷程。

本文引用各例句時會將其出處標於每句之後，若遇前文已出現的例句，為避免閱讀混亂則會重新標號，類似情況也可見於圖表的呈現上。另外，為測試目地，本文可能自設用句，或對句進行修改，這部分同樣利用自省法，並向其他閩南語發音人確認合法度與適用性，自設用句則不標記出處。修改用句主要以「替用法」檢測，皆以首詞為原文用字，斜線（「／」）後是替換對象，如「無啥／真／*啥真大」，「啥」為原文用字，後兩者都是替換對象；若遇不同小句呈現時，則一律以 a 小句為原例句。

---

36 根據曹逢甫（未刊稿）對於共同語政策的分期，一九七〇至一九八六年屬於強制推行時期，這段時間政府對於閩南、客家和原住民語的封鎖較為強悍，直至一九八七年方正式行令解禁不得再以體罰制裁方言於校園進行，廣播電視節目則遲至一九九三年方修正廣電法解禁。惟一九八七至一九九三年期間由於社會風氣已成，方言也已逐漸見諸於公眾媒體之間，一九八八年由中華電視公司所製播的《酒瓶可賣否》正是此間代表性節目之一，此後這類電視劇更如雨後春筍地興起，其對白也反映出戰後以來方言與共同語間幾經融合後的成果。

1.8　各章簡介

　　最後看到文章架構的部分，本文共分七章，結構安排如下，除首尾兩章分為全書的緒論以及結論外，其餘五章可再分為兩個部分。

（1）第一章：緒論
（2）第二章：漢語否定詞的發展大勢
（3）第三章：閩南語否定結構的變遷與可能動因
（4）第四章：「VP- 無 /m」混用的效應
（5）第五章：各否定詞在合成完成體的競合與效應
（6）第六章：「無」的擴張及其對「微量」構式的影響
（7）第七章：結論

　　首先，在第二章先整理漢語否定詞的發展趨勢，並企圖從中發現因結構變化造成的效應，目的在當後續討論臺閩語的相似變化時，方便提供宏觀的觀察視角與詮釋基礎；但因南北方言系統發展並不完全一致，為避免混淆焦點，這部分暫不涉閩南語系統的變化。從現代北方漢語系統來看，「不」是自古已有之者，並在後世兼併了大部分的否定詞；另者，「沒」雖是新興否定詞，但也分別由否定存在與合成完成體的「無」跟「未」。對於以上變遷背後涉及的動因與過程，甚至造成的效應，將於本章探究。

　　其次，第三到六章開始，將正式進入探索閩南語否定結構的變遷過程、動因與相關效應，並以第二章的探索成果為基礎，希望能由宏觀角度出發，提供整體性的分析與詮釋。

　　第三章將分別從動前（即：Neg ＋ VP）與動後（即：VP-Neg）角度，觀察閩南語否定結構的變化趨勢，包含「無」入侵「m」與

「未」的可能時間，同時也試著探索背後涉及的動因，以為後續觀察的效應拉開序幕。

第四章探索「m／無」於臺閩語「VP-Neg」的混用與競爭，以及造成的連鎖效應。句末否定詞「m／無」的混用會破壞語法結構的平衡；為彌補該缺口，將使借自共同語的新形式「VP-Neg-VP」與「VP-嗎」得以融入臺閩語法系統，甚至進一步擴張其占有比例的機會。

第五章則探索各否定詞在臺閩語時體概念上的競爭。本章觀察範圍包含常用的「Neg＋VP」結構，以及「Neg＋經驗體標記」，企圖藉此探查「m」、「無」和「未」在否定時體概念上，因結構調整引發的混用情況。關於這部分的分析，由於過往研究提供的框架不足以明辨各否定詞於時體概念上的細部差異，所以本章將先建構可行的時體模型，爾後，再倚之以上三者從混用到分工並立的現象提出整體性分析

另者，結構系統的改變除了會反映在同社群的不同階段之外，也可能發生於不同次方言系統之中。在第六章裡，本文將透過「微量」構式在異方言間的發展歧異，觀察不同結構系統對該成分發展的影響。

最後，第四到六章中所進行的觀察，雖都可視為否定詞結構調整後引發的後續效應；然而，各章的討論卻也是分別獨立的。因此，本文會在第七章之中，分別摘要各章的主要論旨，並利用第一到三章的概念與觀察將上述論旨串聯起來，加以整合。

第二章
漢語否定詞的發展大勢

　　否定詞是語言中的基本功能詞之一，具有相當悠長的發展歷史，至少自最早的甲骨文開始便已有之；但根據本文初步觀察發現，漢語否定詞系統在歷時上的發展複雜且多變，受限篇幅與現下環境條件所制，僅能就與本文論題相關的部分進行比較深入的探索，餘者恐無法面面俱到。

　　過往對於否定詞的歷時研究數如墳典，有必要先進行初步整理，接下來將先針對漢語否定詞的發展趨勢，以及背後的可能驅動因素有一整體性的概述，爾後，方始從中發掘出須進一步探索的議題。

　　首先，根據管燮初（1953：36-41）、陳夢家（1988〔1956〕：125-129）、姚孝遂與肖丁（1986：282-283）、朱歧祥（1990：57-146）、沈培（1992：161-162）、張玉金（2001：35-63）與楊逢彬（2003：251）等人所考，最早從甲骨文時期開始，依各家所列不同，漢語至少存在四至八個基本的單音節否定詞[1]，包括：「不」、「亡」、「弗」、「叀」、「勿」、「毋」、「非」與「妹」等。

1　根據朱歧祥（1990：57-146）所列，甲骨文中尚有「不隹」、「勿隹」、「毋隹」、「勿叀」、「不叀」與「弗叀」等雙音節否定詞。其中「隹」是「唯」的奇字，據Pulleyblank（1959）、潘允中（1982：189-206）與周法高（1988）等人所考，「非」即是「Neg＋唯（隹）」的合音字，相關討論後文另述。此外，朱歧祥在文中還提到，「叀」僅能出現在否定詞之後，用以加強語氣，並不具實際否定功能。綜上所述，本文認為將重心放在單音節的「不」、「勿」、「毋」與「叀」等詞應足矣；但也因本節重心在分辨單音節否定詞之間的流變，故對於「勿」、「毋」與「叀」等同樣傳達禁止義的成員仍悉數列出，特此說明。

爾後，根據 Marshman（2013〔1814〕：480-484）、Kennedy（1951）和 Mulder（1959）等人所考，否定詞的數量到了春秋戰國時期達至巔峰。若單就數量言，應以 Kennedy（1951）為最，採窮舉法（exhaustive method），據該文所列，先秦漢語的否定詞高達十八個，其餘各家之數亦不遠矣；表九是 Karlgren（1934〔1916〕：106）構擬的語音，表中先依「聲母」（onset）不同將否定詞分成/p-/（幫母）與/m-/（明母）兩組。

若暫不論各詞使用頻率的高低，這裡想問的是，何以否定詞於先秦時期會有如此之多？對此，孫錫信（1992：169-171）認為這背後不排除有方言因素的影響；本文亦表贊同，東周以降，隨中央勢力下降，久經割據，加上交通往來不便，自然也是各地方言呈現不同樣貌，是以為能符合各方言所需，且本無制式文字要求，反映在書寫上，除文字不同外，功能也可能同異並存。除此之外，孫錫信（1992：169-171）也提到，這些否定詞不一定在同一部書中盡顯；換言之，某些否定詞只能在反映特定區域的文獻中出現，甚至不排除僅是音近的臨時性用法。

前述觀點應可反映在各否定詞之間的語音關係，以及在具有不同方言特色的文獻分布上。首先看到語音的部分，上表雖根據聲母不同分成兩組，但值得注意的是，無論是屬幫母的/p-/或是屬明母的/m-/，其發音「部位」（place）都屬「雙唇音」（bilabial），差別僅發音「方式」（manner），分為「無聲」（voiceless）與「有聲」（voiced）。另者，再由「韻母」（rhyme）來看，各否定詞之間多為旁轉（如：「未」與「微」），對轉（如：「未」與「曼」）或同音（如：「非」與「匪」）等關係。以上皆顯示，語音確實在各否定詞的分化過程占有一定程度的影響，某程度來說，應可視為音近互假的體現。

表九　先秦漢語的否定詞[2]

p-系否定詞			m-系否定詞		
編號	用字	擬音	編號	用字	擬音
1	不	pi̯ŭg	6	無（无）	mi̯wo
2	否	pi̯ŭg	7	毋	mi̯wo
3	非	pi̯wər	8	亡	mi̯wang
4	匪	pi̯wər	9	罔	mi̯wang
5	弗	pi̯wət	10	勿	mi̯wət
			11	未	mi̯wəd
			12	微	mi̯wər
			13	末	mwât
			14	曼	mwân
			15	蔑	mi̯at
			16	靡	mia
			17	莫	mâk

　　再者，也可試從不同方言特色的文獻上觀察各詞的分布情況。本文於表十共統計三部先秦文獻，由於此前的文獻因尚未經歷「書同文，車同軌」的大一統階段，相信較能反映早期否定詞於不同方言間的分布情況。其中《詩經》和《論語》屬北方方言作品，《楚辭》則

2　本表列出者雖來自Kennedy（1951），但根據《說文・亾部》所述，「无」應視為「無」的奇字，故本文將二者並列。另外，根據朱歧祥（1990：57-146）的記錄，「勿」與「弓」應是前後期寫法；然而，何以Kennedy（1951）未收「弓」字，文中並未說明，或許該作者基於兩者的同一性，而選擇較常見於後世文獻的「勿」為代表，但何以「弓」於後世變得罕見，本文目前尚未見到解釋。至於「妹」則僅見於張玉金（2001：35-63），該文更以「蔑」括號列舉於該詞之後，顯示應將兩者視為同一詞；相同地，Kennedy（1951）也僅列出「蔑」，一樣未見說明。但無論如何，「弓」與「妹」是否見於Kennedy（1951），並不影響本文討論「不＋X」在不同功能中的擴張趨勢。

反映南方方言。

表十　各否定詞於文獻中的分布

	不	否	弗	非	匪	無	毋	勿	蔑	末	曼[3]	未	微	靡	莫	亡	罔
詩經	630	9	31	3	99	304	4	19	2	0	0	39	5	74	73	4	9
論語	583	1	6	33	0	131	7	13	0	5	0	57	1	0	16	8	8
楚辭	464	1	14	13	0	167	1	3	0	0	0	46	1	5	35	0	9
總計	1677	11	51	49	99	602	12	35	2	5	0	142	7	79	124	12	26

　　關於上表統計結果，本文認為可先從單純從計量的有無來看，「匪」、「蔑」與「末」三者皆僅見於單一文獻，方言上皆是偏北方系統的《詩經》與《論語》，且未見於南方的《楚辭》，顯示這背後很可能正代表著，這三個詞對當時北方方言的記錄。

　　或許有人會問，同樣是北方系統，何以「匪」、「蔑」與「靡」未見於《論語》之中？對此，本文認為這背後可能表示，這之間仍可能分屬不同的次方言，這三個詞便代表某些次方言存在的證據，甚至可能不是當時主流的次方言。事實上，此三者各有功能相當之詞存在於《論語》之中，甚至《詩經》之中，例如：「非」、「無」、「勿」與「莫」等，其間對應如下。

　　根據《廣雅‧釋詁四》所記：「匪，非也。」如「我心匪石、不可轉也。我心匪席、不可卷也。」（《詩經‧柏舟》）加上「非」與「匪」同音，應可將兩者視為同一詞的不同寫法，其中前者較常見於

3　關於「曼」的部分，本文僅查找到王念孫疏證，表示否定擁有，但未見合適用例，「《小爾雅》：曼，無也。《法言‧寡見篇》云：曼是為也。《五百篇》云：行有之也，病曼之也。皆謂無為曼。……曼、莫、無，一聲之轉。」

後世記錄[4]。另外，「蔑」和「末」都表示否定存在，相當於「無」，如「喪亂蔑資，曾莫惠我師。」（《詩·大雅·板》），毛傳：「蔑，無。」，如「不忍一日末有所歸也。」（《禮記·檀弓下》）。「末」還具有禁止語義，《禮記·文王世子》：「食下，問所膳，命膳宰曰：『末有原。』」鄭玄注：「末，猶勿也；原，再也。勿有所再進，為其失飪，臭味惡也。」這部分約與「莫」同。根據 Mulder（1959）所述，「蔑」和「末」的使用頻率極低，恐怕不具統計意義；而這也更支持其可能來自某些非主流次方言的看法，同時也能解釋何以 Marshman（2013〔1814〕：480-484）未將此二者入列。

　　除此之外，「否」、「毋」、「勿」、「微」、「靡」與「亡」雖可見於不同文獻，但若同樣以方言屬性來看，這些詞亦偏向集中於北方系統的作品，同樣反映方言之間的不平衡分布。反觀在《楚辭》之中，除了前述各詞的數量不高外，至多不超過五筆，細觀該文獻所包含者，主要集中在「不」、「弗」、「非」、「無」、「未」、「莫」與「罔」，亦都常見於北方文獻，關於這背後可能傳達的意義，同樣以表十為討論對象進行討論。

　　根據表十的資訊，我們除了能解釋方言因素對否定詞數量的影響外，若由數據的高低來看，某程度上其實也反映出不同否定詞的生命力差異，以及趨同作用的依歸方向，下列本文將進一步找出其中較活躍者以作為後續探索的對象。

　　一開始，須先排除「不」與「無」，但不代表這兩者不常見，僅是希望能避免受到極端數據影響，就數據來看，此二詞應是生命力最高者。接下來，再將剩下的十五個否定詞用例共計六五四筆，其中超

4　此外「非」在早期還有一個原型，寫作「棐」（讀作/fěi/），但未見Kennedy（1951）收錄。有關這部分，也可參考周生亞（1998）的討論，該文對於「非」和「不」的分別和混用也有具體見解。

過一百筆用例者僅「未」與「莫」兩項，約占整體的百分之四十
（266/654）左右。另外，根據前文所述，音義皆同的「非」與
「匪」應具有合併計算的基礎，相加後同樣超過一百筆用例，且
「未」、「莫」與「非（匪）」於整體比例將達至百分之六十三點三
（414/654），超過三分之二。至此可得知前五名常用否定詞依序是：
「不」、「無」、「非（匪）」、「未」與「莫」。

接著回頭看到同樣頻繁見於南北方言文獻者，包括：「不」、
「弗」、「非」、「無」、「未」、「莫」與「罔」，兩相比較可發現，除
「弗」與「罔」之外，其餘皆相同；這代表重複的五個否定詞，應是
競爭後的勝利者，也是趨同的依歸所向，背後的動因可能包含語音與
經濟性因素。意即：當否定詞的數量超出實際需求時，為能更有效率
的使用，使用者可能傾向透過原用以擴張的語音基礎，回頭以合併手
段執行減量，直至目標完成。

須注意的是，以上討論不代表其他否定詞自此消失，僅頻率高低
有別而已。依葛佳才（2004，2005：156-168）所考，直至稍晚的東
漢左右，尚可見到包括：「不」、「無」、「非（匪）」、「未」、「莫」、
「弗」、「毋」、「勿」與「靡」等九個相對活躍的否定詞，但相較於高
峰時動輒超過十七個否定成分相比，確實可見減量趨勢。

綜上整理與分析可知，漢語否定詞曾大量增加，直至先秦達至高
峰後，便開始受趨同作用影響，開始汰除生命力較弱者；在這過程
中，語音因素與經濟性考量都扮演了相當重要的角色。以現代漢語來
說，北方僅剩「不」與「沒」二分對立；南方也只呈現「毋」、「無」
和「未」三分格局，顯示「減量」成為後世的一貫趨勢；針對北方的
部分，本文認為有下列兩個待深探的議題。

第一，從現代北方漢語系統來看，否定詞走向二分結構，其中
「不」唯一是自古已有之者，顯示其在後世的歷時發展合併了大部分

的否定詞，這背後的動因與過程，甚至造成的效應，將於 2.1 節另作探究。

　　第二，「沒」是北方方言系統的新興否定詞，分別由否定存在與合成完成體的「無」跟「未」而來，但對這背後的動因與機制，前人看法莫衷一是；同時也罕論上述變遷造成的效應，這部分將於 2.2 節討論。最後，本章小結以及據此進而針對閩南語否定結構所發想的問題，將一併整理於 2.3 節。

2.1　「不」於動前與動後的發展及其效應

　　根據語料顯示，「不」的分布位置可依動詞組為界，分成動前與動後兩類，相關討論亦都可見於前人的研究成果之中，下列先看到動前一類，這部分又以 Dobson（1966）對本文未來討論的啟發性最高。

　　為有效觀察變化，Dobson（1966）先將觀察範圍細分成下列三個時期：一、早期：西元前十一至西元前十世紀（約西周初年）；二、中期：西元前十至西元前六世紀（約西周中到春秋時期）；三、晚期：西元前五世紀至西元二世紀（約戰國到東漢三國時期）。關於前兩期的發展特色，大致與本章一開始的情況接近，主要透過語音因素擴張否定詞的數量，比較值得注意的部分在第三期。

　　就發展趨勢而言，與前文提到的減量方向一致，但對於「不」在其中扮演的角色，Dobson（1966）有值得注意的見解，整體的特色如下。

1. 這個時期開始淘汰較為特殊的否定詞，而「不」的使用則更加廣泛。

2. 被淘汰的特殊否定詞留下了功能空缺,「不」則漸遞補這些用
   法原有形式。

　　Dobson（1966）將上述發展趨勢歸納為:原本可直接由某個特殊
否定詞傳達的概念,此時開始多由「不」加上其肯定形式的方式表
現。本文認為,以上觀點突破了過往（如:Kennedy 1951 與 Marshman
2013〔1814〕:480-484 等）主要從語音或功能分類的框架,同時也能
大致與漢語從「融合性語言」（Synthetic language）走向「分析性語
言」（Analytic Language）的趨勢暗合[5]。然而,或因行文重心不同,
Dobson（1966）主要由結構變遷角度提出上述趨勢,但對於背後可能
動因與機制卻並未具體深究其中細節,本文認為這部分仍有進一步探
索的空間,將於 2.1.1 節處理。

　　接著看到前人對於「不」在動後位置的討論,這部分過往（如:
張敏 1990、劉子瑜 1998、吳福祥 1997、遇笑容與曹廣順 2002、魏培
泉 2007 與王琴 2013 等）重心多放在「VP-Neg」與「VP-Neg-VP」的
發展關係上,2.1.2 節將於此基礎上闡明結構間的演變,以及相關的
連動效應。

2.1.1 「不」於動前的發展及其效應

　　從本章一開始的討論可知,漢語否定詞的數量雖於先秦時期達至

5　Peyraube（2014）認為,漢語曾歷經了融合性與分析性循環演變的過程,其中上古
　　至中古（約西元前11世紀-西元2世紀之際）,正處於由綜合性向分析性演變時期。若
　　與Dobson（1966）的看法相比,大致可對應到「不＋X」的發展,以及對其他否定
　　詞的取代時間。有關以上循環性演變的細節可進一步參考Peyraube（2014）,本文暫
　　不贅述。

高峰，見諸文獻者達到十六個（「無／无」與「非／匪」合計）；若暫不計頻率高低，據葛佳才（2004，2005：156-168）所考，東漢時僅見到包括：「不」、「無」、「非」、「未」「莫」、「弗」、「毋」、「勿」與「靡」等九項，數量上確實符合減量趨勢。

承上所述，如果再進一步比對現代漢語，北方僅有「不」，以及由「無」、「未」合併而來的「沒」；這意謂著此後還有另一次整併的過程，若由初步觀察結果來看，「不」在口語上大致整合了「非」、「莫」、「弗」、「毋」、「勿」與「靡」等詞。下列須先觀察，從先秦到東漢時期，「不」及其所整合各詞的功能分布[6]，爾後再進一步探索背後的可能整併動因與機制。

1 不

一開始，根據本章開頭所述，「不」是承襲自甲骨時期而來的基本否定詞，下面先看到前人對「不」的說明。《說文・不部》：「不，鳥飛上翔不下來也。」段玉裁註：「凡云不然者，皆於此義引伸假借。」這裡的「不然」其所指雖然抽象，但根據前人（如：葛佳才2004，2005：156-168 等）與本文依文獻的觀察，「不」反映的情況來看，大致可落實為下列幾種具體功能。

---

6 或許有人會問，根據表十的統計，常用否定詞主要有「不」、「無」、「非」、「未」與「莫」五項，何不集中討論這部分的競爭即可？對此，本文有兩點說明。首先，本章一開始的統計是為了突顯減量的趨勢與聚合的方向；然而，頻率低不代表完全不存在，且這背後很大一部分是受「入選」的標準（當時設為100筆）影響。再者，若完全排除其他成員，恐會影響分析的全面性，此後果更是嚴重。但否定詞減量是確定的趨勢，有些詞確實可能僅為臨時性用法，但又擔心流於一己之見，是以在主要討論對象的挑選上，本文也參考了前賢作品，希望能於前述兩難中找到平衡點。最後，儘管這裡的主要討論對象以正文列出的九項為主；但同樣為避免影響分析的全面性，必要時也可能將這之外的成員列入，特此說明。

第一種，「不」可用來傳達「不願意」或「不想要」的概念，約可對應動力情態中的「意願」（volition）次類（如：Palmer 2001〔1986〕與忻愛莉 1999 等），意即：否定某人想要值行某種行為的意願，用例如下。

(5) 或謂孔子曰：「子奚<u>不</u>為政？」子曰：「《書》云：『孝乎惟孝、友于兄弟，施於有政。』是亦為政，奚其為為政？」（《論語・為政》）

(6) 愛臣太親，必危其身；人臣太貴，必易主位；主妾無等，必危嫡子；兄弟<u>不</u>服，必危社稷。（《韓非子・愛臣》）

(7) 公孫喜使人絕之曰：「吾<u>不</u>與子為昆弟矣。」（《韓非子・說林》）

(8) 子在身時，席<u>不</u>正<u>不</u>坐；割<u>不</u>正<u>不</u>食；非正色，目<u>不</u>視；非正聲，耳<u>不</u>聽。（《論衡・命義》）

第二種，「不」可用以傳達「不應當」或「不必要」的概念，約可對應前人（如：Palmer 2001〔1986〕與忻愛莉 1999 等）提到的義務情態，意即：否定某種行為或情況發生的必要性[7]，用例如下。

(9) 子聞之曰：「成事<u>不</u>說，遂事<u>不</u>諫，既往<u>不</u>咎。」（《論語・八佾》）

(10) 子曰：「<u>不</u>患無位，患所以立；<u>不</u>患莫己知，求為可知也。」（《論語・里仁》）

---

7 Palmer（2001〔1986〕）與忻愛莉（1999）對於「情態」十分詳細且深入，但受限於篇幅與本節的主要重點不同，僅能就各類情態的主要精神進行概述。

（11）此四美者<u>不</u>求諸外，<u>不</u>請於人，議之而得之矣。（《韓非子‧愛臣》）

（12）如法行、隨法諦，<u>不</u>自譽，亦<u>不</u>欺餘，是賢者法。（《是法非法經》）

（13）<u>不</u>殺、盜、婬、兩舌、惡口、妄言、綺語，是為助身；<u>不</u>嫉、瞋恚、癡，是為助意也。（《佛說大安般守意經》）

　　第三種，「不」也可用來傳達「某事件不會如此發生」的概念，約可對應前人（如：Palmer 2001〔1986〕與忻愛莉 1999 等）提出的認識情態，意即：否定某事件的可能性，用例如下：

（14）故<u>不</u>登高山，<u>不</u>知天之高也；<u>不</u>臨深谿，<u>不</u>知地之厚也；<u>不</u>聞先王之遺言，<u>不</u>知學問之大也。（《荀子‧勸學》）

（15）夫事寡易從，法省易因；故民<u>不</u>以政獲罪也。（《說苑‧君道》）

（16）況節高志妙，<u>不</u>為利動，性定質成，<u>不</u>為主顧者乎？（《論衡‧逢遇》）

（17）稟得堅彊之性，則氣渥厚而體堅彊，堅彊則壽命長，壽命長則<u>不</u>夭死。（《論衡‧命義》）

　　第四種，「不」可用以傳達對「判斷」的否定，意即：A 不是 B，用例如下：

（18）君過而遺先生食，先生<u>不</u>受，豈<u>不</u>命邪！（《莊子‧讓王》）

（19）上之所賞，命固且賞，非賢故賞也。上之所罰，命固且
　　　罰，不暴故罰也。（《墨子・非命》）

（20）然則孔子聞政以人言，不神而自知之也。（《論衡・知
　　　實》）

　　第五種情況與上述幾種不同，「不」僅單純否定某個情況，而不
另外傳達其他概念，楊榮祥（1999）等將這類情況稱為「單純否
定」，即：僅單純否定某個概念，不另包含其他概念。如下用例所
示，「不」之後可接繫詞「唯[8]」；形容詞「仁」、「智」、「足」、「賢」；
情態動詞「能」和「可」等。除此之外，根據前人（如：楊榮祥
1999、葛佳才 2004，2005：156-168 與蘭碧仙 2011 等）所考，「不」
應可視為傳達單純否定的主要成員；關於這點在否定詞發展上的意
義，後文尚會另外進行探論。

（21）貞：隹父乙禍？（《集 201》）
　　　貞：不隹父乙禍？

（22）不仁，思不能清。不智，思不能長。（《郭店・五行》）

（23）尊者迦葉曰。唯阿難是為不足達孝報恩。（《迦葉結
　　　經》）

（24）如是，比丘，已不賢者聚會滿，令不賢者事滿；已不賢
　　　者事滿，令非法滿……。（《本相猗致經》）

（25）古不可得天新，亦不可得而疋；不可得而利，亦不可得
　　　而害。（《郭店・老子》）

8　文獻之中亦可見「隹」與「惟」等寫法，不一而足，惟行文時為求統一，一律以
　　「唯」示之，但遇文獻所載不同時，為尊重文獻將保留不更動。

2 非

　　關於「非」的概念，《說文・非部》：「非，韋也。從飛下翅，取其相背也。」段玉裁註：「韋各本作違，今正。違者，離也；韋者，相背也。……非以相背為義，不以離為義。……翅垂則有相背之象，故曰非，韋也。」從上所述可知，前人對「非」的理解主要建立在「判斷」的否定上，可理解成「A 不是 B」，這點與上述「不」的第四種用法相同，用例如下。

　　　　（26）癸酉貞：日月又食，隹若？（《集 33694》）
　　　　　　　癸酉貞：日月又食，非若？
　　　　（27）子曰：「非其鬼而祭之，諂也。見義不為，無勇也。」
　　　　　　　（《論語・為政》）
　　　　（28）韓信與帝論兵，謂高祖曰：「陛下所謂天授，非智力所
　　　　　　　得。」（《論衡・命祿》）

　　除此之外，「非」在下列情況中亦可傳達單純否定，這可從前人的註釋得知，如楊伯峻（1993）將（29）的「非」註為「不」（「非猶不也」）；陳奐《傳疏》：「匪，不；疲，病也。『匪載匪來，憂心孔疲。』言不載來，憂心甚病也。」

　　　　（29）非威非懷，何以示德。（《左傳・文公七年》）
　　　　（30）匪載匪來，怵心孔疲。（《詩經・小雅》）

3 莫

　　前人對「莫」的概念可見《說文・茻部》：「莫，日且冥也。」段

玉裁註：「引申之義為有無之無。」根據上文所述，前人對於「莫」的理解主要是以否定存在，王力（1964：165-170）更直指，「『莫』字是一個否定性的無定代詞，現代漢語裡沒有和它相當的代詞。……可以譯為『沒有誰』、『沒有哪一種東西（事情）』等等。」用例如下：

> （31）荊宣王問群臣曰：「吾聞北方之畏昭奚恤也，果誠何
> 　　　如？」群臣莫對。（《戰國策・荊宣王問群臣》）
> （32）過而能改，善莫大焉。（《左傳・宣公二年》）

除此之外，王力（1964：165-170）還提到，「莫」在先秦時期也可用傳達單純否定，如下例：

> （33）人知其一，莫知其他。（《詩經・小雅》）
> （34）故君子語大，天下莫能載焉；語小，天下莫能破焉。
> 　　　（《論語・中庸》）

「莫」最被後世（如：楊榮祥 1999 等）所廣傳的，是用來傳達禁止語義，即前述的否定義務情態，用例如下：

> （35）戚戚兄弟，莫遠具爾。（《詩經・小雅》）
> （36）仲尼曰：「人莫鑒於流水，而鑒於止水，唯只能止眾
> 　　　止。」（《莊子・德充符》）

4　弗

根據《說文・丿部》所載：「弗，矯也。」另依《廣雅・釋詁》所記：「弗，不也。」對此，葛佳才（2004，2005：156-168）認為

《說文》所載之義應與常見的否定功能無關；若暫不論「弗」的來源，僅就功能而言，該詞可用作單純否定，並在甲骨時期便可見到相關用例。

（37）戊辰卜：及今夕雨？（《集 33273》）
　　　 <u>弗</u>及今夕雨？
（38）庚子卜，伐歸，受又？（《集 33069》）
　　　 <u>弗</u>受又？

此外，「弗」在同時期文獻中，還可發現否定「已然」的功能，例如：

（39）庚辰卜：王<u>弗</u>其執豕？允<u>弗</u>執。（合 10297）
（40）庚午貞：辛未敦召方，易日？允易日，<u>弗</u>及召方。（合 33028）

5　毋

根據《說文・毋部》所記：「毋，止之詞也。從女一。女有姦之者，一禁止之，令勿姦也。」段玉裁註曰：「其意禁止，其言曰毋也……。」誠如前人所考，「毋」常用作禁止之義，意通前述的否定義務情態，自甲骨時期便已可見用例，且於東漢仍在使用，如：

（41）庚申卜，□貞：王其往於田，亡災？（《集 24258》）
　　　 貞：<u>毋</u>往？在正月在□休。
（42）子絕四：<u>毋</u>意，<u>毋</u>必，<u>毋</u>固，<u>毋</u>我。（《論語・子罕》）

（43）長孫卜，謂永、蘭曰：「此吉事也，*毋*多言。」（《論衡‧吉驗》）

此外，與前幾項相同，「毋」也可傳達單純否定功能，例如：

（44）已卯卜，貞：今日启？王占曰：其启，唯其*毋*大启。（《集 24917》）

（45）將軍輔政，宜因始初之隆，建九女之制，詳擇有行義之家，求淑女之質，*毋*必有聲色音技能，為萬世大法。（《漢書‧杜周傳》）

（46）夫起臨洮屬之遼東，城徑萬里，此其中不能*毋*絕地脈。（《論衡‧禍虛》）

6　勿

根據《說文‧勿部》：「勿，州里所建旗。象其柄，有三游。雜帛，幅半異。」段玉裁註曰：「經傳多作物，而假借勿為毋字，亦有借為沒字者。」首先，從前人所述可知，「勿」與「毋」應具有假借關係；若暫不論此間細節，按文獻所載，「勿」最早於甲骨時期便有否定義務情態的用例，《廣韻‧物韻》亦云；「勿，莫也。」

（47）壬子卜，取宫？（《集 7063》）
　　　壬子卜，*勿*取宫？

（48）己所不欲，*勿*施於人！（《論語‧衛靈公》）

（49）苟已王之疾，臣與臣之母以死爭之於王，必幸臣之母。願先生之*勿*患也。（《論衡‧道虛》）

此外，入周以後同樣也可見單純否定的用例，如下列《論語》之例，皇侃於《論語義疏》中便述：「勿，猶不也。」其餘用例亦然。

（50）犁牛之子，騂且角，雖欲<u>勿</u>用，山川其舍諸？（《論語・雍也》）

（51）人之學問，知能成就，猶骨象玉石，切瑳琢磨也，雖欲<u>勿</u>用，賢君其舍諸？（《論衡・量知》）

7　靡

據《說文・非部》所載：「靡，披靡也。」段玉裁註：「……披靡，分散下垂之貌。……凡物分散則微細。……又與亡字、無字皆雙聲，故謂無曰靡。」從上可知，前人主要將「靡」理解為「無」，這部分另待 2.2.1 節再談，下文暫略過不論；此外，「靡」也可作單純否定，例如下列《詩經》之例，陳奐於《詩毛氏傳疏》便說：「靡，不。靡共，不供執事也。」

（52）昏椓<u>靡</u>共，潰潰回遹，實靖夷我邦。（《詩經・大雅》）

（53）群臣左右諫曰：「夫以一都買胥<u>靡</u>可乎？」（《韓非子・內儲》）

另者，依「靡」從「非」得聲可推知，兩者之間應有相通之處，《古書虛字集釋》云：「『靡』由『匪』也。」「靡」偶亦用作否定判斷之詞。

（54）致冰<u>匪</u>霜？致隊<u>靡</u>嫚？（《漢書・韋賢傳》）

　　有關以上各否定詞之間的整合，前文曾談到，Dobson（1966）認為此間是由「不＋X」詞組取代其他否定詞的方式進行；當時本文也提到，這也符合漢語從融合性語言走向分析性語言的趨勢，同時，這也是其中一個重要的動因。此外，在進一步探究其他動因之前，先看到另一個問題：何以是由「不」，而不是其他否定詞進入上述詞組執行整合？這個問題不僅可引導出第二個動因，甚至可能與此後進一步擴張的機制相互連動，有必要先行探討。

　　從歷時發展來看，當成分 X 與成分 Y 具先後期的取代關係時，這兩者往往在某層面上具有相連關係，而非無來由的取代；據此，本文認為「不＋X」對其他否定詞的取代，以上或未若「詞彙興替[9]」（lexical replacement）來得嚴格卻也不應脫離以上基礎。接下來，本文將根據上述原則探索可能的動因，為求討論的客觀性，以下將暫時將後起的詞組抽象化為「Neg＋X」。

　　首先，有必要先確認一件事情：能進入「Neg＋X」的否定詞須具備什麼樣的特性？這個問題的處理關鍵則落在「X」成分的內涵上。誠如 Dobson（1966）提出的發展趨勢：原本可直接由某個特殊否定詞傳達的概念，此時開始多由「不」加上其肯定形式的方式表現，意即：可進入「X」者必須是代表前述各融合性否定詞的肯定形式成分。

　　接著回頭看到前述的否定詞涉及概念：一、否定情態概念（轄下可再分成 a.動力、b.義務、c.認知三種次類），二、否定判斷，三、

9　據梅祖麟（1981）的定義，「詞彙興替」原是指詞彙之間的新陳代謝現象，後起者須承擔前一成分的語法意義和語法功能。史佩信等（2006）更進一步將本術語分成廣義與狹義兩種，廣義者是指當前後可替換者，亦屬同類詞時，稱為「詞彙替代」；狹義者則是指前後可替換者不屬同類詞的情況，但因本文重點不在此，故暫不區分。關於背後的替換制約，可進一步參考竹越孝（2014），惟篇幅與重點不同考量，此處略過不論。

單純否定等三類，至於存在與合成完成體的否定則待下節再論。若由傳達前兩種功能的否定詞進入「Neg＋X」，以否定義務情態的「莫」為例，根據巫雪如（2012）所考，「當」是見於先秦時期的義務情態詞之一，兩者相結合應為「莫_{義務}當_{義務}」，這將形成重複否定同一個概念的矛盾情況，餘者亦然。因此，唯有否定詞以單純否定功能進入本詞組時，方能避開上述問題。

　　在釐清「Neg」須具備的內涵後，接著將進一步確認符合條件者。回頭審視上文討論的七個否定詞，並將各成員涉及的概念整理於下表十一。如表所示，以上所有否定詞都可傳達單純否定功能；但如此一來，所有討論將再度回到原始問題：何以是由「不」，而不是其他否定詞進入上述詞組執行整合？

表十一　各否定詞對應的概念

		不	非	莫	弗	毋	勿	靡
否定情態	動力	✓	✗	✗	✗	✗	✗	✗
	義務	✓	✗	✓	✗	✓	✓	✗
	認知	✓	✗	✗	✗	✗	✗	✗
否定判斷		✗	✓	✗	✗	✗	✗	✓
單純否定		✓	✓	✓	✓	✓	✓	✓

　　關於上述問題，本文認為仍須從上表提供的訊息進行探索。先就分布功能的數量來看，「弗」以一項為最低，「不」則可涵括所有項目最高，其餘各否定詞接具備兩項功能。再者，進一步看到功能的項目，兼有兩種功能者雖各有不同，但都涉及單純否定。

　　值得注意的是，當「不」以外的兼類否定詞用作單純否定時，從上文的說明來看，前人的疏證多以「不」釋之；然而，文獻中卻未見

到相反的情況。對此，本文認為這正說明，「不」應是用作單純否定的主要及代表性成分[10]，因此成為各家註釋時的首選對象；餘者僅偶涉這項功能，多數時候各自都另以其他項目作為其主要功能面世。對於以上觀察也可從葛佳才（2004，2005：156-168）的歸納中獲得輔證。

另外，鑒於「不」在其他功能上的分布同樣齊備，本文認為可將「不」視為一種萬用否定詞，且承自甲骨時期便已有之，其自身可能處於「詮釋未決」（underspecified）的狀態，因而得以靈活出現在各語境中，並隨之得解。

這點也能解釋何以在本章開頭的表統計中，「不」是先秦至東漢之際出現頻率最高者，至少達一六七七筆，其餘六項皆未突破二百筆，顯示前者的分布相對靈活許多。此外，使用頻率高低也是影響某成分能否在競爭者中出線的另一條件，一般來說，愈是頻繁出現者愈容易因為受到使用者的注目，進而脫穎而出，反之則否。

綜觀而言，若能透過某些便利且有效的方式，搭配某高頻詞，進

---

10 或許有人會問，「弗」僅能用作單純否定，功能上更較「不」來得專一，何以無法成為該類的主要成分？對此，本文認為這可能與「弗」的來源與人為語言因素有關。首先，根據前人（如：Boodberg1937、Kennedy1954、丁聲樹1933：991-992、呂叔湘1955、周法高1968和魏培泉2001等）研究，「弗」應是由「不＋之」進一步合音而成的。若果如此，當「弗」進入「Neg＋X」時，可能會造成「不＋之＋X」的理解，進而因違法而被剔除。當然，在傳世文獻中，確實能找到「弗＋X」的存在，這可能反映原有的融合性特色已漸消磨，但實際觀察發現，其仍存有一定影響與限制；但以「不能」與「弗能」為例，於先秦兩漢文獻的筆數，分為六七九八筆對上三七九筆，後者明顯較少。另一個導致「弗＋X」較少的可能原因是：為了避帝諱而改「弗」為「不」，本看法最早由陳垣（1956）提出，爾後也受到Mulder（1959）、大西克也（1989）、魏培泉（2001）與梅祖麟（2013）等人所支持與引用。西漢昭帝（西元前86-前74年）諱名「劉弗陵」，據《漢書·昭帝紀》注引荀悅曰「諱弗之字曰不。」自昭帝一朝以降便慣以「不」替「弗」。事實上，這類改字避諱的方法習見於西漢，如：高祖劉「邦」改為「國」、惠帝劉「盈」改為「滿」、文帝劉「恒」改為「常」、景帝劉「啓」改為「開」等。以上各種討論都可能是導致「弗＋X」在傳世文獻中失勢的原因，鑒於篇幅關係，將不再進一步細探。

而取代原本較複雜的記誦與使用形式，除符合語言發展的經濟性原則外，也是「不＋X」得以擴展的另一個動因。

　　對於以上兩個動因，本文認為這背後應涉及某種認知因素所致，即：漢語使用者用以理解否定概念的基模發生改變。如下圖五所示，原有的基模 A 要求使用者同時記誦兩組（肯定＋否定）詞彙，又稱「異幹互補」（suppletion[11]）；反之，新起的基模 B，即「不＋X」，則僅須記憶肯定詞彙，再透過單一否定詞統一執行即可。相較之下，基模 B 更便於使用，經濟性也較高。

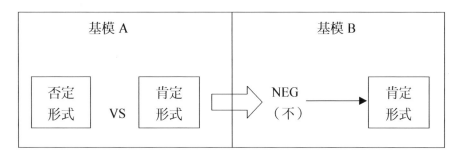

圖五　漢語否定概念基模的變遷

　　另外，本文在 1.2.2 節曾提到，當語言使用者將熟悉的經驗當作來源域，透過其中相似點，藉以理解目標域的途徑便是類推；本文認為這同時也可視為「不＋X」得以在口語上取代其他否定詞的機制。

　　先是了解「不＋X」形式成立於何時？根據本文所見語料與前人研究成果顯示，早在甲骨時期便可窺見雛型，最明顯的例子即是上文

---

11 以義務情態動詞「當」為例，依形態學（morphology）角度來看，「當」應是詞幹（steam），當使用者企圖否定此概念時，可另加否定詞「不」，惟肯定與否定都以同一情態動詞為中心運作。然而，「異幹互補」則指：即用異幹詞充當某一詞形變化表中的某一個詞語（Palmer2003、連金發2013）。例如以「毋」充作「當」否定式，但兩者在表面上看不到彼此的共同成分。

所提「不」後接繫詞「唯」的情況，用例如下。

（55）隹我出乍禍？（《集 2164》）

　　　<u>不隹</u>我出乍禍？

（56）貞：王禍，隹蠱？（《集 201》）

　　　貞：王禍，<u>不隹</u>蠱？

（57）貞：王夢，<u>不隹</u>若？（《集 17397》）

　　　貞：王夢，隹若？

根據學者（如：Zürcher 1977、Yen 1971，1986、潘允中 1982：189-206、Pulleyblank 1959、周法高 1988 與郭維茹 2016 等）所考，同樣可見於甲骨文獻的「非」應是源自同期的「不＋唯」合音而來[12]，亦作「匪」型；「不」的功能是否定用作繫詞的「唯」，整句屬判斷句。

---

12 王力（1964：165-170）並不同意這樣的看法，他認為「非」就是一個簡單否定副詞而已，並不是「不＋唯」，且提出下列幾點論述。一、若以「唯」作「為」（一般公認「為」是繫詞），則無法解釋此間音韻不通用的問題。二、六朝以前沒有真正的繫詞，故只見於上古漢語的「唯」並不能視為繫詞。三、「非」現代漢語譯作「不是」，但不代表「非」就是「不是」的前身。對於以上三點，Pulleyblank（1959）、潘允中（1982：189-206）與周法高（1988）等皆提出駁證。首先，關於音韻相通的問題，潘允中（1982：189-206）認為喻四（唯）和喻三（為），即餘母和匣母字，並非自始全無相關。如同屬「隹」聲符的「淮」和「惟」等，上古皆屬匣母字；被「敦」所諧的字，如「橔」，亦為匣母字，可見不必完全否定「惟」和「為」於上古的音韻關係。再者，關於繫詞的出現年代，裘錫圭（1979）與潘允中（1982：189-206）也於馬王堆漢帛中發現戰國末期已有繫詞「是」的出現，如「是是帚慧，有內兵，年大孰」（《馬王堆・帛書彗星圖》），時間皆早於六朝許多。Pulleyblank（1959）更是由甲、金文中發現許多「非」和「唯」對舉的用例，且語音上「非」*/pi̯wər/、「唯」*/di̯wər/，前者的/p-/聲母應是來自「不」*/ piŭg/，「非」屬合音應無誤。Pulleyblank（1959）引用的《左傳》更有「非宅是卜，<u>唯鄰是卜</u>。」「唯」後接名詞更證「六朝以前無真正繫詞」之說有爭議。

　　以上看法也可從朱歧祥（1990：57-146）的統計得到輔證，在該文所分的卜辭分期（共五期）中，「不隹」可見於第一期與第四期，並以前者數量為最，第四期中則以合音的「非」為多數。

　　本文認為，在前述兩個動因影響（1.漢語走向分析性語言，2.經濟性原則）之下，漢語將有淘汰原有融合性否定詞的需求。若以新興的分析性趨勢為目標域，最快的掌握方式是透過某一已知且符合新趨勢的形式，將其視為來源域，藉由兩者間相似點進行理解。

　　為能達成以上需求，來自「不唯」的「不＋X」是現知最可能的選項，當該詞組結構逐漸定型後，若又再加上前述動因影響，將有機會使「不＋X」獲得進一步擴展。本過程正是類推機制體現在句法的具體例子，可視為一個句法規則的擴展（石毓智與李訥 2004：397），意即：藉由類推的方式，讓新的形式的使用能夠進一步擴張，直至所有待替換的否定概念。

　　上述結果在先秦甚或後世文獻中，可見到用以否定情態與判斷概念的成分，漸從原本融合形式者，轉而由「不＋X」所取代，此間可能存在的對應型式整理如表十二[13]。

表十二　否定概念於融合與分析形式的對應

融合型式	否定概念	分析型式	
不	動力情態		「敢／願／肯／欲／請／思／望／冀／求／索／謀／圖／慮」
不／毋／勿／莫	義務情態	不	「必$_1$／當$_1$／宜$_1$／得／請／如$_1$／若$_1$」
不	認知情態		「必$_2$／當$_2$／宜$_2$／如$_2$／若$_2$／似／類」
非	判斷		「唯／是」

13表中關於先秦情態動詞的列舉，皆是參考巫雪如（2012：120）所觀察的詞項。

　　或許有人會問，若「不唯」已於上古融合成「非」，何以後世再度轉回分析性的「不＋X」？對此，本文認為可將觀察格局擴大來看，其實「不唯」代表的意義，某程度上是整體漢語系統可接受「不＋X」形式的初型或起點，爾後在先秦文獻中，尚可看到為數不少的「不＋情態動詞」與「不＋形容詞」等用例，顯示「不唯」埋下的種子已然發芽，且逐漸茁壯。事實上，就後世的發展來看，「非」於口語中同樣為「不＋繫詞」所取代，如「不是」，如此看來，「非」同樣走在整體發展趨勢的軌道上，並無二致。

　　綜上所述可知，「不＋X」在先秦否定結構中整合了所有融合性否定詞，其實背後還有堅實的動因與機制影響；而此變遷的效應則使得漢語否定詞系統逐漸「不」、「無」與「未」三分天下的局面。

2.1.2 「不」於動後的發展及其效應

　　依前人（如：張敏 1990、劉子瑜 1998、吳福祥 1997、遇笑容與曹廣順 2002、魏培泉 2007 與王琴 2013 等）討論可知，「不」在動後位置（即「VP-不」）主要可用作正反問句與是非問句。

　　須注意的是，根據劉秀雪（2013）所述，漢語方言的正反問句形式主要有：一、「VP-Neg」，二、「VP-Neg-VP」，三、「Adv-VP」三種，其中前兩種最晚於唐代便可看到用例，且彼此的發展關係較密切，過往重心也多放在「VP-Neg」與「VP-Neg-VP」的發展關係上。另依張敏（1990）所考，「Adv-VP」最早多傳達反詰功能（rhetorical），其中性用法應是後起的，與另外兩種形式關係較小，且在各方言的普遍性也最差[14]，是以不列入本節討論範圍。

---

14 即便同樣以臺閩語為研究對象，各家學者對「敢問句」（臺閩語Adv-VP結構的代

關於「VP-Neg」與「VP-Neg-VP」的變遷，除可視為北方漢語否定系統變遷造成的效應外；事實上，類似現象也可在臺閩語中發現（詳情於第四章另述），下列將針對這部分進行探討。，主要觀察時代為先秦至五代。下列共包含兩個次小節，分由：一、先秦至南北朝；二、隋唐五代兩個時期。

1　先秦至南北朝

從歷時文獻觀察來看，學者（如：裘錫圭 1988、吳福祥 1997、魏培泉 2007 與江藍生 2007：483-493 等）一般認為「VP-Neg」最早出現於西周中期。此後直至隋唐，本句式更是唯一的正反句式（王琴 2013：111）；更甚者直至現代漢語的某些方言（如：臺閩語）中，本結構仍位於相當重要的地位。

句（58）出自五祀衛鼎[15]，這是目前可見最早「VP-Neg」的用例，同時也顯示「不」是最早進入該結構的否定詞，若由上下文來看，這句應是傳達說者（正）對聽者（厲）意願的詢問。

（58）曰：「余舍女（汝）田五田。」正迺訊厲曰「女（汝）

表）的看法也不一致。如王本瑛與連金發（1995）將之視為反詰問句，但周彥妤（2011）和劉秀雪（2013）則處理做中性問句。顯示「敢問句」應尚未完全脫離反詰用法。

15 殷墟甲骨卜辭中是否存在「VP-Neg」的正反問句，對此各家未取得共識。例如「雨不」（《殷墟書契前編3.19》）一詞。陳夢家（1988〔1956〕：87）等人皆贊成此句應屬正反問句。然而，裘錫圭（1988）卻持相反意見。裘文認為「雨」和「不」分屬命辭及驗辭，因此不屬同一句。一般這類否定形式的驗辭還可在否定詞之前加副詞「允」，如「庚不其雨？允不。」（《甲骨文合集釋文2919》），顯示這裡的「不」和其前文應做兩句理解。同時這類關於天氣的問句在卜詞中占相當比例，情況與前句基本上是一樣的（李書超2013：22）；至於正文所舉的「女賣田不？」的判讀較無爭議，因此本文暫以此為初例。

賣田<u>不</u>？」屬迺許曰「余審賣田五田」。（《五祀衛鼎》）

　　除主觀意願外，「VP-不」也可發現詢問「義務情態」、「靜態動詞」（stative verb）、存在、合成完成體，甚至與繫詞（copula）對舉，以上各用法於南北朝之前都已發現用例，列舉如句（59）至（68）。

義務情態

（59）免老告人認為不孝，謁殺，當三環之<u>不</u>？不當環，亟執勿失。（《睡虎地秦簡・法律問答》）

（60）須菩提問佛：「如是得書成般若波羅蜜<u>不</u>？」佛言：「不能得書成之。是善男子當覺知魔為。」（《道行般若經》）

靜態動詞

（61）我問梵志：「父母親里，盡平安<u>不</u>？」梵志答言：「汝家父母大小，近日失火，一時死盡。」（《賢愚經》）

（62）公孫閈乃使人操十金而往卜於市，曰：「我田忌之人也，吾三戰而三勝，聲威天下，欲為大事，亦吉<u>否</u>[16]？」（《戰國策・齊策》）

存在

（63）泄工勞苦如生平驪，與語，問張王果有計謀<u>不</u>？（《史記・張耳陳餘列傳》）

---

16 根據魏培泉（2007）的研究指出，「不」與「否」在問句句末的分布上大致相等，或由方言語音不同而隸定為二型，又或有其他原因。但無論如何，此處將之視為同一應無大礙。

（64）光曰：「今欲如是，于古嘗有此[17]不？」延年曰：「伊尹
相殷，廢太甲以安宗廟，後世稱其忠。」（《漢書·霍光
傳》）

合成完成體

（65）子去寡人之楚，亦思寡人不？（《史記·張儀列傳》）

（66）時閻羅王以此第三天使教誡已。次以第四天使重教誡
之：「汝頗見第四天使不？」對曰：「不見。」（《出曜
經》）

繫詞

（67）若是菩薩，當先試之，為至誠不？汝化為鴿，我變作
鷹，急追汝後，相逐詣彼大王坐所。（《賢愚經》）

（68）時婆羅門，語行路人：「我能識別人之語聲，若實是
佛，當有梵音，汝可將我往至其所，當試聽之，審是佛
不？」（《賢愚經》）

　　再者，看到用以否定合成完成體的「未」，該詞最初於西漢時進
入「VP-Neg」，但多數用例皆發現於東漢以後。「VP-未」主要傳達說
者對某事件已然與否的詢問，如句（69）至（71），此後也一直維持
這樣的功能，直至現代仍存在部分方言之中（如：臺閩語和粵語等）。

---

17 本處的「此」是回指前一段所指的事件，即「延年曰：『將軍為國柱石，審此人不
可，〔何不建白太后，更選賢而立之？〕』。光曰：『今欲如是，于古嘗有此
不？』」，但在詞類判定上，屬於代名詞，因此「有」仍須判斷為一般動詞，而這裡
仍將之視為「存在（物件）」。整體而言，若與下列的「存在（事件）」相比，該用
例尚能突顯出本文判斷的依據，以及分類過程中實際面臨的情況。

（69）上乃曰：「君除吏已盡未？吾亦欲除吏。」（《史記・魏
其武安侯列傳》）

（70）留侯子張辟強為侍中，年十五，謂丞相陳平曰：「太后
獨有帝，今哭而不悲，君知其解未？」（《漢書・外戚
傳》）

（71）後三日，客持詔記與武，問：「兒死未？手書對牘
背。」武即書對：「兒見在，未死。」（《漢書・外戚
傳》）

　　至於用來否定存在概念的「無」則於東漢時才進入「VP-Neg」
之中，但進一步檢視本時期的「VP-無」顯示，與句末否定詞「-無」
其對舉的動詞都為「有」，且可劃歸為「有 NP 無」，如句（72）至
（73）；這反映了「VP-無」於本時期的功能，僅用以傳達對某名詞性
物件存在與否的詢問。

（72）問諸人曰：「世間羸瘦，有劇我者無？」（《賢愚經》）

（73）須菩提白佛言：「若有菩薩有時還其功德，若復從他方
佛剎來，若供養佛，乃有從彼來生世間者無？」佛言：
「有。」（《道行般若經》）

　　關於「VP-Neg-VP」於本時期的發展，尚無法發現明確證據可支
持其已為獨立格式。以下兩句情況為例，句（74）的上下文顯示，
「欲不欲」及「學不學」應為陳述句，即動賓結構：（欲〔不欲〕）和
（學〔不學〕）；至於句（75）的「賢不賢」和「遇不遇」則應理解為
並列結構的陳述句，即〔賢〕〔不賢〕和〔遇〕〔不遇〕。由於就目前
檢索的文獻來看，本時期的例子皆能按此理解，也因此，朱德熙

（1991）、吳福祥（1997）、江藍生（2007）和王琴（2013：110）方
認為本時期尚無真正的「VP-Neg-VP」存在[18]。

> （74）是以聖人欲不欲，不貴難得之貨；<u>學不學</u>，復眾人之所
> 　　　過。是以能輔萬物之自然而弗敢為。（《老子》）
>
> （75）操行有常賢，仕宦無常遇，<u>賢不賢</u>，才也；<u>遇不遇</u>，時
> 　　　也，才高行潔，不可保以必尊貴；能薄操濁，不可保以
> 　　　必卑賤。（《論衡・逢遇》）

　　上述討論皆建立在「不／無／未」等以否定詞身分進入「VP-
Neg」，然而前人（如：張敏 1990、趙新 1994、遇笑容與曹廣順 2002
和魏培泉 2007 等）研究也指出，這類句末否定詞於中古漢語漸虛化
為「疑問助詞」。對於此間虛化與否的判斷標準，各家互有異同，
（76）至（80）是較具共識的幾項，也是各家皆認同的有力準則。

> （76）疑問助詞方能與否定副詞或否定動詞共現。
> （77）疑問助詞方能與反詰或測度副詞（如：「莫」或「豈」
> 　　　等）共現。

---

18 關於「VP-Neg-VP」的出現年代，王琴（2013：108-111）提到歷來有：一、商代
　說；二、秦代說；三、唐代說三種。這三種說法各有學者支持，但若細究論證的材
　料以及整體語法系統的成熟度，應以唐代說最有可能。若以黃正德（1988）所述，
　「VP-Neg-VP」是以「V-conj-Neg-V」為基底進一步演變而來，因此「選擇連詞」
　何時出現便是關鍵之一。宋金蘭（1996）認為殷代尚未發展出成熟的連詞系統，是
　以不具備產生「VP-Neg-VP」的必要條件；至於秦代雖已普遍使用選擇連詞，但這
　並非充分條件，當時由於「VP-Neg」仍獨霸正反問句的大宗，環境上還不足以讓
　「VP-Neg-VP」因被需要而出現。直至唐代時，「VP-Neg」系統因分用兩種功能而
　在正反問句上弱化，此時也使「VP-Neg-VP」找到被接受的條件，方能在漢語語法
　系統中生存下來。「唐代說」也可由朱德熙（1991）、宋金蘭（1996）、吳福祥
　（1997）與江藍生（2007）的論述獲得支持。

（78）疑問助詞方能與疑問[19]副詞（如：「寧」或「頗」等）共現。

（79）「VP-Q」後面不再有疑問助詞（如：「乎」或「耶」等）。

（80）可以相當「是的」或「不是」的詞語回答。

若依上述標準來看，學者咸認為「不」是最早發生的成員，虛化後功能相當於古漢語的「乎／耶」，或是現代漢語的「-嗎」。至於整體問句類型也逐漸轉做「是非問句」，如句（81）的「不」後尚接其他疑問助詞，是以仍屬否定詞的範圍；但句（82）中「不」可與否定副詞共現，證明此時該詞應已虛化。

（81）是鳥來下，至閻浮利地上，欲使其身不痛，寧能使不痛不耶？（《道行般若經》）

（82）我今問汝：「……非奴不？不與人客做不？不買得不？不破得不？非官人不？不犯官事不？不陰謀王家不？不負人債不？（《十誦律》）

對於這背後的動因與機制，遇笑容與曹廣順（2002）認為應是受到「乎／耶」等詞類化的結果。首先，「VP-不」所出現的位置與「VP-乎／耶」重疊；語義概念上，正反與是非疑問的概念很接近，兩者皆提供一正一反的問題要求聽者回答，因此很容易被使用者類化

---

19 這項標準是由趙新（1994）和吳福祥（1997）所採用的。但遇笑容與曹廣順（2002）認為這條標準不適用於中古漢語。因為當時「寧／頗／可」這類副詞還不具疑問功能，約莫中古晚期至近代前期才逐漸成形。本文之所以採用這條標準，是基於未來可用來審視唐以後作品。

成同一種成分，稍後魏培泉（2007）的研究成果也支持此觀點〔除上述觀點外，本文在 Jayaseelan（2001，2008）與 Aldridge（2011）的基礎上，嘗試提出不同解釋，初步分析請參附錄三。

　　下表十三是按魏培泉（2007）所提供數據進行的統計，可從表中的比例變化看到幾點現象。首先，約東漢末年「不」開始虛化做疑問助詞；再者，「不」用作疑問助詞的比例也由此以降一路攀升，直至南北朝時已超越「乎／耶」取得過半地位。這顯示原本僅單做正反問句的「VP-不」，開始分化出是非問句的功能，即「VP-不 $_Q$」，而且本發展的大勢已成。

表十三　疑問助詞成分比例[20]

		VP-不 $_Q$	乎／耶
東漢		25.1% （189）	74.9% （565）
晉		34.3% （1399）	65.7% （2677）
南北朝	北朝	52.7% （2565）	47.3% （2299）
	南朝	13.3% （210）	86.7% （1370）

　　然而即便如此，仍另外有值得注意的現象，數據顯示南北方言在這部分的接受度並不一致，呈現北快南緩的態勢，這也暗示「VP-不」的功能分用情況主要是以北方為主，南方漢語則相對保守許多。

---

20 魏培泉（2007）的表一原將東漢和吳分別陳列，本文暫將三國時代併入東漢計算。另外西晉和東晉也合併為晉。

事實上直至現在「VP-Neg」仍於部分南方方言用作反覆問句的主要形式,而非是非問句,臺閩語便是一例(施其生 2000、2008)。

綜觀「VP-Neg」於先秦至漢的發展,出現順序為「VP-不 > VP-未 > VP-無」;另就功能層面來說,至東漢為止,各否定詞於「VP-Neg」的分工格局已大致確立,「VP-不」的分布範圍最廣,「VP-未」則專注否定合成完成體,反觀在臺閩語合併成主流形式的「VP-無」,此時期僅傳達否定某物件存在的概念。

最值得注意的是,「VP-不」於東漢末年開始出現是非問句用法「VP-不 Q」,並於南北朝時期超越原有的「VP-乎/耶」。這樣的情況除了顯示出限於「VP-Neg」的否定結構已發生改變外,其實也造成後世一連串的效應,這部分可見於「VP-Neg」與「VP-Neg-VP」在隋唐時期的競合。

2 隋唐五代

前文提到,「VP-不」於東漢末年開始呈現:一、正反問句(「VP-不」);二、是非問句(「VP-不 Q」)的分用態勢,後者於北方漸取代原有的「VP-乎/耶」成為新興的是非問句型式。以上變遷更為後世「VP-Neg-VP」的出現提供適當環境,但還需要其他條件的配合,隋唐五代時期正是相關語法系統變化的關鍵期,接下來將於前人研究基礎上,針對這部分的發展進行陳述。

從下列例句中可看出正反問句「VP-Neg」於隋唐五代的發展狀況,首先,該結構於本時期是承接前期格局繼續發展,原有的「VP-不/無/未」三分功能大致仍維持一致,惟「VP-無」上出現了較明顯的變化。至於原本在前期僅能傳達存在概念的「VP-無」,到了唐代開始否定情態動詞與合成完成體,但比例上仍不高,仍以前期的用法為主。

存在

（83）洛陽無限丹青手，還有功夫畫我<u>無</u>？（《畫像題詩》）

（84）荷鋤田澤畔，垂手引模糊。陷溺今方眾，君還有意<u>無</u>？
　　　（《醉臥田間賴里人章氏子扶歸作詩以謝之》）

情態動詞

（85）綠螘新醅酒，紅泥小火爐。晚來天欲雪，能飲一杯<u>無</u>？
　　　（《問劉十九》）

合成完成體

（86）睡時應入夢，知我腸斷<u>無</u>？（《晚秋》）

　　此外，「VP-無」於本時期也發展出的「VP-無 $_Q$」用法，用例如下。對於這背後的可能運作機制，魏培泉（2007）提出了兩種可能，一是受到「VP-不 $_Q$」的類推影響；另一則是其自身功能的擴張所致，該文認為這兩個觀點都有值得採納之處，並以此為基礎進一步提出下列討論。

（87）入定不知功行久，坐禪未委法何如；今將眷屬來瞻禮，
　　　不審師兄萬福<u>無</u>？（《變文集》）

（88）師云：「千聖也疑我。」僧云：「莫便是傳底人<u>無</u>？」
　　　（《祖堂集》）

　　若從文獻分布來看，「VP-無 $_Q$」問句應是由南方向北擴散的問句，是以魏培泉（2007）推測這兩個詞的類化應與南方人學習北方話有關，其原因有二：一、南方人無法清楚分辨「VP-不」與「VP-

無」的不同;二、南方人的否定詞主要是 /m-/ 聲母或成音節
(syllabic)的 /m/。意即當南方人在使用「VP-Neg」問句時傾向採用
「VP-無」[21],加上其與 /m/ 音近而不易辨認,類似情況也見於臺閩
語,詳情待 3.3 節另述。隨之而來,先是使「VP-無」突破只能與
「有」對舉的限制,如上句(85)便是與情態動詞對舉,從此以降更
進一步擴張其分布範圍,甚至發展出疑問助詞的功能。

　　基於以上兩點因素,魏培泉(2007)認為這應是促成「無→
麼[22]」的動因,其中「麼」可能是「VP-無」在用法與聲音脫離其原
有用法後產生的新形式,這點與太田辰夫(2003〔1987〕:329)、張
敏(1990)及吳福祥(1997)的觀點基本一致。由於這些句末否定詞
的虛化,將造成同音同形的「VP-Neg」兼表正反與是非兩種疑問功
能,這時新形式的「麼」可分擔是非問句的功能,適度解決此問題。
趙新(1994)曾有下列評論,更突顯「麼」在漢語史的重要性。

　　　　疑問語氣詞「麼」是漢語史上第一個專用於是非問的疑問語氣
　　　　詞,它的出現,是此期的重要事件。古漢語中,有些語氣詞既
　　　　可用於疑問句,又可用於陳述具,如「也、矣、焉」等,有些
　　　　語氣詞主要用於疑問句,但間或也用於陳述句或感嘆句,並且

---

21 至於何以不選擇「VP-未」與「VP-不」對應?關於這個問題,本文認為可能與否定
　　詞傳達的概念相近與否有關。從各句末否定詞的分布來看,楊聯陞(1971)曾提到
　　「不」與「未」傳達的觀念並不完全一致,是以「之日大采雨,王不步」(《粹
　　1043》)一句,應理解為否定「存在(事件)」,而非否定「已然」;遇笑容與曹廣順
　　(2002)也提到「VP-不」不等同「VP-未」,看法也與楊聯陞(1971)不謀而合。
　　另如王力在《古代漢語》的〈否定句,否定詞〉篇所述,「無」由於在古代和
　　「毋」互假,「不」也和「毋」在功能上互通,本文認為這也可能是造成混淆的因
　　素之一,若以視之,便不難解釋何以前人會先選擇以「VP-無」和「VP-不」對應。
22 疑問助詞「麼」也可寫作「摩」或「磨」。本文為求行文統一,除非引文需要,否
　　則一律寫作「麼」。

不但用於疑問句的是非問，還可用於特指問和選擇問，如
「耶、乎、歟」等。「麼」則不同，不僅只用於疑問句，而且
專用於是非問、性質純正、功能擔一，在漢語是非問的發展中
具有重要意義。

　　對於「麼」和後世「嗎」關係，將在 4.2.1 節另做討論。接下
來，除了上述「麼」的出現外，「VP-Neg」的功能兼用也對整體語法
系統還造成的其他影響，其中「VP-Neg-VP」的出現是不容忽視的現
象，句（89）是太田辰夫（2003〔1987〕：371）所舉最早的用例，出
現於隋代；而稍後的《六祖壇經》中，也發現類似用例。但未若前述
句（74）至（75）（如：「欲不欲／學不學／熟不熟」等）尚為動賓結
構，下二例已是成熟的「VP-Neg-VP」結構，其中句（90）可由其答
句確認實為正反問句[23]。

　　（89）柳條折盡花飛盡，借問行人歸不歸？（〈送別詩〉）
　　（90）大使起把，打神會三下，卻問神會：「吾打汝，痛不
　　　　　痛？」神會答言：「亦痛亦不痛」（《六祖壇經》）

　　這裡本文認為有必要先了解「VP-Neg-VP」的形成方式，而梅祖
麟（1978）與張敏（1990）則是過往研究中較具代表者。梅祖麟
（1978）發現，該結構應是由選擇問句「為是 NP1，為是 NP2」演變
而來；「為是」（可省略作「是」）於此間應作選擇標記理解（這兩者
可同時或擇一省略），例如句（91），之後更被「還是」取代，很接近
現代漢語的情況。

---

23 湯廷池（1998）和劉月華等（2001：791）都曾提到，正反問句只能選擇其中一個
　　形式回答。以此審視例（41）的答句「亦痛」（肯定形）、「亦不痛」（否定形），應
　　屬正反問句無誤。

（91）□□光明倍尋常，照耀竹林及禪房，<u>為是</u>上界天帝釋？
　　　<u>為是</u>梵眾四天王。（《變文集》）

「為是 NP1，為是 NP2」除提供甲和乙的選擇外，也提供甲和非甲的選擇；而後者恰與正反問句邏輯一致，也提供進一步發展的契機。爾後，張敏（1990）也以此提出用例，證明此間應有發展關係，當句（92）之間進一步合併，且省略第一個「心」時，便是後世「VP-Neg-VP」的前身。

（92）a. 其心復可得。<u>是心</u>？<u>不是心</u>？（《無心論》）
　　　b. 其心復可得。<u>是不是心</u>？

　　張敏（1990）認為「VP-Neg」被「VP-Neg-VP」所取代，應與前者的兼義化具有因果關係；稍後的遇笑容與曹廣順（2002）和王琴（2013：127-133）也對此提出類似看法，這部分也可藉由表十四的數據獲得支持。表中「VP-Neg-VP」的數據來自劉子瑜（1998），其餘則為本文依照前述檢測標準（76）至（80）進行計算。

表十四　正反和是非問句格式消長與變遷

	VP-Neg（不／無）	VP-Q（不／無／麼）	VP-Neg-VP
六祖壇經	75% （3）	25% （1）	1.3% （2）
神會語錄	44.4% （8）	55.6% （10）	2% （3）
變文集	32% （32）	68% （68）	22% （33）

	VP-Neg（不／無）	VP-Q（不／無／麼）	VP-Neg-VP
祖堂集	33.4% （216）	66.6% （430）	6.7% （10）
全唐詩	35.7% （172）	64.3% （310）	68% （102）

　　一開始，先簡述表中所列文獻的相關訊息。前兩份文獻約為唐初（太宗朝）至盛唐（玄宗開元朝）時期，語言上各自反映南方（《六祖壇經》）與北方（《神會語錄》）漢語。《敦煌變文集》主要反映盛唐末（玄宗天寶朝）至中晚唐時期，語言多反映北方漢語。《祖堂集》屬晚唐五代時期（成書於南唐保大十年）。《祖堂集》雖屬南方文獻，但梅祖麟（1994）曾提到「《祖堂集》的語法和閩南話確實有很多相像的地方；那是因為唐末北方官話的成分還保存在閩語裡，而不是《祖堂集》反映當時閩語獨特的語法。」這顯示《祖堂集》的方言基礎是早期北方官話而不是閩語，只能說兩者兼具前後承繼關係，本文也認為這應可理解作南方人在原有系統上融入北方漢語的文獻。至於《全唐詩》的年代貫串唐朝，語言也跨幅南北漢語。

　　本文認為根據上段的文獻背景介紹，應可為表十四中反映數據提供一定詮釋，但由於《全唐詩》包含的時空範圍較廣，這部分先將重點放在前四本文獻。首先看到「VP-Neg（不／無）」和「VP-Q（不／無／麼）」的部分，該表顯示「VP-不／無」由東漢以來兼用正反與是非問句的現象，到本時期可謂大勢已成。

　　如果由數據來看，「VP-不／無」用作是非問句的比例到了盛唐時期已超越正反問句功能；若再以方言分布來看，《神會語錄》的比例也較《六祖壇經》高，顯然這樣的發展應以北方為主。

　　接著看到「VP-Neg-VP」的情況，從表十四也可看出「VP-Neg-

VP」應是盛唐以後的產物，下列便比較代表這段時期的後三份文獻。偏南方系統的《祖堂集》僅占該結構的百分之六點九（10/145），反映北方系統的《敦煌變文集》則占有百分之二十二點八（33/145）。至於占有百分之七十點三（102/145）的《全唐詩》，其中收錄的作者雖橫跨南北，但張敏（1990）曾針對其中使用「VP-Neg-VP」的作者籍貫做過統計，數據顯示，《全唐詩》裡使用「VP-Neg-VP」的四十位作者多為北方人；南方作者（如：徐鉉和羅隱等）則傾向使用「VP-Neg」。以上也代表「VP-Neg-VP」可能先出現在北方，至於南方則相對保守很多，仍維持以「VP-Neg」為主。

　　除地域之間具差異性外，出現在「VP-Neg-VP」的否定詞之間也同樣具有偏向。若細看《敦煌變文集》、《全唐詩》和《祖堂集》共一四五筆「VP-Neg-VP」的語料，可出現於該結構的否定詞絕大部分為「不」，「未」僅三筆，「無」則未見用例。事實上，「不」也是此間最早（至晚在東漢便看得到例子）用作句末疑問助詞者。魏培泉（2007）也提到「VP-不$_Q$」多見於北方，同樣具地域傾向性。

　　接下來，看到「VP-Neg」大量用作是非問句造成的影響。由於原本由「VP-Neg」強勢擔負正反問句的格局已明顯弱化，因此須另起一新形式來替代「VP-Neg」（特別是「VP-不」）留下來的空位。張敏（1990）、趙新（1994）、遇笑容與曹廣順（2002）和王琴（2013：127-133）等人認為，「VP-Neg-VP」便是在這樣的狀態下繼承了原來正反問句的功能。

　　圖六除可使此想法更具體外，亦能呼應圖二的精神。總和來看，原由「VP-Neg」專作正反問句的情況，爾後受到句末否定詞功能轉變的影響，以「VP-不」為先鋒，兼作是非問句，進而逐漸退出這類問句的行列，連帶影響原有的均衡態勢受到破壞，稍後的「VP-無」與「VP-未」亦然如此。若由結構變遷角度來看，下圖也反映了句末

否定系統的結構發生更動，此後為了使正反問句的概念能持續運作，
促使了進一步的連動效應，即：引入「VP-Neg-VP」進入漢語語法系
統中。

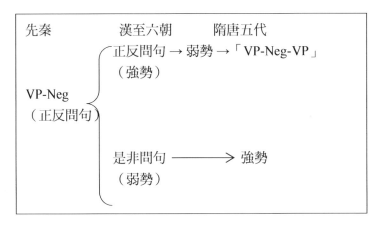

圖六　正反問句句型的演變

2.2 「不」、「無」、「未」與「沒」於存在和合成完成體功能的競爭

　　若由共同語的功能分布來看，「沒」否定的對象兼容兩種概念：
其一是對於存在的否定，其二則是用以否定合成完成體，但這其實是
很晚近的發展。過去除了將存在和合成完成體視為不同系統，並交由
不同詞項加以否定外；若再進一步細看會發現，用來否定以上概念的
否定詞也曾發生更迭，甚至出現同一時期卻有不只一個選項的情況。
如果對比現今由「沒」一統的局勢，這也同樣反映本章一開始所揭示
的發展趨勢：「由繁入簡」與「從混用到專用」。對於上述的發展歷
程，下列將分由三個次小節進行觀察。

2.2.1　否定詞於存在功能的發展過程

從前人（如：陳夢家 1988〔1956〕：127-129、朱歧祥 1990：95-
103 與沈培 1992：19-29；163-169 等）所整理的訊息顯示，漢語最早
用以傳達「存在」的概念可上溯殷商甲骨時期的「亡」。根據陳夢家
（1988〔1956〕：127-129）所述，「亡」在這裡應視為動詞，並常與
「有」（或作「又」，或作「㞢」）對舉於貞辭之中。用例如下。

> （93）翌丁卯勿〔奏舞〕，亡其雨？（《合 14755》）
> （94）翌日庚其秉乃雩，至來庚亡大雨？（《合 31199》）
> （95）甲申卜，爭貞：王㞢不若？（《丙 510》）
> 　　　貞：王亡不若。
> （96）辛未卜，賓貞：王㞢不征？（《集 5354》）
> 　　　貞：王亡不征？
> （97）貞：乙巳㞢至？（《集 13256》）
> 　　　貞：乙巳亡其至？

爾後，又陸續出現了不同的替用形式，包含「罔」、「靡」等；此
外，後世常見的「無」也開始被用作否定動詞，有時還能寫作「无」
或「毋」，但仍以「無」為主，且「亡」也尚未完全消失。

有關「罔」、「靡」、「無」、「无」、「毋」與「亡」的混用現象，本
文認為除同樣可引孫錫信（1992：169-170）的看法將之理解為反映
方言差別外；事實上，古人業已有相關論述。

以「無」與「亡」為例，根據《說文・亾部》：「無，亡也。從亡
無聲。……无，奇字，無也。」段玉裁注釋時進一步提到：「凡所失
者，所未有者，皆如逃亡然也。」《說文》又述：「亡，逃也。从入从

し。凡亡之屬皆从亡。」段玉裁注釋：「逃者，亡也。……引申之則謂失為亡……亦假為有無之無，雙聲相借也。」

從上述引文相互對照可知，「無」原是「亡」的假借字，兩者同屬明母；然而，這樣的借用並非一開始即為如此。根據《漢語多功能字庫》（http://humanum.arts.cuhk.edu.hk/Lexis/lexi-mf/）所載，「無」原是「舞」的初文，本義為「跳舞」，例如下兩例皆是傳達對河神或山神跳舞之義。

（98）無，大雨。（《合 30030》）

（99）無河眔岳。（《合集 34295》）

然而，直至甲骨文中，仍未見到「無」假作「有無」的「無」，須遲至入周後方見這類用例，下列分為金文與春秋時期的用例。

（100）萬年無彊。（《善夫克鼎》）

（101）萬年無諆。（《王孫遺者鐘》）

（102）人誰無過（《左傳・宣公二年》）

（103）無怨無德，不知所報。（《左傳・成公三年》）

另外，如前頭《說文》所述，除「無」之外，其奇字「无」同樣並存於文獻之中，用例如下。

（104）不出戶庭，无咎。（《周易・節》）

（105）子曰。貴而无位。高而无民。（《周易・乾》）

類似的假借情形同樣可見於前後時期的文獻之中，如「毋」、

「罔」和「靡」身上，並且一樣可歸入明母字；這也再次說明，早期否定詞數量的繁盛部分來自語音相近進而孳衍之故。

（106）苟<u>毋</u>大害，少枉入之可也；已，則勿復言也。（《郭店·性自命出 61》）

（107）則<u>毋</u>央矣。（《睡虎地·日書甲種 26》）

（108）眾口所移，<u>毋</u>翼而飛。（《戰國策·秦策》）

（109）生芻一束。其人如玉。<u>毋</u>金玉爾音。而有遐心。（《毛詩·小雅》）

（110）先王顧諟天之明命。以承上下神祇。社稷宗廟。<u>罔</u>不祇肅。（《尚書·商書》）

（111）自成湯至于帝乙。<u>罔</u>不明德恤祀。（《尚書·周書》）

（112）毖彼泉水。亦流于淇。有懷于衛。<u>靡</u>日不思。（《詩經·邶風》）

（113）既克有定。<u>靡</u>人弗勝。（《毛詩·小雅》）

再者，值得注意的是，除了上列這些以單詞形式問世的情形外，在同時期的古文獻中其實還能見到以「Neg＋有」否定「存在」概念的現象，包括「不有」、「无有」、「無有」、「罔有」、「靡有」與「毋有」等。

（114）王曰。嗚呼。我生<u>不有</u>命在天。祖伊反曰。嗚呼。乃罪多參在上。（《尚書·商書》）

（115）問焉而以言。其受命也如響。<u>无有</u>遠近幽深。（《周易·繫辭》）

（116）明王慎德。四夷咸賓。<u>無有</u>遠邇。畢獻方物。（《尚書·

周書》）

（117）行慶施惠。下及兆民。慶賜遂行。<u>毋</u><u>有</u>不當。（《禮記・
　　　月令》）

（118）罔匪正人。以旦夕承弼厥辟。出入起居。<u>罔</u><u>有</u>不欽。發
　　　號施令。罔

（119）有不臧。（《尚書・周書》）

（120）維民之則。允文允武。昭假烈祖。<u>靡</u><u>有</u>不孝。（《毛
　　　詩・魯頌》）

　　從《玉篇・亼部》：「無，不有也。」的說法可知，「Neg＋有」應
是分析性的概念，這裡的否定詞須視為副詞成分；反之，融合性的
「無」則應做否定動詞理解。這或可視為未來促使「沒有」出線的遠
因，相關論述容後再述。

　　爾後，或因政權日漸統一之故，又或語言的經濟性原則驅使，隨
著趨同性的作用影響，「無」到了中古時期成為否定「存在」概念中
最為強勢者，餘者則罕見使用。以《世說新語》為例，「無」超過三
百筆以上，「靡」使用一次、「罔」、「毋」均未見用例；至於「Neg＋
有」的用例僅見「無有」與「不有」，分別有三筆及四筆，餘者則退
出了常見詞項的範域。以上結果也體現「由繁入簡」的趨勢，同樣因
某一成分的強勢化，使得原有結構失去平衡，進而出現排擠效應。

　　關於前述由「無」寡占否定「存在」概念的情形，便開始進入穩
定狀態，直至中唐以後，開始出現了該系統出現了新的成員，即活躍
於現代北方官話系統的「沒」，例如：

（121）暗去也<u>沒</u>雨，明來也<u>沒</u>雨。（《喜雨》）

（122）蛾眉愁自結，鬢髮<u>沒</u>情梳。（《三月閨怨》）

（123）教遍宮娥唱遍词，暗中頭白沒人知。（《宮詩》）

（124）深山窮谷沒人來，邂逅相逢眼漸開。（《送王閒歸蘇
　　　 州》）

（125）海底飛塵終有日，山頭化石豈無時。誰道小郎拋小
　　　 婦，船頭一去沒回期。（《浪淘沙·海底飛塵終有日》）

　　然而，「沒」於初起之時並未立即取得優勢，相反地，整體否定
結構仍維持相當一段時期由「無」獨尊的局面；須到元明之際，雙方
局勢才獲逆轉；以篇幅接近的四齣元雜劇（未經明人臧懋楯校訂）與
《金瓶梅》（11-16回）來看，這點從下表十五統計數據可看出。

表十五　元明之際「無」、「沒」於否定存在的勢力轉變

	無	沒	時間與代表地域
拜月亭 裴度還帶 調風月 遇上皇	71.8% （89）	40.8% （40）	元代北方
金瓶梅 （11-16）	28.2% （35）	59.2% （58）	明代北方

　　上表文獻主要都以北方官話系統寫成，顯示「沒」應是在北方官
話為主的文獻中取得優勢。此外，本文雖由成於明中末葉的閩南戲文
《荔鏡記》、《金花女》與《蘇六娘》等書尋得十筆「沒」的語料，但
皆是用於公堂審問的對話，這類情境不免涉及官話成分，有特定因素
影響；至於文本中的日常對話則未見「沒」的用例，這部分應可從上
述說法提供輔證，後續討論將待 2.2.2 節另述。

　　至於另一個同樣常見於後世的「沒有」，根據蔣冀騁與吳福祥（1997：446）、香坂順一（1997：164，245）與徐時儀（2003）等人研究指出，應是受到早期「無有」形式類化影響所致。這部分應可從前文對「Neg＋有」格式的討論獲得佐證，從更早以前曾出現過的「不有」、「罔有」、「靡有」與「毋有」等詞可知，類化之說確實具有可信服之處。

2.2.2　否定詞於合成完成體功能的發展過程

　　漢語對於合成完成體的否定早於甲骨文時期便已存在，據陳夢家（1988〔1956〕：127-129）和張玉金（2001：40-61）的觀察，當時主要用「不」否定已然（reality），即；合成完成體[24]，例如：

> （126）貞：今日王往于稟？之日大采雨，王<u>不</u>步。（《合12814》）
>
> （127）貞：今癸亥其雨？（《合892》）
>
> 　　　　貞：今癸亥<u>不</u>其雨？允<u>不</u>雨。
>
> （128）己酉貞，旦貞：帝<u>不</u>我堇？（《合33006》）
>
> 　　　　貞：帝其堇我。
>
> （129）乙巳卜貞：今日<u>不</u>雨？（《集37669》）
>
> 　　　　戊戌□<u>不</u>遘雨？

　　除了「不」之外，張玉金（2001：40-61）另外提出「弗」也有相同功能，但稍早時，陳夢家（1988〔1956〕：127-129）卻認為，

---

24 如1.6.2節所述，過往對於這類合成完成體的內涵看法並不一致，未免論題失焦，這裡暫用「已然」稱之，未來將於第四章中再做細論。

「不」和「弗」具有五項不同之處，其中一項正是「可不可以否定已然的事實」。對於上述所遇矛盾之處，本文認為可透過比較各自用例獲得釐清，下面是「弗」的用例：

（130）庚午貞：辛未敦召方，易日？允易日，<u>弗</u>及召方。
　　　　（《合 33028》）
（131）庚辰卜：王<u>弗</u>其執豕？允<u>弗</u>執。（《合 10297》）

　　在分析之前，有必要說明一下卜貞之辭的記錄背景。一般來說，卜辭是用來詢問某件尚未發生的情況，爾後，再根據事實，將結果記錄於驗辭之中；是以在語境的劃分上，卜辭與驗辭應分指「未然」（irreality）和已然情形。

　　那麼若依此回頭檢視句（33）至（37）的情況，結果將可發現，無論「不」或「弗」皆可出現在卜辭與驗辭之中；同時也意謂著這兩個成分在否定已然事實上並無二致。另者，根據 2.1 節的討論來看，若接受「弗」可能是融合「不＋之」的觀點，則可將相關用例歸入賓語前置，即「不＋之＋V」；是以後文將把此二者同一計較，不另行討論「弗」的情況。

　　進入周秦兩漢之際，用以否定已然合成完成體的成員開始發生了變化，新增了兩個成員「未」和「無」，其中前者更是「不」在此後的主要競爭對象，下列先看到三者的分布環境。

1　否定詞＋動詞

（132）以其<u>不</u>爭也，故天下莫能與之爭。（《郭店・老子甲》）
（133）隱而<u>未</u>見。行而未成。是以君子弗用也。（《周易・乾》）

（134）而孟子之後喪踰前喪。君<u>無</u>見焉！（《孟子・梁惠王》）

2　否定詞＋動詞＋賓語

（135）□<u>不</u>知其敗。（《長臺關》1-029）

（136）今者吾喪我，汝知之乎？女聞人籟而<u>未</u>聞地籟，女聞地籟而<u>未</u>聞天籟夫！（《莊子・齊物論》）

（137）天下之士不以荊軻功不成<u>不</u>稱其義，秦王不以無且無見效<u>不</u>賞其志。（《論衡・定賢》）

3　賓語前置

（138）朱厲附曰：「始我以為君<u>不</u>吾知也，今君死而我不死，是果不知我也；吾將死之，以激天下不知其臣者。」（《說苑・立節》）

（139）子曰：「……有能一日用其力於仁矣乎？我未見力不足者。蓋有之矣，我<u>未</u>之見也。」（《論語・里仁》）

4　否定詞＋副詞＋動詞

（140）《詩》云：「誰秉國成，<u>不</u>自為正，卒勞百姓。」（《郭店・緇衣》）

（141）是以太公七十而不自達，孫叔敖三去相而<u>不</u>自悔。（《說苑》）

5　否定詞＋動詞＋介詞＋名詞

（142）喜於內，<u>不</u>見於外；喜於外，<u>不</u>見於內。（《上博・昔者君老》）

（143）故國有德義未明於朝者，則不可加以尊位；功力<u>未見</u>於國者，則不可授與重祿。（《管子·立政》）

（144）慎子有見於後，<u>無見</u>於先。老子有見於詘，<u>無見</u>於信。墨子有見於齊，<u>無見</u>於畸。宋子有見於少，<u>無見</u>於多。（《荀子·天論》）

6 否定詞＋介詞＋名詞＋動詞＋賓語

（145）子皋曰。孟氏<u>不</u>以是罪予。朋友<u>不</u>以是弃予。以吾為邑長於斯也。買道而葬。（《禮記·檀弓下》）

（146）紹客多豪俊，並有才說，見玄儒者，<u>未</u>以通人許之，競設異端，百家互起。（《後漢書·張曹鄭列傳》）

如前所示，上列例句的分布環境相當完整，這顯示否定已然合成完成體的概念已日臻成熟，跨出了甲骨時期局限於「否定詞＋動詞」、「否定詞＋動詞」與賓語前置的格局（可詳參朱歧祥 1990：87-91 的考究）。反映在「未」的分布上也可看到，該詞雖是本時期的新生成員，但在分布上並未較「不」遜色，顯示相關概念無論在句式，或是轄下成員的運作上都有了長足的發展。

須說明的是，「無」所否定的概念應當分成兩種，其一是「否定某事件的發生」，如上述用例；反觀下列句（147）的「不持載」與「不覆幬」雖也指涉一種事件或行為，但也可理解為某種常態性情況。對於第二種情形，語料中僅見「無」而不見於另外二者[25]，但若再細看，其實句（147）的情況並非典型的否定已然狀態，更涉及了

---

[25] 文獻中雖可看到「乃至薩云若薩云若法如亦不合亦<u>不不</u>合」（《大正新修大藏經》），但第一個「不」在這裡應理解為「非」較恰當。

2.2.1 節討論的否定存在概念，故不在這裡的討論範圍之內[26]。

　　（147）辟如天地之<u>無</u>不持載，<u>無</u>不覆幬，辟如四時之錯行，
　　　　　　如日月之代明。（《中庸》）

　　從上可知，周秦以後主要的合成完成體否定詞有三個；然而，這並不代表「不」、「無」、「未」之間一直處於三強鼎立的局面，表十六是針對先秦至南北朝時期主要合成完成體否定詞的分布統計[27]。數據顯示，從甲骨文時期便已存在的「不」，因稍後出現的兩個成員已漸趨弱勢。

　　若再進一步審視下表十六，「未」和「無」的分布也有強弱之分，自始便用以否定已然概念的「未」，成為了「不」在這方面的重要競爭對手；反觀「無」的比例仍在低檔徘徊，這背後除了須分用於「否定某種常態性情況的存在」，更可能的是，動詞功能才是當時「無」的主要用法[28]。但無論如何，隨著「未」的出現，原由「不」

---

26 儘管第二種情況不在這裡的討論範圍之內，但仍有值得探討之處，尤其是這種情況反映了「無」從早期否定「存在」到否定「已然」的過渡階段，這兩種概念的差別在於，前者否定的對象屬於「實體」（entity）範疇的用法，即某事物不存在；後者的對象則應歸入典型的時間（time）範疇，即某行為沒發生。據此回頭看到句（147）的情況，既涉及已然概念，即「不持載」與「不覆幬」等行為並未發生；但也可將之視為某種具體情況，顯示這裡的「無」正處於一種過渡階段。這樣的現象常出現傳達「存在」概念的詞彙上，如英語的「have」可用作動詞表「存在」，如：I have a dream.或是用作合成完成體標記，如：I have dreamed what a joy you'll be.當然「無」須以「不有」相應之。

27 此處雖受限於人力相關因素，對於《史記》與《世說新語》僅能觀察部分篇幅，大約介於四五〇〇〇至五〇〇〇〇之間，惟觀察對象的選擇上，仍依研究取向為基準，選擇對話較多的「列傳」為主，或能多少補足觀察篇幅上的不足。類似的情況也同樣見於稍後的表十六，在此一併說明。

28 大西克也（1989：36-40）曾統計馬王堆帛書，其中「無」於百分之九十七的用例中

獨占合成完成體的態勢便受挑戰，且隨時間演進，兩者也漸由混用走向分用之勢，併由「未」取得寡占地位。

表十六　先秦至南北朝中合成完成體否定詞分布

	論語	史記列傳 （1-12回）	世說新語 （1-10回）
不	44.3% （27）	35.5% （27）	30.3% （30）
無	4.9% （3）	10.5% （8）	5.1% （5）
未	50.8% （31）	53.9% （41）	64.6% （64）

上述由「未」寡占否定已然概念的情況持續了相當長一段時間，直至晚唐五代時亦然，以南唐的禪宗語錄《祖堂集》為例，「未」占百分之八十一點八（440/538），「不」僅占百分之十八點二（98/538），同時並未發現「無」的用例。

（148）准《因果經》云：「釋迦如來未成佛時，為大菩薩，名曰善慧，亦名忍辱。功行已滿，位登補處，生兜率天，名曰聖善，亦曰護明。（《祖堂集》）

（149）汝豈不見《彌陀經》云：「水、鳥、樹林，皆是念佛、念法、念僧。」（《祖堂集》）

作動詞；張國豔（2005：143-150）據《居延漢簡》統計，「無」共五十一例，其中動詞用法占百分之七十一（36例）；李明曉（2010：159）由楚簡統計，「無」的動詞用法占百分之七十點二（59/84），三家平均百分之七十九點四。

　　以上情形直到「沒」的出現才起了新一波的結構重整，然而，對於「沒」何時用於否定合成完成體，過往各家卻莫衷一是。首先，徐時儀（2003）雖曾提到《敦煌變文集》中已發現類似用例，如「數次叫文，都沒應挨；推筑再三，方始回答。」但包括他自己與楊榮祥（2005）等人在內都支持吳福祥（1995）提出的南宋說；有別於此，太田辰夫（1987：279）與石毓智和李訥（2000）等人則傾向元明說，各派用例分列如下：

南宋說

> （150）沒瞞過我實是你災。（《張協狀元》）
>
> （151）如人讀書，初未理會得，卻不去究心理會。問他易如何，便說中間說話與書甚處相類。問他書如何，便云與詩甚處相類。一齊都沒理會。（《朱子語類》）

元明說

> （152）俺等了一早起，沒有吃飯哩。（《東堂老》）
>
> （153）你老人家去年買春梅，許了我幾匹大布，還沒與我。（《金瓶梅》）

　　對於前述歧見，本文先回頭檢視「沒」在《敦煌變文集新書》[29]的分布，結果顯示，似可用於否定已然的例子僅占二筆，即使包含徐

---

29 徐時儀（2003）所錄者為王重民等（1957）編纂的《敦煌變文集》（北京市：人民出版社）；但「漢籍全文語料庫」與「中國哲學書電子化計劃」所收者皆為潘重規（1994）所編纂的《敦煌變文集新書》（臺北市：文津出版社），本文認為兩者取材來源相同，反映出的現象應不致過於巨大，同時為求全文語料來源一致，故決定選用《敦煌變文集新書》為觀察對象。

時儀（2003）的例子也不過三筆，除應視為個別用例較適切外，也可能是徐時儀（2003）未支持唐代說的原因。

（154）苦行修行沒退緣，供侍仙人情轉切……。（《變文集》）
（155）莫依前不肯拋貪愛，□□□的沒淪（輪）迴去不還。
　　　　（《變文集》）

接下來，再看到南宋到清末之際的分布情況。從下表十七的統計資料可以看到，由「未」主導否定已然的格局，即使到南宋時期仍未見改變，且持續到元代；直到元明之際才出現重要改變。

表十七　南宋至清末中合成完成體否定詞分布

	朱子語類（卷5-卷9）	拜月亭裴度還帶調風月遇上皇	金瓶梅（11-16回）	兒女（1-5回）
不	23.1%（12）	38.3%（18）	27.3%（15）	17.9%（7）
無	3.8%（2）	19.1%（9）	7.3%（4）	0%（0）
未	67.3%（35）	29.8%（14）	12.7%（7）	15.4%（6）
沒	5.8%（3）	12.8%（6）	52.7%（29）	66.7%（26）

綜上所述可知，「沒」的興起約起於唐代，但初發之時僅限於個別用例，爾後隨著時間演進，相關用例也逐漸增加，直至元明之際，

方一舉取得優勢地位；且在現代漢語之中，則與「不」形成二分對立之勢，於口語中包辦否定存在與已然的功能（呂叔湘 1999〔1980〕：90-92，382-384）。

　　本節重點在於整理漢語中否定已然成分的變遷歷程，為避免模糊焦點，關於「沒」興起的動因，以及對於整理否定結構造成的效應，則待下一節另行說明。此外，由於「Neg＋經驗體標記」結構轄下成員的功能相對較複雜，除涉及了不同的認知視角外；同時還牽涉各合成完成體否定詞於「Neg＋經驗體標記」結構的競爭，也對閩南語的合成完成體格局造成影響，是以將於第五章一併說明較合適，下節先探討「沒」取代「無」與「未」的動因與效應。

2.2.3　「沒」取代「無」與「未」的動因與效應

　　在上一節之中，本文分別從「存在」與「合成完成體」功能整理了古今否定詞的替代過程，結果顯示後起的「沒」在這兩種功能中，皆於口語上取得優勢；然而，儘管對於「沒」的來源，學界已有定見，一般認為是來自古漢語「無」與「未」的混用，但有關這段混用過程的驅動原因卻未有統一論斷。此外，「沒」的出現為整體否定系統帶來了什麼效應？以及該效應反映了語法系統的什麼特色？以上各議題皆有待進一步探索。

　　過往對於「沒」取代「無」和「未」的動因，大致有下列兩類看法。須說明的是，以下兩方旨要皆於突顯混用的主要驅動因素，並不因此徹底否定另一方的合理性。

　　1.語義說：主張「沒」自身發展出否定功能後，才進一步合併「無」及「未」；某程度可謂「沒」因「轉注」使然

方得以替用。代表人物有：太田辰夫（2003〔1987〕：278-279）、石毓智與李訥（2001）和徐時儀（2003）等。

2. 語音說：主張「無」和「未」是受到原有聲母丟失後，使用者進而以音近的「沒」替代；某程度可視為「沒」依「假借」替用前二者。代表人物有：Maspero（1914）、高名凱（1986〔1948〕：441-445）、Demieville（1950）、周法高（1953）和連金發（2014b）等。

「語義說」的看法最早由太田辰夫（2003〔1987〕：278-279）提出，他認為「沒」的否定功能是來自其原義：陷沒、埋沒；其先於「無有」中替代成「沒有」，此後再形成「沒」。然而，太田辰夫當時對上述說法卻沒有進一步的說明，直至近年方有石毓智與李訥（2001）和徐時儀（2003）等人依此重新討論。

石毓智與李訥（2001）主要由語法化探討「沒」的演變，並提出下列三個發展關鍵步驟。

1. 「沒」於唐中後期（約第 8 世紀）由傳達「沉沒、埋沒」的動詞，引申出「缺乏」義，並對應上「無」的否定動詞用法。

2. 第十三至十四世紀以後，「沒」由連動結構的第一動詞虛化為否定副詞；除反映在開始常與「有」結合為獨立動詞「沒有」外；「沒」也常與詞尾的「的（得）」共現。

3. 第十五世紀以後，「沒」則逐漸用作謂語中心動詞的否定，並對應上「未」的功能且取代之。

其中上列第二點所述，從歷史發展來看，「沒有」應是「沒」虛

化成副詞後的產物，這點與過往看法互異。然而，誠如以上所見，石
毓智與李訥（2001）僅著重「沒」自身的發展，卻未說明其何以能取
代「無／未」，對此，徐時儀（2003）則由音近互假的角度提出解釋。

　　徐時儀（2003）同樣支持上文的語義轉變之說，更舉《小爾雅》
所述「勿、蔑、微、曼、末、沒、無也。」論證在唐以前「沒」早已
出現否定動詞的用法。至於何以如此，該文認為應與「沒」丟失入聲
韻尾有關。

　　據載「沒」上古歸入明母入聲勿部，《廣韻》則為明母入聲沒
韻；「無」上古屬明母平聲魚部，《廣韻》則入微母平聲虞韻。徐時儀
（2003）認為隨著北方入聲韻的脫落消失，「無」和「沒」在口語上
漸趨一致，並直指這應是此間替代的關鍵要素。

　　　　據此我們可以說「無」與「沒」的替換在唐時已露端倪，
　　　　「沒」由「沉入水中」引申的「消失」、「失去」義融入了
　　　　「無」的「亡」義而產生「沒有」義，「沒」韻的舒聲化與
　　　　「無」的文白異讀使得「沒」的讀音與「無」的白讀音/mu/趨
　　　　於相似，進而逐漸形成了「沒」取代「無」的語義和語音條
　　　　件。

　　然而，若以上混用僅肇因於「沒」和「無」皆讀作/mu/，則本文
認為其仍須回答以下三個問題。首先，「無」自東漢一直到宋元以
前，幾乎成為「否定擁有」的代表詞（俞光中與植田均 1999：314-
325），顯示「無」的活躍度相當高，何以僅因同音便為當時僅初發的
「沒」取代？

　　另者，客語、粵語和臺閩語（去鼻化為/b-/）中，「沒」和「無」
同樣音近，何以未發生取代現象？或許有人認為這是因為「沒」在閩

客粵語仍保有入聲韻尾所致；但據周法高（1953）所考，和「沒」同屬「勿」部（皆以入聲收尾）的「勿」卻可與「無」替用，例句如下。這顯示入聲韻脫落與否並非最大的因素，有必要另尋其他解釋。

（156）勸你三界子，莫作<u>勿</u>道理。（《寒山詩》）
（157）余乃返窮之，推尋<u>勿</u>道理。（《寒山詩》）

　　第三點，若「沒」的否定語義是自身發展而來，何以南方方言（如：閩南語、粵語和客語等）卻未見相關用法呢？另者，太田辰夫（2003〔1987〕：278-279）和石毓智與李訥（2001）的例子皆是已成為否定動詞者，有必要另外舉出「沉沒→缺乏」的橋接語境（bridging context）（Heine 2002）。徐時儀（2003）稍後雖舉清代葛其仁對《小爾雅》的疏證解釋，但周法高（1953）早前已對該疏證提出質疑，或應如《詩經·小雅傳》訓為「盡」，而非「沒有」，甚至懷疑此處的「沒」或許是後人所加[30]。

　　有關上述疑問的前兩點，本文認為可由傳統的「語音說」獲得解釋。就本文所見，Maspero（1914）為最早倡議者，其說如下，稍後更獲許多後人（如：高名凱 1986〔1948〕：441-445）、Demieville 1950、周法高 1953 和連金發 2014b 等）支持。

　　<u>我們知道通俗語言為了某些常用的字保存古讀，不再和它們在</u>

---

[30] 《小爾雅》雖相傳成於漢代（《漢書·藝文志》載有《小爾雅》一篇），但實已亡佚，現行本是由《孔叢子》第十一篇另行抄出，已與《藝文志》所指不同。有關現行本的作者，至少有三種說法：一、後人纂輯而成書；二、由三國魏王肅所偽造；三、從古小學之遺書而採入《孔叢子》（《孔叢子》本即是偽書，這點已由《四庫全書總目》卷第四十三的《小學類存目一》所證其偽。）無論如何，皆說明該書應成於後人之手，那麼舉其佐證時，恐怕需更多輔證才可。

語源上屬同組的字相當；並且當它們如此和較規則的文言音不
同時，它們常被特殊的字型所代表。如同我們用/mei/「沒」
替代/wei/「未」（或在中部方言中/mu/「沒」代替/wu/
「無」）；實際上這些字的古聲母是/m-/而在唐代失去了。

對於上述變化，此間亦涉及明微二母的分化，據俞光中與植田均
（1999：314-325）所考，此間發展如下：

「無」是微母字，隋代以後，輕唇微母字由重唇明母字分化出
來（唐守溫字母已有輕唇音），可是口語中許多常用字仍說重
唇音。這種文白異讀情況猶如今吳語重唇和輕唇的白音、文
因對應，如「問、聞、味、微、無、尾」白音說/m-/，文音讀/
v-/。

據連金發（2014b）所述，明、微二母原都是雙唇鼻音，區別僅
於/-i-/介音的有無，爾後發展在漢語方言上約分做兩大類。其一是明
母雙唇聲音，微母雖保存唇音部分，但鼻音成分消失成為/v-/或/w-/，
如客語；其二則為明、微二母皆保存雙唇鼻音，如閩南語。至於官話
系統中，多數微母皆轉變成半元音（semi-vowel）的/w-/，如現代漢
語的「無」和「未」分讀為/wu/與/wei/；然而，口語上這類字仍保有
雙唇鼻音，是以時人在不知情的狀況下便用音近的「沒」替代[31]。

　　除上述由宏觀角度的解釋外，周法高（1953）則針對「沒」替代

---

31 高名凱（1986〔1948〕：441-445）直言，「『無』、『微』、本來是念微/m（w）-/，後
　來讀音為/w-/，而說話則仍保留/m-/，這是白話歷史中用『沒』的來源，『沒』其實
　只是代表保留於口語中的『無』、『微』類的中古音而已，……。」該文稍後更直
　言，「沒」的否定用法並非由「沉沒」引申而來。

「無」和「未」的過程,分別提出更具體的觀察。

首先,看到「沒」對「無」的替用,周法高(1953)認為此間與「勿」和「無」的混用應有連結;此外,「勿」和「沒」的語音雖可反映上述明、微二母之別,但仍十分相近,分別為/mi̯wət/與/muət/[32]。因此該文也進一步指出,「沒」作動詞訓「無」,可能即代表古代常用的「勿」字,「沒」就是「勿」的後身;當「勿」和「無」丟失/m-/母後,故不能再代表/mo/(或/mu/)的否定詞,而改由「沒」替代。

前述觀點本文基本上是同意的,如此也能解釋上述前兩個問題。「沒」之所以能取代高活躍度的「無」,除了音近之外,後者丟失/m-/聲母,以致無法代表/mo/(或/mu/)否定詞更是關鍵。回頭來看,這也能解釋何以客語、粵語和臺閩語的「無」未被取代?本文認為正因這三種方言皆保留/m-/聲母(或/-b/聲母),使「無」在缺乏關鍵環境下得以留存。

最後論及「沒」對「未」的替用,這部分則涉及 Demieville(1950)所提「沒」的語音發展,如下。

(158)「沒」:*/muət/→*/muəd/→*/muəi/→*/məi/→/mei/

有關上列發展過程,周法高(1953)認為按演變規則來看,*/muət/應是變作/mo/(或/mu/),而非/mei/,因此由/mei/替代「未」的推測便有爭議(按:粵語的「未」便讀作/mei/)。該文提到現在漢語讀作/mei/的否定詞,則可能是取代古代「微」和「未」(按:這兩者皆屬微部,在粵語中語音也相近,僅聲調不同),由於同屬為母的兩者皆丟失聲母/m-/,是以由當時仍持/m-/聲母且已具否定功能的「沒」入

---

32 周法高(1953)將「沒」擬為*/muət/是引自Demieville(1950)所標。

替。

　　最後，有關上述的第三個問題：何以「沒」在南方方言（如：閩南語、粵語和客語等）之中未見相關用法呢？可能有人會歸因於歷史偶然所致，這當然無法否認其可能性，但這仍然無法同時解決其他關於音韻方面的問題；反之，若由假借角度解釋便無此疑問。

　　在了解了「沒」取代「無」和「未」的主要原因後，接下來，則須進一步釐清本節一開始提到的問題：「沒」的出現為整體否定系統帶來了什麼效應？以及該效應反映了語法系統的什麼特色？關於這兩個問題，其實都可以從下列的發展圖獲得啟示。

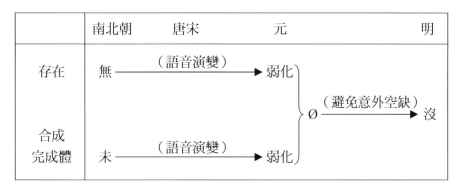

圖七　各否定詞於存在和已然功能的競爭

　　首先，根據 2.2.1 與 2.2.2 節討論的訊息，圖中的「無」和「未」原為用以否定「存在」與「合成完成體」的強勢形式；爾後，隨著，「沒」統一了「無」和「未」，除了使得北方漢語的否定詞結構正式進入了「不」、「沒」二分格局外，同時也與南方方言系統各自走向不同的發展局面，這部分回答了上述第一個問題。

　　另者，「沒」雖然主要倚賴音近而替代了「無」跟「未」，但這過程並非一蹴即至，同時也反映出當面對結構變遷時語法系統本身具有自我平衡的力量。在「沒」尚未加入競爭之前，否定詞結構原是由

「無」與「未」承擔否定存在與已然的主力成分；然而，如上所述，隨著語音變遷，影響了使用者對這兩個詞的理解，進而造成系統出現類似「意外空缺」（accidental gap）[33]的情況，同時也破壞了原本結構的平衡性。為了解決以上問題，使用者便選擇用音近的「沒」入替，以繼續維持系統運作的平衡性；這也回答了上述第二個問題。

2.3　小結

　　本章主要從結構平衡角度出發，觀察漢語否定結構發生變化時，連帶引起的相關效應；這部分主要可視為 1.2.1 節所提到第一種效應的具體用例。此外，這背後也反映了語法的系統性精神，是以其運作的平衡性須倚靠各方的牽制以維持，當原有系統的平衡性受到破壞時，留下的空缺便須依賴其他手段進行填補，否則有可能使其運作發生滯礙。在前兩個小節中，本文也藉由前述概念詮釋「不」與「沒」對其他否定詞的取代過程。

　　首先，包含「不」在內，漢語最多曾有高達十七個以上的否定詞，其中常出現混用的現象。這部分除了反映音近互假因素外，就 2.1.1 節的整理來看，待否定的概念主要有情態（含「動力」、「義務」與「認知」三種次類）、狀態、存在與合成完成體等，相較而言，可用否定詞的數量高出不少，是以受到經濟性原則所制，後者開始走向減量的趨勢。

　　配合減量的發生，並向原已相當活躍的「不」集中發展；為能兼

---

33 綜參Crystal（2008：205）的解釋，「意外空缺」是指儘管某語言的語法規則允許某種情況存在，但實際上卻無法找到相應成分的現象。這裡提到的情形雖然不完全符合前述定義，但本文主要是借用背後共通的精神：同樣是指語法格局雖容許某功能存在，然而，卻找不到相應成分表現的情況。

顧經濟性，以及承擔起前述幾項否定概念，便漸由「不＋X」取得主導地位，填補因減量而留下的空缺。當然，這背後也受到漢語漸向分析性發展的影響，但也反映出語言作為一個結構體，所應有的整體性、規則性與平衡性。

此外，2.1.2 節觀察動後位置的互動與競爭時也發現類似現象，原本以「VP-Neg」正反問句形式的北方漢語，由於「VP-不」與「VP-無」漸向是非問句演化，導致「VP-Neg」漸失主導地位，為彌補該空缺也引發了「VP-Neg-VP」得以取代它成為新興的正反問句形式。

無獨有偶地，「沒」對「無」和「未」的取代也反映出相同特點。受到語音變化的影響，原本的「無」與「未」漸為使用者所忽略，進而出現類似意外空缺的情況；此時便由音近的「沒」入替，取代了前兩者的功能。這背後同樣反映出否定結構面對變遷時，所引起的因應方式或是本書所稱的效應。

第三章
閩南語否定結構的變遷與可能動因

　　不同於北方系統走向二分格局，閩南語等南方系統並未歷經「無」、「未」融合的過程，但是否也開啟了另一番走向及光景？如果從「無」對其他成員的侵入來看，答案應是肯定的，但對於此間細節，以及可能的動因，過往卻未見討論，意即：「無」侵入「m」和「未」的趨勢大致由何時開始？除「m」之外，閩南語也保有與共同語重用的「不」，那麼該詞對於整體的發展又產生了什麼樣的影響？本章將針對這部分進行探索。

　　然而，在此前有必要說明的是，根據 2.1 節的整理與討論來看，否定詞在不同位置的變化往往也不全然一致，為了能有效釐清各自變化的過程，下列將分從 3.1 與 3.2 節由動前與動後角度觀察閩南語否定結構的變遷；另於 3.3 節中，針對上述變遷的可能動因進行探索；最後，3.4 節則是本章小結以及未來待探議題的整理。

3.1　閩南語否定結構於動前的變遷

　　誠如上文所述，臺閩語由於未歷經「無」、「未」混用的過程，是以至今仍維持三分結構的局面，這點除了在表面結構上與共同語的二分結構形成對比外；臺閩語否定系統的分工情形未若共同語來得明確，尤以「m」和「無」為最。為顧及閱讀的方便性，下表十八將重列 1.5 節中整理的訊息。

表十八　臺閩語及共同語於不同否定概念的比較

否定概念	方言成員	臺閩語			共同語	
		m	無	未	不	沒（有）
情態	動力	✓	✓	✗	✓	✗
	義務	✓	✓	✗	✓	✗
	認知	✓	✓	✗	✓	✗
判斷		✓	✗	✗	✓	✗
狀態		✓	✓	✗	✓	✗
存在		✗	✓	✗	✗	✓
合成完成體		✓	✓	✓	✓	✓

　　根據本文於 1.5 節得出的推論可知，「無」在上表的混用情況中，應是扮演主要入侵的角色，另外的「m」和「未」則處於相對被動的一方。關於這點則有必要透過對歷時語料的觀察加以印證。

　　為了避免造成論述對象與內容混亂，下列將分兩小節依序討論涉及「m」和「無」的部分，以及涉及「未」在內的合成完成體概念。

3.1.1　「m」和「無」的競爭

　　一開始先重新回到表十八的討論，單從表中整理的分布情況來看，第一個出現的問題是：「m」和「無」的混用是遍及各概念轄下的所有詞彙？又或是只涉及部分詞彙？再者，「無」侵入「m」的趨勢大致由何時開始？以下將針對前述問題進行討論，希望能從中發現促使否定結構變化的可能動因。

　　根據該表「m」和「無」的混用主要分布在情態與狀態兩種概念上；若由轄下詞彙的屬性來看，可將這兩種概念分別歸入：具一定列舉限度的的「封閉性詞類」（closed class word）與無列舉限度的「開放性詞類」（open class word）兩種。這裡須說明的是，儘管下列關於開放性詞類的數據僅反映現有語料的統計結果，但對全局的反映仍具有一定的效力，不應偏廢，是以本文仍會就現有語料進行觀察其分布情況。

　　先看到「m」和「無」在情態概念的分布，結果整理於下表十九。按本文觀察結果發現，表中顯示，「m」和「無」混用的部分主要集中在「願（意）」、「想欲」（約同「想要」）、「愛」（約同「要」）、「應該」，用例如下（159）至（166）。

表十九　「m」與「無」於否定情態的比較

否定概念		m	無
動力情態	甘願/kam^1 guan^3/	✓	✗
	肯/khun^2/	✓	✗
	願（意）/guan^3 i^3/	✓	✓
	想欲/siunn^7 beh^4/	✓	✓
	愛/ai^3/	✓	✓
	解/e^7/	✓	✗
	敢/kann^2/	✓	✗

否定概念		m	無
義務情態[1]	應該/ing¹ kai¹/	✓	✓
	需要/su¹ iau³/	✗	✓
	解用/e⁷ ing⁷/	✓	✗
	解得/e⁷ tit⁷/	✓	✗
	通/thang¹/	✓	✗
	使/sai²/	✓	✗
	好/ho²/	✓	✗
認知情態	可能/khoo² ling⁵/	✗	✓
	一定/it⁴ ting⁷/	✗	✓
	定著/tiann⁷ tioh⁴/	✗	✓
	的確/tik⁴ khak⁴/	✗	✓
	解/e⁷/	✓	✗

（159）毋願意隨便表達伊家己的感情。（《四重奏 13》）

m⁷　guan⁷ i²　sui¹ pan³ piau² tap⁴ i¹　ka⁷ ki² e⁵　kam² tsing⁵
不　願　意　隨　便　表　達　他　自　己　的　感　情
（不願意隨便表達他自己的感情。）

1　臺閩語的義務情態動詞中，當「毋」後接「解用」和「解得」時，通常會出現合音情況，如「袂用」（讀作/bue⁷ ing⁷/）或「袂得」（讀作/bue⁷ tih⁴/）。或許有人會質疑，這是否屬於1.1節所排除的「可從中分析出情態動詞的否定詞」，應予以排除。對此，有必要解釋的是，這裡探討的情形仍是以「毋／無＋情態動詞」為主要對象，合音形式的「袂」僅是該組合可能出現的形式之一，並非主要對象，是以並未違反1.1節提出的標準。

（160）你上<u>無</u>願意看著个就是看著

li² sion³ bo⁵ guan³ i² kuann³ tioh⁴ e⁵ tioh⁴ si⁷ kuuann² tioh⁴

他　最　無　願　意　看　到　的　就　是　看　到

囝仔呼受著一點點仔傷害啊。（呼叫 4）

gin² a⁰　ho⁰　siu⁷　tioh⁴ tsit⁴ tiam² taim² a⁰　sion¹ hai⁷

孩　Dim Prt　受　到　一　點　點　Dim 傷　害

（他最不願意看到的就是看到孩子受到一點點傷害。）

（161）好啦，我<u>毋</u>想欲擱聽啊啦。（我在 3）

ho² la⁰　gua² m⁷　siunn⁷ berh⁴ koh⁴ tiann¹ a⁰　la⁰

好　Prt　我　不　想　要　再　聽　Prt　Prt

（好啦，我不想要再聽了啦。）

（162）我根本著<u>無</u>想要食。（《四重奏 31》）

gua² kun¹ pun² tioh⁴ bo⁵ siunn⁷ berh⁴ tsiah⁴

我　根　本　就　無　想　要　吃

（我根本就不想要吃。）

（163）我今旦日<u>毋</u>愛加班啊，（《四重奏 10》）

gua² kin¹ a² lih⁸ m⁷ ai³ ka¹ pan¹ a⁰

我　今　旦　日　不　要　加　班　Prt

（我今天不要加班啦。）

（164）你規工攏佇房間裡底，攏<u>無</u>愛出去。（《鐵樹花開 11》）

li² kui¹ kang¹ long² ti⁷ pang⁵ kin¹ lai⁷ tue² long² bo⁵ ai² tshut⁴ khi³

你　整　天　都　在　房　間　裡面　都　無　愛　出　去

（你整天都在房間裡面，都不想出去。）

（165）你毋是罵我<u>不</u>應該共錢借予阿雄？（《我在 3》）

li² m⁷ si⁷ mann⁷ gua² m⁷ ing² kai⁷ ka⁷ tsinn⁵ tsioh⁴ ho⁷ a⁰ hiong⁵

你　不　是　罵　我　不　應　該　共　錢　借　給　Pref 雄

（你不是罵我不應該把錢借給阿雄。）

（166）<u>無</u>應該來的喔顛倒走來亂。（《我在 6》）

bo⁵ ing² kai¹ lai⁵ e⁵ o⁰ ten¹ to² tsau² lai⁵ luan⁷

無　應　該　來　的　Prt　顛　倒　跑　　來　　亂

（不應該來的呢反而跑來鬧事。）

　　這裡須進一步了解的是，以上用例之中，「m」和「無」的分布雖重疊，但在比例上是否也不分軒輊呢？這點可由下表二十的統計加以了解，表中數據是根據對閩南語電視劇的統計得出。

表二十　「m」與「無」於情態的混用比例[2]

	m	無
願（意）	36.4%（4）	63.6%（7）
想欲	9.8%（6）	90.2%（88）
愛	33.9%（102）	66.1%（199）
應該	39.4%（13）	60.6%（20）

　　如上表數據所示，「無」在所有混用的詞彙上皆取得過半優勢，甚至出現超過百分之九十的情況，顯示「無」應是主要優勢詞項。除上述混用的部分之外，另須注意的是，「m」和「無」在其餘情態概

2　表中數據是根據原本應由「VP-m」所獨占的情況，卻出現了「VP-無」的用例時，我們針對這樣的情況進行統計兩者所占比例。以「願（意）」為例，語料錄得的四筆「願（意）-m」應是原有的正反問句形式，但在語料中同樣可見到七筆「願（意）-無」的用例，顯示兩者在該成分上已發生混用，而且「願（意）-無」已獲得過半數的比例；以下數據皆以此邏輯所計得。

念上雖仍維持一定的分工模式，但也不全然都以「m」為唯一否定詞；相反地，若進一步細看將發現，在認知情態的部分，事實上也已經由「無」取得優勢。

　　接著想問的是，以上分析結果會不會也意味著「m」在否定情態上已讓出主導地位了？如果從表二十一的整理來看，該詞仍保有半數的獨用情況，其中尤以義務情態為最，但整體而言，「無」對「m」入侵的趨勢是確定的，這點可以從下表的統計數據看出，該表是本文針對《荔鏡記》[3]、《語苑》與「閩南語電視劇」的觀察結果。

表二十一　「無」於情態概念對「m」侵入發展

	m	無
荔鏡記	100% （2058）	0% （0）
語苑[4]	91.1% （370）	8.9% （36）
電視劇[5]	63.8% （776）	36.2% （441）

3　須說明的是，在《荔鏡記》中傳達「毋」的概念時皆寫作「不」，但這些用例若以現代臺閩語來讀，多唸作/m⁷/，當然也有部分情況須讀作/put⁴/，至於對應的字型上，這裡依《教育部臺灣閩南語常用詞辭典》分別寫作「毋」與「不」。針對前述一形兩讀的情況，本文認為可能反映不同來源層次，這部分容後再談；但在概念上，若與「無」和「未」相比，這兩種讀音與字型仍是較相近者，故為求統一起見，這裡皆隸定為「毋」，也可與共同語加以區別。

4　由於未來本文將利用時序重疊關係，探索否定詞結構變遷的可能時間，故這裡僅觀察第三到五卷的《語苑》，這批材料皆發行於民國成立以前，至於頭兩期因手邊的語料尚不及經數位化處理，故未列入統計。但因為本文在搜查語料時並未偏廢任何一員，且語料數已超過二八○○筆，接近三千筆，故數據仍應可反映相當程度的事實。

5　「毋」和「無」在《電視劇》中都接近六千筆語料，但本表僅統計前三千筆語料中用以否定情態概念者。

　　首先看到「閩南語電視劇」的部分，數據顯示「m」在否定臺閩語情態動詞上仍占有過半的優勢。但值得注意的是，若從歷時發展來看，從明清之際，經過日治直到現代漢語的期間，「無」的比例從無到有確實明顯增加許多，顯示本文所提出的變化趨勢確實存在，即：「無」因功能擴張進而侵入「m」。

　　接下來，進一步看到否定詞在狀態概念的分布。根據本文針對「閩南語電視劇」的統計，「m」與「無」的比例分別為：百分之三十二點七（228/698）與百分之六十七點三（470/698），初步看來後者確實占有優勢。

　　然而，以上情況卻也本節一開始的問題具聯結性：「m」與「無」在臺閩語狀態概念的分布是否只是因為方言差異所致，可能不涉及彼此之間的侵入。對此，下表二十二同樣針對《荔鏡記》、《語苑》與「閩南語電視劇」進行觀察。

表二十二　「無」於狀態概念對「m」侵入發展

	m	無
荔鏡記	87.8%（353）	12.2%（49）
語苑	17.6%（52）	82.4%（244）
電視劇	32.7%（228）	67.3%（470）

　　首先，若將以上的觀察結果詮釋否定狀態概念，先就《荔鏡記》和《語苑》的比較來看，「m」與「無」確實發生了翻轉性的變化，後者陡升至百分之八十二點四的絕對優勢，這點確實與前述論點相符。然而，到了「閩南語電視劇」中，「m」卻又明顯回升，不禁令

人懷疑上述趨勢是否有誤？對此，本文認為應該不然。

先由整體趨勢來看，「無」確實由原本的弱勢地位一躍成強勢用法，且就平均數而論，從《語苑》到「閩南語電視劇」，「無」皆維持在百分之七十以上，這部分很難令人否定其正處於上升的態勢。

另外，若細觀「m」在「閩南語電視劇」的分布，多集中於「m著」（讀作/m⁷ tioh⁴/，約同「不對」）、「m 好」（/m⁷ hoo²/，約同「不好」）之上，共占一八九筆，達百分之八十二點九，用例如下：

（167）阿嬤，我知影我毋對阿。（《後山7》）

a⁰	ma²	gua²	tsai¹	iann²	gua²	m⁷	tioh⁴	a⁰
Pref	媽	我	知	道	我	不	對	Asp

（奶奶，我知道我錯了。）

（168）你嘛知影講跋橄界毋好呢。（《後山8》）

li²	ma⁷	tsai¹	iann²	kong²	puah⁴	kiau²	kai²	m⁷	hoo²	ne⁰
你	也	知	道	講	賭	博	很	不	好	Prt

（你也知道說賭博很不好啦。）

相反地，「無」的分布形式則相對較多元。此外，語料中也可見到「m」與「無」混用的情況，例如相對應「不要緊」的「m 要緊」（讀作/m⁷ iau² king²/）或「無要緊」（讀作/bo⁵ iau² king²/），由於形容詞屬開放詞類，下列僅能列舉其中的幾個例子，無法盡陳。

（169）遮阿母予汝的，毋要緊啦。（《四重奏6》）

tse¹	a⁰	bu²	hoo⁷	li²	e⁵	m⁷	iau²	king²	la⁰
這	Pref	母	給	你	的	不	要	緊	Prt

（這（是）媽給你的，不要緊啦。）

（170）無要緊啦，抑擱有阿嬤和阿姑在這。

bo⁵ iau² kin² la⁰ iah⁴ koh⁴ u⁷ a⁰ ma² kah⁴ a⁰ ko¹ ti⁷ tsia⁵

無 要 緊 Prt 也 還 有 Pref媽 和 Pref姑 在 這

陪你啊。（《後山 8》）

pue⁵ li² a⁰

陪 你 Prt

（不要緊啦，還有奶奶和姑姑在這陪你啊。）

（171）最近這情勢太無穩定。（《四重奏 4》）

tsue² kun³ tse⁷ tsing⁵ se³ thai² bo⁵ un² ting⁷

最 近 這 情 勢 太 無 穩 定

（最近這情勢很不穩定。）

（172）阿母你無公平。（《四重奏 4》）

a⁰ bu² li² bo⁵ kong¹ pinn⁵

Pref 母 你 無 公 平

（媽，你不公平。）

（173）若欠一个，我都無滿足啊。（《四重奏 4》）

na⁷ khiam³ tsit⁴ e⁵ gua² to¹ bo⁵ buan² tsioh⁴ a⁰

若 欠 一 個 我 都 無 滿 足 Prt

（若欠（了）一個，我都不滿足啊。）

（174）阮家己吃都無夠。（《四重奏 5》）

gun² ka⁷ ki⁷ tsiah⁴ to¹ bo⁵ kau³

我們 自 己 吃 都 無 夠

（我們自己吃都不夠。）

（175）我共 in 無共款。（《後山 9》）

gua² kah⁴ in¹ bo⁵ kang⁷ khuan²

我 和 他們 不 一 樣

（我和他們不一樣。）

　　以上初步分析顯示，「m」雖然用例較多，但分布相當受限，顯示其活躍度不如後起的「無」，其增加的數據僅能視為文本效應，不適合當作「m」起死回生的依據。

　　關於「無」開始擴張的時間，若單由上表來看，應落在日治時期，目前也暫時先接受這個時間點，待未來進一步納入兩者在其他概念的分布數據後，再另行比較。

3.1.2　「m」、「無」和「未」的競爭

　　接下來，則進一步看到「m」、「無」與「未」在合成完成體概念的競爭。首先，根據本文針對《荔鏡記》的觀察結果顯示，當時用來否定合成完成體概念的成分中，以「未」占最大宗，占百分之四十六點九（432/921），「m」則居次，占百分之四十三點五（401/921），其餘方為「無」，占百分之九點六（88/921），各自用例如下：

（176）鏡<u>未</u>分明你且立定。（《嘉靖》19.219）

　　　kiann³　ber⁷　hun¹　bing⁵　li²　tshia²　lit⁴　tiann⁷
　　　鏡　　　未　　分　　明　　你　且　　立　　定
　　　（鏡子（的事還）未分明你且站好。）

（177）許是啞娘風流汗<u>未</u>乾。（《嘉靖》29.120）

　　　he¹　si⁷　a⁰　niann⁵　hong¹　liu⁵　kuann⁷　ber⁷　ta¹
　　　那　是　Pref　娘　　風　　流　　汗　　　未　　乾
　　　（那是小姐風流汗未乾。）

（178）你<u>不</u>見古人說，物輕人意重。（《嘉靖》26.590）

　　　li²　put⁴　kian²　ko²　lin⁵　ser³　but⁴　khing¹　lin⁵　i³　tang⁷
　　　你　不　　見　　古　人　　說　　物　　輕　　　人　　意　重
　　　（你不見古人說物輕人（情）意重。）

（179）一句話，簡天<u>不</u>識應伊。（《順治》15.172）

tsit⁴　ku²　ue⁷　kan²　iah³　m⁷　bat⁴　ing⁷　i¹

一　　句　話　婢　也　不　識　應　他

（奴婢一句話也不曾回答（過）他。）

（180）是我當初<u>無</u>所見，弄出一禍這樣深。（《嘉靖》36.070）

si⁷　gua²　tong¹　tshoo¹　bo⁵　soo²　kinn³　long⁷　tshut⁴　tsit⁴　hoo⁷

是　我　當　初　無　所　見　弄　出　一　禍

tsit⁴　iunn⁷　tshim¹

這　樣　深

（是我當初沒遠見，弄出一個這樣大的禍。）

（181）一夜<u>無</u>眠，失飢時頓。（《嘉靖》44.016）

tsit⁴　ia⁷　bo⁵　bin⁵　sit⁴　ki¹　si⁵　tng³

一　夜　無　眠　失　飢　時　頓

（一夜沒睡，忘記飢餓與時間的流逝。）

　　然而，上述以「未」和「m」共享大局的情況，到了日治時期開始有了變化，呈現「無」獨走的翻轉局面，占百分之六十七點九（320/471）；至於「未」和「m」則分別降至百分之二十四點四（115/471）以及百分之七點六（36/471）。

　　此外，「未」在《語苑》之中多以「尚未」（讀作/iah⁴ ber⁷/）、「未曾」（讀作/ber⁷ tsing⁵/）或「未曾未」（讀作/ber⁷ tsing⁵ ber⁷/）等形式示人；「m」也多以「不曾」（讀作/m⁷ bat⁴/）（少數情況也寫作「不識」）存在，用例如下；如果與《荔鏡記》的情況相比，兩者分布範圍明顯縮小許多。

（182）不拘百姓人<u>尚未</u>齊知彼號規矩。（《語苑 5》）

m⁷　koh⁴ pa³　sinn⁷ lang⁵ iah⁴ ber⁷ tse⁵ tsai¹ hit⁴ hoo⁷ kui¹ ki²

不　過　百　姓　人　還　未　齊　知　那　號　規　矩

（不過百姓們尚未都知道那項規矩。）

（183）<u>未曾未</u>就講此號話。（《語苑 5》）

ber⁷　　tsin⁷　ber⁷　tioh⁴　kong²　tshu²　hoo⁷　ue⁷

未　　曾　　未　　就　　講　　此　　號　　話

（還沒開始就說這種話。）

（184）我<u>未曾</u>返去。（《語苑 3》）

gua²　　ber⁷　　tsin⁷　　tng²　khi³

我　　未　　曾　　返　去

（我不曾回去。）

（185）我<u>不曾</u>講人的歹話。（《語苑 3》）

gua²　m⁷　bat⁴　kong²　lang⁵　e⁵　　phai²　ue⁷

我　不　曾　講　人　的　壞　話

（我不曾說（過別）人的壞話。）

　　至於在比例上占了相當優勢的「無」，分布則仍以光桿形式為主，未見「尚無[6]」或「無曾」等合成用法，用例如下：

（186）此幾日感著風、<u>無</u>去洗身軀。（《語苑 5》）

tsit⁴　kui¹　lit⁴　kam²　tioh⁴　hong¹ bo⁵　khi³　sue²　sin¹　ku¹

這　幾　日　感　著　風　無　去　洗　身　體

6　關於「尚無」雖可在《語苑》中發現用例，如：「<u>尚無</u>與人洗頭、<u>尚無</u>灑香水」（《語苑5》）；但多數情況下並不專用於否定「合成完成體」，如：「讀書一等的聰明、<u>無</u>興酒煙、<u>尚無</u>愛賭博、伊的大子天德是今年適十九歲、生了極整才、相貌不俗」（《語苑3》）。是以本文傾向不將之視為一個專用形式。

（這幾天受了風寒沒去洗澡。）

（187）我的確<u>無</u>做此號事。（《語苑 3》）

gua² tih⁴ khak⁸ bo⁵ tsue³ tshu² ho⁷ su⁷

我 的 確 無 做 此 號 事

（我的確沒做這件事。）

　　隨著時序更迭，下表二十三是本文針對「閩南語電視劇」，連同前兩份文獻的統計結果一併進行比較。

表二十三　「m」、「無」與「未」在否定合成完成體的發展

	m	無	未
荔鏡記	43.5% （401）	9.6% （88）	46.9% （432）
語苑	**7.6%** **（36）**	67.9% （320）	24.4% （115）
電視劇	12.5% （103）	73.4% （604）	14.1% （116）

　　值得注意的是，根據表中數據來看，相較於《荔鏡記》和《語苑》的變化程度，從《語苑》以降，各個合成完成體否定詞的分布比例也進入了相對穩定的狀況，尤以「無」持續寡占此功能最為明顯。

　　最後，綜合以上觀察結果，重新將數據統整於下表二十四。誠如表中數據顯示，「m」與「未」在明清之際原是用以否定情態、狀態以及合成完成體的主要成分；惟時序進入日治時期，「無」陡然升為霸主，開始於動前位置寡占以上三種功能。

表二十四　「m」、「無」與「未」在不同否定概念的發展

	荔鏡記			語苑			電視劇		
	m	無	未	m	無	未	m	無	未
情態	100% （2058）	0% （0）	0% （0）	91.1% （370）	8.9% （36）	0% （0）	63.8% （776）	36.2% （441）	0% （0）
狀態	87.8% （353）	12.2% （49）	0% （0）	17.6% （52）	82.4% （244）	0% （0）	32.7% （228）	67.3% （470）	0% （0）
合成 完成體	43.5% （401）	9.6% （88）	46.9% （432）	7.6% （36）	67.9% （320）	24.4% （115）	12.5% （103）	73.4% （604）	14.1% （116）

　　關於上表統計的資料，《語苑》的部分僅計民國以前，其原因是為了帶出另一個待解釋的問題：若納入《荔鏡記》相比，約與「光緒本」時間相仿，但何以在相仿時間寫成的材料卻有如此大的差異？當然，不能否認《荔鏡記》尚包含其他四個版本（即：萬曆、嘉靖、順治與道光等）的材料，可能會影響數據，是故我們有必要比較一下光緒本和整體平均值是否存有巨大差異。

　　單採計光緒本的情況下，「無」仍在情態、狀態與合成完成體中都占最低比例，分別是：百分之〇（0/470）、百分之十一點八（9/67）與百分之八點二（12/147）；顯示該文獻各版本反映的情況應具一定程度的均值性，這點可能與戲曲本身的流傳方式有關，若後出者為不失真，故在抄寫過程有意儘量維持早先版本的記錄。另外，如果參考連金發（2014a）的討論；該文從指示詞層面的觀察發現，《荔鏡記》反映的可能是更早以前的語言現象，這麼一來，或許也能解釋何以跟《語苑》數據有異的現象了。

　　若再參考同為十六世紀中末葉的《基督要義》，其中「無」只見否定存在概念的用例，「m」與「未」則分占其他功能的否定成分。

是以，在綜合各文獻反映的分布情況來看，「無」的擴張時期應是在十七至十九世紀之間，這也回答了本章一開始提出的第一個問題；至於各否定詞於動後位置的發展，以及「無」擴增功能的可能原因，則有待下兩節再論。

3.2 閩南語否定結構於動後的變遷

從上一節的討論中，本文針對「無」在動前位置的擴張，以及對其他否定詞的侵入進行了一連串的討論；然而，根據第 2.1.2 節所述可知，前述的侵入現象並不局限動前位置。若細究「VP-Neg」在臺閩語的使用現況，前人（如：王本瑛與連金發 1995、魏培泉 2007、鄭雅方 2007、林信璋 2011 與劉秀雪 2013 等）曾指出，句末否定詞在臺閩語「VP-Neg」中有逐漸混用的情形，這部分主要發生在「VP-m」和「VP-無」的使用上，3.2.1 節將針對此間過程進行探索。

另外，若由現代臺閩語的情況來看，否定合成完成體的「VP-Neg」僅有「VP-無」與「VP-未」而已，並不包含「VP-m」，可能原因待第五章另談。若進一步觀察文獻的分布情況，在明清時期的戲文《荔鏡記》中僅看到「VP-m」與「VP-未」，如句（188）至（189）；但是到了《語苑》時則變成「VP-無」與「VP-未」的競爭，換句話說，「VP-m」在合成完成體的分布已被另外兩者瓜分了。關於「VP-Neg」在合成完成體的變遷，本文將於 3.2.2 節另述。

（188）你識見一個矮人不？（《道光》5.026）

li² bat⁴ kinn² tsit¹ e⁵ sui² lang⁵ m⁷

你 曾 見 一 個 美 人 Neg

（你曾見過一個漂亮的人不？）

（189）曾對親<u>未</u>。（《嘉靖》18.048）

tsan⁵	tui²	tsin¹	ber⁷

曾　　　　對　　　　親　　　　未

（曾談過親事沒？）

3.2.1　「VP-m」和「VP-無」的競爭

　　若由 1.6.1 節中表四和表五的發展進程來看，前人提到上述的混用至今已全部完成，即便在稍早的《故事集》（1993-2003）中也已完成百分之八十以上，而這也顯示「VP-m」和「VP-無」的混用早於一九九〇年代便走到發展末段，因此若須了解本現象的初始發展與影響，便須倚賴更早的資料。這部分的觀察重點將放在《故事集》以前的幾份文獻，包括《荔鏡記》、《語苑》和「拱樂社」歌仔戲文[7]等。時序上約可反映明中葉至一九七〇年代的閩南方言使用情況。

　　下句（190）-（195）是「VP-m」和「VP-無」於《荔鏡記》的分布狀況，若由傳達的功能來看，「VP-m」於該時期仍相當強勢，否定的概念包含[8]：動力情態、義務情態與狀態。另外，前人也在臺閩語中發現「無」在動後侵入判斷概念的情況，因此本節也將之放入觀察範圍之內，但在明清時期都還只見到「VP-m」的用例。反觀「VP-無」在多數情況除了是「存在」唯一形式外，僅偶見於清代以後的版本中用以否定「動力情態」，占百分之二點三（2/47）。

7　這裡觀察的幾份文獻中，書寫上常出現「不」和「毋」混用的情況，但功能則無異，故本文除了會一併觀察之外，為尊重原文將不另行調整。

8　或許有人會質疑何以沒看到否定認知情態的用例，這個問題確實存在，事實上不只如此，即使就現下所掌握的同時期語料來看，本文也未發現相關用例，對此，我們目前僅能將之歸作文本效應，還無法有進一步的解釋。

動力情態

（190）你問看恁娘仔卜磨鏡<u>不</u>？（《嘉靖》19.034）

li² bun⁷ kuann³ lin² niu⁵ a⁰ beh⁴ bua⁵ kiann³ m⁷
你 問 看 妳們 娘 Dim 要 磨 鏡 Neg
（你問看看妳們娘子要磨鏡不？）

（191）阮卜食畏<u>無</u>？（《道光》19.084）

gun² beh⁴ tsiat⁴ ue⁷ bo⁵
我們 要 吃 煨 Neg
（妳要吃煲湯無？）

義務情態

（192）趕去路上還伊，通去<u>不</u>？（《嘉靖》48.153）

kuann² khi² loo⁷ siong⁷ hing⁵ i⁷ thang¹ khi² m⁷
趕 去 路 上 還 他 能 去 Neg
（趕去路上還他，能去不？）

狀態

（193）老太婆，家中大小，都安樂<u>不</u>？（《萬曆》22.027）

lau⁷ thai² po⁵ ka¹ tiong¹ tua⁷ sue³ long² an¹ lok⁴ m⁷
老 太 婆 家 中 大 小 都 安 樂 Neg
（老太婆，家中大小都安樂不？）

存在

（194）扣有是乜⁹話咀那<u>無</u>？（《萬曆》20.115）

koh⁴　u⁷　si⁷　mih⁸　ue⁷　ta⁷　na⁷　bo⁵

還　有　什　麼　話　說　還　Neg

（還有什麼話說沒有？）

判斷

（195）只荔枝是娘仔你个<u>不</u>？（《嘉靖》26.364）

tsi²　nai⁷　tsi¹　si⁷　niu⁵　a⁰　li²　e⁵　m⁷

這　荔　枝　是　娘　Dim　你　的　Neg

（這荔枝是娘子你的不？）

　　以上顯示「VP-m」和「VP-無」在明清閩南方言中，仍維持較嚴格的分用格局，儘管連金發（2014a）曾提到《荔鏡記》所反映可能是更早一點的語言現象，但至少可以說混用現象在這時候還不明顯。以上看法除體現在南方系統的正反問句系統尚以較保守的「VP-Neg」為主外；以這裡的現象為例，此時尚恪遵「VP-m」與「VP-無」的界線。

　　接下來則看到日治時期出版的《語苑》¹⁰，本文同樣檢視了各否定詞在「VP-Neg」的分布狀況。觀察結果顯示，「VP-無」較前期增

9　根據連金發（2014b）的觀察，「乜」應是「物」的俗寫字，而「是物」正也是疑問代詞「什麼」的前身。至於「乜」在粵語中則可直接表達名詞性疑問代詞，如「冇乜人」等於「沒什麼人」，也可視為「是乜」成為疑問代詞後進一步縮略的結果。

10　在3.1節之中，本文為了探索「無」在動前位置的可能擴張時點，當時僅統計第三到五卷，並得出約莫是在十七至十九世紀發生的變化。至於「無」在動後位置的擴張，本處的觀察則擴及民國以後的卷期。

加了相當程度的比例，類別上除仍是「存在」的唯一形式外，還多了情態與狀態部分，這說明「VP-m」原本的獨霸地位已受到挑戰，甚至已失去認知情態與狀態的據點；反之，「VP-無」則未受侵入。

動力情態（意願）

（196）要面會即來不知肯不？（《語苑 31》）

beh^4	bin^7	hue^7	tsiat^4	lai^5	m^7	tsai^1	khun^2	m^7
要	面	會	才	來	不	知	肯	Neg

（要面會才來不知道肯不？）

（197）對此起案有要講什麼無？（《語苑 20》）

tui^3	tshu^2	khi^2	an^3	u^7	beh^4	kong^2	siann^2	mih^8	bo^5
對	這	起	案	有	要	講	什	麼	Neg

（對這起案有要講什麼沒有？）

義務情態

（198）汝亦要去聽不？（《語苑 24》）

lu^2	ia^7	beh^4	khi^3	tiann^1	m^7
你	也	要	去	聽	Neg

（你也要去聽不？）

（199）可寫拜託人去與伊和解無？（《語苑 18》）

thang^1	sia^2	pai^3	thok^4	lang^5	khi^3	u^2	i^1	ho^5	kai^2	bo^5
可	寫	拜	託	人	去	和	她	和	解	Neg

（可以寫拜託人去和她和解沒有？）

認知情態

（200）幾日要一回開會。有定着<u>無</u>？（《語苑 29》）

kui²	lit⁴	ai³	tsit⁴	hue²	kui¹	hue⁷	u⁷	tiann⁷	tioh⁴	bo⁵
幾	天	要	一	回	開	會	有	定	著	Neg

（幾天需要開一次會，有沒有一定？）

狀態

（201）洗身房水有燒<u>無</u>？（《語苑 24》）

sue²	sin¹	pang⁵	tsui²	u⁷	sio¹	bo⁵
洗	身	房	水	有	燒	Neg

（洗澡間的水熱不熱？）

存在

（202）若寄郵便來不知有人去與我領<u>無</u>？（《語苑 18》）

na⁷	kia⁷	iu⁵	pian⁷	lai⁵	m⁷	tsai¹	u⁷	lang⁵	khi³	kang⁷	gua²
若	寄	郵	便	來	不	知	有	人	去	Benef	我

nia² bo⁵
領　Neg

（若寄郵便來不知有人去幫我領沒有？）

　　除上述分布位置外，從《語苑》開始我們也在語料中發現「m」與「無」在前接「繫詞」位置的競爭；但值得注意的是，這類混用皆以附加問句（Tag question）形式呈現，用例如下。因本節仍聚焦於正反問句，惟下列這類問句應歸入是非問句，故暫不列入計算並待4.2.2節另述。

繫詞[11]

（203）汝在無閑是<u>不</u>？（《語苑 26》）

li^2	le^0	bo^5	ing^5	si^7	bo^5
你	Asp	無	閑	是	Neg

（你正在忙是不是？）

（204）汝厝稅定着了是<u>無</u>？（《語苑 18》）

li^2	tshu^3	sue^3	tiann^7	tioh^4	a^0	si^7	bo^5
你	房	稅	定	著	Asp	是	Neg

（你房稅妥當了是不是？）

　　總個來說，日治時期較大的發展是「VP-無」的分布範圍與比重占百分之四十五點六（344/754）都有長足的進展，而「VP-m」雖仍維持勉強過半的百分之五十四點四（410/754），但相對下滑的趨勢卻是存在的，這點與 3.1 節針對動前位置的觀察結果基本上是一致的。

　　接著看到創作於一九四〇至一九七〇年代的「拱樂社」歌仔戲文，本文同樣檢視了各否定詞在「VP-Neg」的分布狀況。「VP-m」同樣以動力情態與判斷為主要據點；「VP-無」則於動力情態、狀態與判斷部分，並以後兩者為主要分布功能。須說明的是，儘管本文能掌握的篇幅上並不完整，致使義務與認知等概念未能找到適當用例；但根據前一期的情況來看，我們推測這時期應該已經有相關用法存在才

---

11 據本文從語料的觀察，「繫詞＋m／無」的混用皆以附加形式出現在句末位置，如「是m」或「是無」，就功能來看確實應歸入是非問句而非正反問句，其原因於4.2.2節另述。然而，我們之所以將這類情況放在這節，主要除了現象相同外，其實「繫詞＋m／無」的混用可能也與使用者將之誤認為正反問句有關，這點也有待4.2.2節配合其他材料方能有效說明。這裡為將焦點集中在「VP-m」與「VP-無」的混用，我們先將相關用例挪移至此一併計算。

是。另外，即使從現有語料來看，「VP-無」的比例也已達百分之七十五（15/20），這顯示有持續擴張的趨勢，同時與「VP-m」的混用程度又較前兩個時期更為提高，相關用例如下。

動力情態

（205）聖旨在此，愛看不？（《劍底鴛鴦 1》）

sing³	tsi²	tsai⁷	tshu²	ai⁷	kuann⁷	m⁷
聖	旨	在	此	要	看	Neg

（206）你有想卜報冤無？（《真假王子 2》）

li²	u⁷	siunn⁷	berh⁴	po³	uan¹	bo⁵
你	有	想	要	報	冤	Neg

（聖旨在此要看不？）

狀態

（207）我甲你做伴，你有歡喜無？（《劉伯溫》）

gua²	kah⁴	li²	tsue³	phuann⁷	li²	u⁷	huann¹	hi²	bo⁵
我	和	你	作	伴	你	有	歡	喜	Neg

（我和你作伴，你高興沒有？）

存在

（208）你店內有姓莫的人客無？（《金玉奴》）

li²	tiam⁷	lai⁷	u⁷	sinn³	bok⁸	e⁷	lang⁵	kheh⁴	bo⁵
妳	店	內	有	姓	莫	的	客	人	Neg

（妳店裡有姓莫的客人沒有？）

最後看到「故事集」的部分，此時「VP-m」受到「VP-無」持續

侵入影響，整體比例已大幅降至百分之十六點八（24/143）。關於這樣的現象，我們認為可能是肇因於這兩個格式在該文本多集中在否定狀態概念，剛好本概念無論動前或動後都以「VP-無」為主；至於「VP-m」相對較多的否定情態或判斷概念所占比例則不高，相應的用例如下。

動力情態

（209）卜摻我轉來毋？（《沙鹿鎮》56.16）

berh[4]	tsam[3]	gua[2]	tng[2]	lai[5]	m[7]
要	和	我	轉	來	Neg

（要不要跟我回去？）

（210）你一千箍卜賣無？（《大甲鎮》206.07）

li[2]	tsit[4]	tsing[1]	koo[1]	berh[4]	bue[7]	bo[5]
你	一	千	元	要	賣	無

（你一千塊願不願意賣？）

狀態

（211）這鴨卵有好無？（《沙鹿鎮》112.02）

tse[1]	ah[4]	lng[7]	u[7]	hoo[2]	bo[5]
這	鴨	蛋	有	好	無

（這鴨蛋好不好？）

然而，與《拱樂社》的情形一樣，雖然本文並未在「故事集」中發現「VP-m」與「VP-無」在義務情態中混用的例子，但因該文本已屬現代臺閩語，我們仍可通過語感得到下列用例。

（212）a. 下晡的會議你解得去 m？

e⁷	poo¹	e⁵	hue⁷	gi⁷	li²	e⁷	tit⁴	khi³	m⁷

下　午　的　會　議　你　能　得　去　Neg

b. 下晡的會議你解得去無？

e⁷	poo¹	e⁵	hue⁷	gi⁷	li²	e⁷	tit⁴	khi³	bo⁵

下　午　的　會　議　你　能　得　去　Neg

（下午的會議你能不能去？）

　　除此之外，上述例子也證明「VP-無」已擴散至「無＋VP」尚未攻克的部分，顯示動後的混用速度較動前更快。

　　下表二十五是統整上述各文獻有關「VP-m／無」混用的數據，並另外納入前人考從表中的觀察數據，可歸納出過程中的幾個關鍵變化。

　　如表所示，原由「VP-m／無」分用的格局，在明清時期便開始出現鬆動的現象，但就比例上來看，彼此劃分仍屬嚴格。就數據來看，這時期「VP-無」入侵「VP-m」的情況因比例極低尚無法撼動原格局。針對《荔鏡記》的部分，如果細觀用例分布，上述侵入的例子雖不多，但都集中於清代的版本中，來源雖分別是「順治本」與「道光本」，但兩個用例相同，應是後人因襲抄寫所致。以上顯示明清時期之所以比例不高，很可能是因為該文獻反映著較保守的現象所致。

　　接著看到下一個階段，從日治時期，「VP-無」與「VP-m」混用的數據則有了大幅改變，原由「VP-m」獨占的情況受到「VP-無」的侵入，甚至某些功能開始由後者逆轉獨占，兩者比例上已達勢均力敵的程度。

　　關於以上兩份文獻的差異，除了反映《荔鏡記》確實較保守外，我們認為不排除這兩者的混用應於明清時期漸增，並非到日治時期才突然有這麼大的轉變；爾後在侵入方向與趨勢不變下，程度一路反向

拉大直至完全合併。

表二十五　「VP-m／無」的混用進程

	VP-Neg	
	VP-m	VP-無
荔鏡記	91.6% （87）	8.4% （8）
語苑	54.4% （410）	45.6% （344）
拱樂社	25% （5）	75% （15）
故事集	16.8% （24）	83.2% （119）
林信璋[12]	0% （0）	100% （3195）
劉秀雪[13]	0% （0）	100% （1281）

3.2.2　「VP-無」和「VP-未」的競爭

　　接著看到「VP-Neg」中，否定詞結構於合成完成體的變遷，這部分同樣可以先由明清時期的文獻了解當時分布概況。誠如本節開頭時所述，就《荔鏡記》來看，僅「VP-m」與「VP-未」可於本時期發現詢問合成完成體的用例，用例如下。

12　數據取自林信璋（2011：53）的表6-1-1。
13　數據取自劉秀雪（2013）的表4。

（213）抰著伊<u>不</u>？（《嘉靖》26.142）

tan³	tioh⁴	u⁷	m⁷
丟	著	他	Neg

（丟到他不？）

（214）安童，看樓上娘仔落去<u>未</u>？（《嘉靖》17.111）

an¹	tong⁵	khuann³	lau⁵	ting²	niu⁵	a⁰	loh⁸	khi²	ber⁷
安	童	看	樓	上	娘	Dim	下	去	Neg

（安童看娘子從樓上下來沒？）

　　若進一步由統計數據來看，「VP-未」是其中比例最高者，占百分之七十九點二（76/96）、「VP-m」次之，占百分之二十點八（20/102），以上分布也顯示了各詞的勢力高低。

　　然而，另一值得注意的點是，根據上表二十三所計，各詞於動前否定合成完成體的比例分別是「m」（43.5%）、「無」（9.6%）與「未」（46.9%）；若以之與這裡的情況相比，「m」於動前僅略落後「未」約三・四個百分點，兩者差距明顯較動後位置來得小。以上比較結果顯示兩件事：其一，各詞於不同位置上的變化各異；其二，如果由衰退的概念來看，「m」在「VP-Neg」位置上衰退速度較快。

　　接下來，再看到《語苑》的分布情況，同樣如本節一開始所論，本時期僅能看見「VP-未」與「VP-無」在合成完成體的競爭，用例如下；至於尚可見於前一時期的「VP-m」，此時則已未見用例。

（215）汝是有在食藥<u>無</u>？（《語苑5》）

lu²	si⁷	u⁷	ti⁷	tsiat⁴	ioh⁸	bo⁵
你	是	有	在	吃	藥	Neg

（你有吃藥的習慣沒有？）

（216）今時做人尚<u>未</u>？（《語苑 21》）

king[1]	si[5]	tsue[3]	lang[5]	iah[4]	ber[7]
現	在	做	人	還	Neg

（現在已經有婚約沒？）

對於「VP-未」與「VP-無」在本時期的分布比例，各為百分之八十六點六（639/738）與百分之十三點四（99/738）；不僅較前期有大幅增長，如果與動前的比例相比（按：參表二十三，動前的比例分為：「m」占 43.5%、「無」占 9.6%與「未」占 46.9%），同樣呈現動後位置侵入速度較快的情況。就這部分而言，「VP-未」與「VP-m」受侵入的情況接近，惟後者已退出競爭舞臺。

最後，分別看到戰後初期的《拱樂社》，以及近期的「故事集」與「閩南語電視劇」，用例如下。

（217）小姐！元虎掠著<u>無</u>？（《金銀天狗 1》）

sio[2]	tsiah[8]	guan[5]	hoo[2]	liah[4]	tioh[4]	bo[5]
小	姐	元	虎	抓	著	Neg

（小姐！抓到元虎沒？）

（218）江仔金龍，你去問某問好野<u>未</u>？（《真假王子 2》）

kang[1]	a[0]	kim[1]	liong[5]	li[2]	khi[3]	bun[7]	boo[2]	bun[7]	ho[2]
江	Dim	金	龍	你	去	問	某	問	好

iah[4]	ber[7]
還	Neg

（江仔金龍，你去問太太問好了沒？）

（219）啊你有共伊拾轉來<u>無</u>？（《彰化縣》84.17）

a⁰	li²	u⁷	ka⁷	i¹	khio³	tng²	lai⁵	bo⁵
Prt	你	有	共	他	拾	回	來	Neg

（那你有沒有將它撿回來？）

（220）你娶某<u>未</u>？（《雲林縣》114.09）

li²	tshua⁷	bo⁵	ber⁷
你	娶	妻	未

（你娶老婆了沒？）

（221）lin 有看見寶蓮<u>無</u>？（《四重奏 5》）

lin²	u⁷	khuann²	kin³	po²	lan⁵	bo⁵
你們	有	看	見	寶	蓮	Neg

（你們有沒有看見寶蓮？）

（222）阿嬤，麵線煮好<u>未</u>？（《後山 12》）

a⁰	ma²	minn⁷	suann⁷	tsu²	hoo²	ber⁷
Pref	媽	麵	線	煮	好	未

（奶奶，麵線煮好了沒？）

　　進一步就數據比例來看，在戰後初期，「VP-無」占百分之七十一點四（10/14），「VP-未」則占百分之二十八點六（4/14）；至於在「故事集」與「閩南語電視劇」的分布上，平均而言「VP-無」與「VP-未」於戰後以來大致維持七比三的態勢分用。下表二十六則是綜合前頭數據整理而成，可藉以觀察相關結構變化。

　　上表中值得注意的部分有兩點。首先，「VP-無」從明清到日治時期的擴張，除斗然乍現外，更是相當明快且強勢，背後雖不排除《荔鏡記》較保守所致，但若與前一節的「VP-m／無」混用比起來，速度仍快上不少。

表二十六　「VP-Neg」各詞於合成完成體的發展

	m	無	未
荔鏡記	20.8% （20）	0% （0）	79.2% （76）
語苑	0% （0）	86.6% （639）	13.4% （99）
拱樂社	0% （0）	71.4% （10）	28.6%（4）
故事集	0% （0）	70.5% （31）	29.5% （13）
電視劇	0% （0）	71.6% （73）	28.4% （29）

　　若再由整體的數據變化來看，與其說「VP-無」與「VP-未」瓜分了「VP-m」，更應該說「VP-無」的獨霸進而排擠了另外兩者。這等結構變化趨勢實不容忽略，至於此一變化所導致的效應，有待第五章另做討論。

　　再者，戰後以來，「VP-未」一直以三比七的態勢與「VP-無」對立，若暫不論何以較《語苑》時期有所增長，這樣的分用情況也暗示或有其他效應出現所致，這點同樣待第五章另論。

3.3　「無」於臺閩語擴張的可能原因

　　經過前兩節的探索，我們得知約莫在十七至十九世紀之間，「無」開始在閩南語中擴張否定的概念範圍，甚至進一步排擠了「m」和「未」的分布空間，造成原有的平衡格局受到破壞。對於這

背後的可能動因，前人（如：魏培泉 2007 與劉秀雪 2013 等）曾提出相當具洞察力的觀點，下列先進行簡單整理；爾後，再試著從該基礎上，作進一步的探究。

　　首先，魏培泉（2007）曾主張南方人由於偏向藉「VP-無」學習「VP-m」[14]，進而導致這「m」與「無」在句末位置發生混用。除此之外，劉秀雪（2013）同樣針對該現象，分由：一、語音；二、語義解讀和語法位置提出解釋。

1. 「m」在辨音上較有標（marked），若發音時唇部未完全閉合容易被理解為「無」。
2. 「欲 VP 無」在某些仍區分「VP-m／無」的次方言中，語義可能有意願和存在的兩解情況，甚至被理解成「有欲 VP 無」的省略。

　　綜觀前人分析成果，基本概念大致不脫學習干擾（interference）的角度所致，對此，本文亦持贊同意見。然而，上述看法某程度而言仍屬於外部動因，但一個變化的產生往往需要內外因素的配合，方可能成功。是以本文想進一步探問的是：關於「m」之所以受到「無」的侵入進而導致弱化的現象，是否也有來自系統內部的動因？

　　首先，有必要關注「m」在閩南語的地位，Norman（1970，1988：182）曾以之作為判別南北方言差異的標準之一；根據該文研究指出，就現代漢語的分布來看，傳達單純否定的否定詞，北方為「不」，南方則為「m」（如：閩南、客家和粵語）。再者，羅傑瑞（1995）又更進一步指出，「m」應是來自上古漢語的「無」字，這

---

14 該文原作「VP-不」，這裡為求統一而改為「m」。

是因為可能在某些古代方言中,尚未出現較創新的幫母否定詞(即/p-/系,如「不」,詳參第二章的討論),僅存在「m」這類明母否定詞,如:原始閩語。為能兼顧「m」與「無」的關係,以及不與否定存在的「無」混淆,本節暫以「m」替代「m」進行討論。

針對 Norman(1970,1988:182)提出的想法,梅祖麟(1994)除了給予支持的立場外,並根據晚唐到宋初的幾個語言現象發現,以北方官話為基底形成的早期官話,也以全國共同語之姿影響當時南方一帶的人民。是故在《祖堂集》,甚至南宋的《朱子語類》中都可發現大量「不」的用例,其餘類似現象可另外詳參梅祖麟(1994)所記,該文認為以上都是這類文本反映當時共同語的證據。

對於上述現象,梅祖麟(1994)假設當時禪宗南宗各宗派間的交談爭論,以及朱門師徒論學用的都是他們自己的方言,為書寫傳世時則以當時的共同語記錄;該文更依此提出了「雙方言制」的想法,意即:「南方人不但會說自己的方言,還會說北方話。」的情形。

受到雙方言制的影響,致使閩南語在傳達單純否定時,可能出現兩種來源不同的選擇,即:「不」與「m」;就語言層次來說,這二者分別代表不同時期的語言層次。來自官話層次的「不」是後期隨共同語移入的,原本並不存在該系統之中,屬於上層語言(superstratum language);「m」則是來自原始閩語層次的「無」,屬於底層語言(substratum language)。有關「雙方言制」的概念,本文同樣抱持贊同的態度,並認為此觀點應能為閩南語的混用現象提供進一步的解釋。

首先,雙方言系統並存在實際使用時可能出現混用的現象,例如否定判斷可讀為/put⁴ si⁷/(即「不是」)與/m⁷ si⁷/(即「m 是」),又或是否定義務情態「不可」(讀為 /put⁴ kho²/)與「m 通」(/m⁷ thang¹/),以及「不免」存在/put⁴ bian²/與/m⁷ bian²/等都有兩種形式。一般而言,讀為/put⁴/的「不」代表書面語形式,讀為/m⁷/的「m」則

代表口語形式，用例不一而足。

　　但值得注意的是，若細觀前人提到的混用現象，其實都是針對口語層的「m」所論，又或是說即使文獻登錄為「不」，但語音須讀為/m⁷/的情況；反觀，讀為/put⁴/且存在書面語層的「不」則未受到影響。然而，這也回到了前述問題：「m」的弱化是否有內部系統因素？

　　對此，本文認為可分從兩個部分來看：一、就「不」與「m」的互動，二、「m」與「無」的互動。關於第一點，雙方言制將「不」帶入閩南語，並與底層的「m」競爭，但也造成單純否定功能不穩定。又「不」挾有共同語之勢，且有固定書寫形式；相較來說，「m」一方面受到前者的進逼，二方面長期「形音分離」，原有的地位也益發不穩。

　　或許有人會問，既然「不」與「m」具文體之分，何以仍有干犯之虞？須知語言的使用常常不是絕對的，尤其是對雙方言者來說更是如此，除口語上常見的「語碼轉換」（code-swtiching）現象，識讀者更易受字型影響而混淆，在在使得「m」的地位受到挑戰。

　　另一值得注意的點，若由語料分布與發展來看，系統面對「m」的不穩定，並非直接以「不」取替，而是選擇「無」的另一語音形式/bo⁵/，為能突顯該形式與「m」的差異在於語音而非字型，下列暫以「bo」標示。此外，本文認為也可結合前人提出的分析觀點來討論。

　　就閩南語使用者來說，由於底層語言不存在「不」，即便在使用上可接受其存在，但在學習的過程中，恐怕仍不脫以底層原有的成分理解，這點也可呼應魏培泉（2007）的看法。

　　至於何以選擇「bo」，而非留用原有的「m」？本文認為可能與「bo」可獨占否定「存在」功能，在無其他競爭者的情況下，也讓其

地位相對穩定[15]。再者，若由劉秀雪（2013）的推論來看，由於「m」的發音較為有標，相較之下，「bo」則沒有這方面的問題。綜上因素，使得「bo」較「m」更具有競爭力；當然，這兩者都來自「無」也是此間不可斷的重要連繫，這也可解釋何以不是由「未」取代「m」，而是「bo」。

整體來說，「不」與「m」的競爭，使後者地位出現動搖，為能回復平衡，系統啟動了「底層效應」（substratum effect）作為反映的機制，選用相對穩定的「bo」取代進而使之與「m」混用。上述討論現象可歸結於下圖八。

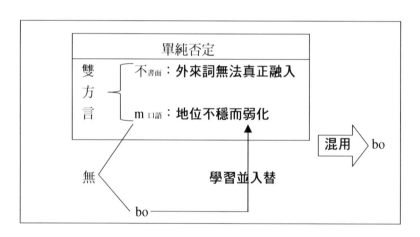

圖八　「無」擴張功能以及與他詞混用的可能動因

事實上，從認知角度來看，底層效應也是類推的一種體現方式。首先，否定概念也是一種認知基模，而「無」正是原始閩語中傳達該

---

15 或許有人會問：「不」的借入何以只與「Vm」互動，卻與「無」沒互動呢？對此，本文認為因與「不」主要是以單純否定的功能進入南方方言系統，因此在方面的對應上來看，該格式的對應對象十分明確，就是「m」，自然也與原只限於否定存在概念的「無」互動較少。

基模的具體成分，雖依不同次功能分成兩種語音形式，但仍不影響「無」為原始基模的設定。爾後，當單純否定功能的「m」受到外來成分干擾而不穩定時，使用者仍回頭選擇與之同屬「無」的「bo」作為系統的首選；本文認為這背後正是類推所致。

至於「無」在否定合成完成體的擴張，本文認為同樣可從內在與外在兩方面觀察。就內在動因來看，這裡先回顧 2.2 節的歷時觀察結果，根據當時資料顯示，「無」在否定範疇中最早是用作否定存在，爾後到了周秦之際，開始出現了否定合成完成體的用例。對於以上發展，本文認為若由「無」的反義詞「有」來看，這樣的發展應具有語言普遍性。

根據 Bybee et al.（1994：51-106）、日野資成（2001：80）與 Heine & Kuteva（2002：242-245）的觀察與整理指出，語言中用以傳達「存在」概念的動詞常能發展出完成時體的概念，例如：英文的「have」與日文的「ある」皆然。若以之看回閩南語及客粵等南方語系，「有」確實常在此間擔任傳達合成完成體功能，即「有 V」。

在確認「有 V」的功能後，其反義結構「無 V」的發展自是昭然若揭，而這也是「無」用以否定合成完成體的內在動因。

至於外在動因方面，本文認為可能和「無」大範圍吞併「m」有關。當「無」大量擴張其分布範圍後，「未」所面臨的環境開始從早先的三強鼎立，轉作一強（「無」）對一弱（「未」）的局面；加上「無」歷來已有相關用例，且在與肯定式「有 V」的對舉上，「無 V」明顯較「未 V」容易記憶。基於以上動因，自也為「無 V」的擴張起了推波助瀾的效果。

3.4　小結

　　承繼前兩章提及的結構主義精神，本章著重觀察臺閩語否定結構於歷時層面上的變遷，關於這部分的討論，本文根據否定詞的位置不同，分成動前與動後兩個觀察角度。除此之外，針對文中觀察到的變遷現象，本文則綜參前人研究成果，結合外部環境與內部系統等角度，針對背後的可能動因提出詮釋，下列先針對觀察到的現象進行簡述。

　　首先，本章開頭曾提到，閩南語等南方系統因未曾歷經「無」、「未」融合的過程，未若於北方系統走向二分格局，反而開啟了另一番走勢及光景，這部分尤其反映在「無」對「m」與「未」的功能侵入上。根據本文觀察結果顯示，無論在動前或動後位置上，都可發現「無」侵入「m」與「未」的用例，起始時間大致可回溯到十七至十九世紀之間。

　　不同於北方系統走向二分格局，閩南語等南方系統並未歷經「無」、「未」融合的過程，但是否也開啟了另一番走向及光景？如果從「無」對其他兩者的侵入來看，答案應是肯定的，但對於此間細節，以及可能的動因，過往卻未見討論，例如：「無」侵入「m」與「未」的趨勢大致由何時開始？除「m」之外，閩南語在某些情形下也保有與共同語重用的「不」，那麼該詞對於整體的發展又產生了什麼樣的影響？本章將針對這部分進行探索。

　　除了變化的起始時間之外，本章一開始也曾問及致使「無」於閩南語得以擴張其功能的可能動因為何？對此，本文綜參前人研究成果，認為背後的動因可能與雙方言制影響有關。

　　據 Norman（1970，1988：182）與梅祖麟（1994）所論，除來自原始閩語的「m」外，其在北方漢語的對應詞「不」也隨共同語進入

閩南語，致使相關概念同時有兩種方言對應形式存在。這種雙方言制的情形也使得閩南語的系統出現不穩定的狀態，這使得與「m」同屬「無」的「bo」有機會取而代之；這背後可能也與劉秀雪（2013）提到的語音因素有關，同時也呼應魏培泉（2007）提到的學習干擾現象。

　　至於「無」在否定合成完成體的擴張，本文認為包含內在與外在兩種原因。就前一項來看，可能是受到「有 V」獲得合成完成體功能影響，其反義結構「無 V」也跟著具備相應功能的條件。爾後，當「無」大範圍吞併「m」，「未」所面臨的環境開始從早先的三強鼎立，轉作一強（「無」）對一弱（「未」）的局面；且「無」能與肯定式「有 V」形成對舉，明顯較「未 V」容易記憶。基於以上動因，自也為「無 V」的擴張起了推波助瀾的效果。

　　若暫不論背後是否還有其他動因，現在可以確定的是，上述變化確實已造成臺閩語否定格局的平衡性遭到破壞。誠如本文一開始所說的，語法系統的運作能否平衡須倚靠各方牽制以維持，因而當原有的平衡性受到破壞時，為不使該空缺阻礙整體運作，便須依賴其他手段進行填補，也可視作結構變遷的效應。針對這部分，本文將於下列章節中，分從不同角度探索相應的效應。

第四章
「VP-無／m」混用的效應

　　據 1.6.1 與 3.2 節所述可知,「VP-無」已於現代閩南語的各項功能上與「VP-m」混用;然而,或許有人會問:這是不是代表著後者已完全被取代,且消失於該系統之中?如是觀之,自也不存在平衡破壞的問題,怎還來後續效應呢?

　　對此,本文認為有必要對混用的概念提出說明。首先,「VP-m」雖能為「VP-無」所替換,但這樣的觀察是建立在功能與形式未能一對一相應的情況,這也可能包括同一功能卻存在兩個以上的對應形式的情況。如此而言,就不必然得有一方消逝,頂多只能說「VP-m」不再向過去那般強悍的堅守崗位,不容他成分進犯,意即:「VP-m」形式是弱化而非消失。

　　但隨著「VP-m」與「VP-無」在系統上出現競爭,也說明臺閩語否定系統出現了不平衡的問題,若依結構主義角度來看,自然會有另一股制衡的力量出現,其中一種便是由其他系統借入相應形式承接此空缺。若以此審視何以由北方漢語借入的「VP-Neg-VP」能融入臺閩語的語法系統?本文認為如納入「VP-m／無」的混用納入思考,應可得到適當的詮釋,這部分將於下列 4.1 節探索。

　　另如 1.6.1 節所述,「VP-嗎」是新興的是非問句形式,更普遍存在於青壯階層之中,從形式的興替來看,其前身應是「VP-m_Q」。但這卻也令人不禁思考,若臺閩語的是非問句原已有「VP-m_Q」一型,那麼何以還能兼容「VP-嗎」?另者,如前文所述,「VP-無」已相當程度的合併了「VP-m」,則又為何不直接以「VP-無」用作新的是非

問句形式，反而選擇「VP-嗎」？對於這些問題，本文將於 4.2 節進行探討；最後於 4.3 節則是本章小結。

4.1　「VP-m／無」混用與「VP-Neg-VP」的融入

　　為能釐清「VP-m／無」的混用對「VP-Neg-VP」得以融入臺閩語的是否有關聯，以及該現象與整體漢語發展的連結關係，本節將分別從 4.1.1 與 4.1.2 兩個次小節，依序探討上述兩個議題。

4.1.1　「VP-Neg-VP」融入臺閩語的可能原因

　　如本章開頭的提問：何以由北方漢語借入的「VP-Neg-VP」能融入臺閩語的語法系統？但在回答該問題之前，我們先透過下表二十七了解「VP-Neg-VP」與「VP-Neg」的消長變化。

表二十七　「VP-Neg」與「VP-Neg-VP」於閩南語的消長

正反問句	VP-Neg	VP-Neg-VP
荔鏡記	90.5%（95）	9.5%（10）
語苑	90.8%（754）	9.2%（71）
拱樂社	43.5%（20）	56.5%（26）
故事集	64.7%（143）	35.3%（78）
林信璋[1]	65.9%（3195）	34.1%（935）
劉秀雪[2]	77.9%（1281）	22.1%（364）

1　數據取自林信璋（2011：53）的表6-1-1。
2　數據取自劉秀雪（2013）的表4。

　　表中顯示約於明清時期便可發現「VP-Neg-VP」進入閩南方言的情況，但比例上仍以固有的「VP-Neg」占絕對優勢，這樣的比例狀態也一直維持到日治末期，並未發生太大的變化，直至戰後國民政府時期，以上情況才開始有了較大的改變。此時由於推行一連串的共同語化政策，使得臺閩語和共同語有了大量接觸的機會，「VP-Neg-VP」在數據上也呈現大量用例，若暫不計順序，後四份文獻平均約占百分之四十。某程度來說，這也支持林信璋（2011）和劉秀雪（2013）認為該結構應是接觸借入的看法。

　　然而，貸方語言畢竟也有其固有成分存在，若非必要的話，新借成分不易為該系統所接受，因此在接觸之初，新借成分可能只是一種臨時性（temporary）的存在，若想進一步生存下來，方法之一便須依賴固有成分的衰退；相對而言，若某固有成分衰退，其留下的空缺也有賴別的成分承襲。這也提供了一個思考點以探索「VP-Neg-VP」何以能融入臺閩語的可能原因，對此本文認為可納入「VP-m／無」的混用一併思考。

　　隨著「VP-m」與「VP-無」在系統上出現競爭，同時也說明臺閩語否定系統出現了不平衡的問題，若依結構主義角度來看，自然會有另一股制衡的力量出現，其中一種便是由其他系統借入相應形式承接此空缺，而這也是下表二十八想呈現的主要議題。

　　當「VP-m」經過了日治時期的混用關鍵期後，占有率便大幅衰減至勉強過半的百分之五十四點四，也造成語法格局的平衡性遭到破壞，爾後再由「VP-Neg-VP」遞補撐起格局的平衡，這也反映在後起結構的比例擴張上。須注意的是，就後四份文獻來看，「拱樂社」的數據明顯高出「故事集」許多，若從時間發展順序來看似有不合理之處，但本文認為應和「拱樂社」的形成背景有關。

表二十八　臺閩語正反問句的結構與句末否定詞消長比較

正反問句	VP-Neg		VP-Neg	VP-Neg-VP
	VP-m	VP-無		
荔鏡記	91.6% （87）	8.4% （8）	90.5% （95）	9.5% （10）
語苑	54.4% （410）	45.6% （344）	90.8% （754）	9.2% （71）
拱樂社	25% （5）	75% （15）	43.5% （20）	56.5% （26）
故事集	16.8% （24）	83.2% （119）	64.7% （143）	35.3% （78）
林信璋	0% （0）	100% （3195）	65.9% （3195）	34.1% （935）
劉秀雪	0% （0）	100% （1281）	77.9% （1281）	22.1% （364）

　　根據邱坤良（2001：112）、楊馥菱（2001：70-73）與秦嘉嫄與蘇碩斌（2010）的研究指出，戰後之初為配合國民政府「去皇民化」的政策，開始啟用文化人士（指具一定教育程度者）編寫劇本，並由主管機關把關。此時的特色便是啟用專人編劇，有意識地「改進」劇本[3]

3　根據楊馥菱（2001：70-71）所列，一九五〇年國民政府成立了改造委員會，並由教育廳領導改良歌仔戲的工作，一九五一年甚至頒立幾點改良原則：一、劇本以配合國策為主旨；二、各劇團應加強革新組織，三、為加強各劇團之彼此聯繫合作共同促進，籌設歌仔戲促進會。同時也依上述原則在一九五二年成立臺灣省地方戲劇改進會，並每年進行比賽，評判原則之一是檢視是否以新創作劇本為原則，意即改進從前依演員自身隨性演出的活戲習性。根據《聯合報》一九五五年十二月五日「有歌必唱是歌仔戲的鐵則，但所唱的歌詞太低級，……其禍害比連環圖畫由有過

以提升內涵，其中「拱樂社」便是其中具代表性的劇團，本文認為正因上述原由，「拱樂社」包含較多的共同語語法也可獲得合理解釋了。

　　以上所言不代表其他三份數據不值得注意，相反地，此間各自記錄的地點也不同，分布比例也相當接近，就這三者平均達百分之三十點五來看，代表這是不容小覷的趨勢，這都顯示「VP-Neg-VP」並非一時一人一地之選。

　　至於「VP-Neg-VP」一直以來是如何落實該系統之中？這部分涉及能否更進一步確認該格式與「VP-m／無」混用之間的關係，結果如下。

（223）不知內頭知不知？（《嘉靖》19.008）

put[4]	ti[1]	lai[7]	thau[5]	tsai[1]	m[7]	tsai[1]
不	知	內	頭	知	不	知

　　　　（不知道裡面的人知不知道？）

（224）汝識不識字？（《語苑 18》）

lu[2]	bat[8]	m[7]	bat[8]	li[7]
你	識	不	識	字

　　　　（你識不識字？）

（225）鐵頭陀，口供招不招？（《金銀天狗》）

tit[4]	thau[5]	to[5]	khau[2]	kiong[1]	tsiau[1]	m[7]	tsiau[1]
鐵	頭	陀	口	供	招	不	招

　　　　（鐵頭陀，口供招不招？）

之。」其中「拱樂社」因強調須完全照劇本演出，可謂其中的模範生；本文認為正是在知識份子有意識地改進下，使得該文本會帶入較多國語語法的原因。

（226）阮<u>得</u>叫大舅<u>著毋著</u>？（《鳳山》76.44）

gun²	tioh⁴	kio⁷	tua⁷	ku⁷	tioh⁴	m⁷	tioh⁴
我們	得	叫	大	舅	對	不	對

（我們得叫大舅，對不對？）

　　從上述例子可看到，「VP-Neg-VP」在臺閩語中一律是以「VP-m-VP」的形式存在；反之，主宰混用的「VP-無」則無法找到相應的「VP-無-VP」，又或是「有無 VP」，這顯示「VP-Neg-VP」所取代者應是以「VP-m」為主[4]。

　　綜上觀察，本文認為「VP-m-VP」得以於臺閩語擴張其占有率，應與「VP-m／無」的混用具有一定關係，且這背後的動因有三。

　　第一：「維持格局平衡」，這可援引北方漢語的類似發展（參第2.1.2 節）進行詮釋。張敏（1990）、吳福祥（1997）和遇笑容與曹廣順（2002）等人都認為，VP-Neg 的弱化是促進北方 VP-Neg-VP 結構興起的條件，這背後為的正是維持語法格局的平衡。若以這樣的角度回來看到臺閩語的情況，基本邏輯應是相符的，對此過程可整理成下圖九[5]，意即當「VP-m」與「VP-無」混用後，原本可單由「VP-m」傳達正反問句的功能也變得模糊，因此使用者便需要以更清楚且完整的方式，增加「VP-m」的辨識度。

4　或許有人會問：既然「VP-m-VP」是以「VP-m」為取代對象，何以不直接比較這兩者的變化趨勢即可？這個問題的基礎是建立在所有「VP-m」都可也都會直接轉作「VP-m-VP」；然而，根據我們的觀察發現，「VP-m」的不穩定仍是受到「VP-無」的侵入所致，也以後者為主要轉入對象，「VP-m-VP」只是系統新興的反制手段之一。而表二十七想了解與呈現的也正是「VP-m／無」的混用如何啟動新舊正反問句格式的替代。

5　由於本節重點在說明「VP-m／無」的混用與效應，故暫不放入「VP-未」，關於後者如何「無」擴散的影響將於第五章另論。

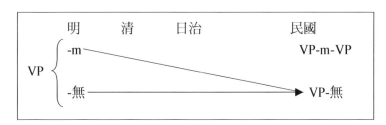

圖九 正反問句「VP-m／無」的混用及效應

如上圖所示,「VP-m-VP」就是以這樣的角色進入臺閩語的語法系統之中,逐漸發展為常態用法;此外也因未發現「VP-無-VP」的例子,可為以上的推論提供旁證。

還有第二個動因:「增加辨識度」,比較「VP-m」和「VP-m-VP」可知,兩者最大的差異是在結構完整度,較完整的結構形式所傳達的概念也相對較完整。但有一點必須先釐清,這裡僅想點出完整度和語義清晰度具正相關,並不代表本文認為這兩個結構具有衍生(generate)關係,這點可藉由比較「解……m 解」和「欲……m」的變化速率得到啟示。

下表二十九是整理自表四與表五的資料,數據顯示在《故事集》時,形式較完整的「解……m 解」仍占有百分之六十五,但此時「欲……m」已剩下百分之十七;爾後在林信璋(2011)的調查報告中,「欲……m」已完全被併吞。至於「解……m 解」的占有率雖同樣走下坡,畢竟這裡的混用仍是強勢方,但較完整的形勢其消退速率也明顯較慢,其中關鍵便是辨識度高低的差別,這也可支持上文看法。

表二十九　「欲……m」和「解……m 解」的變化速率

	欲		解	
	無	毋	無	袂（毋解）
故事集	83% （19/23）	17% （4/23）	35% （12/34）	65% （22/34）
六十歲以上	203 （100%）	0 （0%）	64 （34.59%）	121 （65.41%）
四十至五九歲	230 （100%）	0 （0%）	53 （27.89%）	137 （72.11%）
二四至三九歲	211 （100%）	0 （0%）	154 （90.06%）	17 （9.94%）
二十三歲以下	218 （100%）	0 （0%）	170 （90.43%）	18 （9.57%）

　　另外，還有第三個動因：「方便確認否定形式」的使用，以句（227a）與（227b）的對比為例，無論發問人是以混用後的「VP-無」或「VP-m-VP」詢問，對方都須還原成「m 知」回覆，否則將形成病句。但若細觀問答形式的配對，前一種問法可能會增加使用者的困難度；反之，「VP-m-VP」會有效引導說者還原固有的否定詞，回答者在認知上將能更直觀地選擇正確的答案形式，如此也可能是推動該形式承接「VP-m」的動因之一。

（227）a. 問：這件事誌，您序大人知<u>無</u>？

　　　　　tsit⁴ kiann¹ tai⁷ tsi² lin² si⁷ tua⁷ lang⁵ tsai¹ bo⁵

　　　　　這件　　事情　你們序大　人　知　Neg

答：m／*無知。

m⁷　bo⁵　tsai¹

不　　無　　知

（問：這事情，你們長輩知道沒？

答：不知道。）

b. 問：這件事誌，您序大人知 m 知？

tsit⁴ kiann¹ tai⁷ tsi² lin²　si⁷ tua⁷ lang⁵ tsai¹ m⁷ tsai¹

這　件　　事　情　你們　長　輩　人　　知　不　知

答：m／*無知。

m⁷　bo⁵　tsai¹

不　　無　　知

（問：這事情，你們長輩知不知道？

答：不知道。）

　　綜觀而言，上述變化主要肇因於，早先由「VP-m」獨自承擔的否定概念出現了另一個競爭形式：「VP-無」，以至造成原本涇渭分明的系統出現不穩定的狀態。面對「VP-無」的進逼，系統為能重新回復運作的平衡，進而在舊有的「VP-m」之外，另使借自北方的「VP-m-VP」加入競爭；同時，新形式也具有「辨識度較高」以及「方便確認否定形式」的優點。

　　最後須說明的是，關於以上過程除體現了結構主義的觀點外，事實上其背後還涉及了認知因素的體現，其中尤以象似性為最，針對這部分，下列有必要進一步說明。

　　首先，象似性的概念主要是與「任意性」（arbitrariness）對立而生的。根據 Saussure 在《普通語言學教程》所述，「任意性」指的是能指（signifier）與所指（signified）間不存在任何自然的連繫，其結合是

不可論證的（immotivated）；且本想法也為 Hockett（1960）所採用。

　　然而，當代的認知語言學者（如：Chafe 1970、Haiman 1980，1985：196-229、Langacker 1987、Tai 1985、沈家煊 1993 與張麗麗 2003 等）則從語言結構出發提出象似性的觀點，其中又以 Haiman（1980，1985：196-229）最早進行系統性的研究。Haiman（1980，1985）認為語言結構與人的概念結構具有自然聯繫關係。所謂的「概念」（concept）一詞，根據 Langacker（1987）所言，是指人對客觀世界的知覺和認識，或人腦反映客觀世界而形成的各種概念和概念結構；意即：語言結構的相似性是反映人腦對客觀世界形塑出的概念。

　　除此之外，Haiman（1985：19-155）更將象似性依對象不同分成兩小類[6]：「成分象似」（isomorphism）與「關係象似」（motivation）。前者是指句法成分與經驗結構成分間具相對應關係，又稱「一個形式對應一個意義」原則（one form-one meaning principle）；後者則指句法成分間的關係通常對應於經驗結構成分間的關係，如隱喻關於象似性其他更細部的探索，可參考上文列出的文獻，本文顧及篇幅不多做贅述。

　　至於上述「VP-m-VP」得以融入臺閩語的現象，本文認為這背後除了是系統為維持結構對稱所需外，也體現了成分象似的精神。由於「VP-m」因與「VP-無」混用進而導致弱化，此時在結構上出現的空缺破壞了原有的對稱分布；為能彌補該缺口，系統選擇引進「VP-m-VP」成為新的正反問句形式，逐步分擔「VP-m」的功能。

　　除了象似性之外，Haiman（1983，1985）也提到了另一個與之精神相對的「經濟性」（economy）。意指為了能在具局限性的記憶空間中更有效地儲存訊息，人們會傾向縮略使用頻率較高的形式，使之變得更加簡單好記；其實也代表著語言的象似性程度降低了。

6　參譯自沈家煊（1993）。

談到這裡，或許有人會問，當「VP-m」弱化後已有「VP-無」取替，這也使得原本三分的「VP-Neg」系統變得更加簡單，若由「經濟性」觀點而言，這樣的變化應更有競爭力，何以還需另外引入「VP-m-VP」？對此，本文認為這正體現了語言的象似性與經濟性兩股動因[7]的競爭，結果由前者勝出；這背後的運作可透過沈家煊（1993）所言進行了解。

> 語言結構是象似原則和經濟原則相互競爭的產物。……就一種語言的句法而言，在共時平面上，往往是一部分結構優先服從象似原則，一部分結構優先服從經濟原則……在歷時平面上，表達某種意義的結構在一個時期服從象似原則，在另一個時期服從經濟原則，也就是說，解決兩種原則相互競爭的方式可以隨時間而演變。

最後，基於漢語作為獨立且具整體性的結構體，其下各方言的發展雖有小異，但也有大同之處；據此想法，本文於下節中將透過正反問句在整體漢語的發展大勢，試圖為本節觀察到的現象提出更進一步的探索。

4.1.2 臺閩語和漢語在正反問句發展上的相應現象

在比較臺閩語和漢語在正反問句發展上的相應點之前，先讓我們簡單整理一下「VP-Neg」與「VP-Neg-VP」在歷史上的承繼關係。

---

7 Haiman（1983）分別使用「Iconic motivation」與「Economic motivation」代表象似性與經濟性背後的兩股作用力，本文為求統一，皆將motivation譯為「動因」。

　　根據張敏（1990）、趙新（1994）、遇笑容與曹廣順（2002）、魏培泉（2007）和王琴（2013：127-133）等人的考究發現，在南北朝以前，「VP-Neg」一直是漢語正反問句的唯一句式，甚至在現代某些方言（如：臺閩語）中，本結構仍位於相當重要的地位。若再細觀，又以「VP-不」為主要體現形式。

　　然而，以上情況卻也在東漢之際的相關變化中埋下了變數。根據前人的觀察結果顯示，以「VP-不」為首的句末否定詞在中古漢語逐漸弱化為「疑問助詞」（question particle），相當於古漢語的「乎／耶」，或是現代漢語的「-嗎」。如此一來，整體問句類型也逐漸轉做「是非問句」。

　　當以上變化趨勢已成，這也使得原本由「VP-Neg」主導正反問句的格局進而弱化，因此須另起一新形式來替代「VP-Neg」（最初正是「VP-不」）的地位，「VP-Neg-VP」便是在這樣的狀態下繼承了原來正反問句的功能。

　　若將上述變化與第三節的研討內容相比，彼此在基本動因上是相一致的。兩者都因某形式的弱化使得原有的平衡性受到破壞，為能回復運作順利，進而讓另一個較具競爭性的新形式有機會進入並融入系統。從這點來看，臺閩語的部分應是符合整體漢語的趨勢的。

　　除北方漢語之外，根據余靄芹（1992）的研究指出，「VP-Neg-VP」也在共同語的推波助瀾之下，漸擴至其他漢語方言之中。此外，該文還提出了「VP-Neg → VP-Neg-VP」的替代路徑，並依據數個南方和下江官話在內的數種漢語方言資料，整理出了細部進程：「繫詞→情態動詞→其他動詞」。若從李子玲與柯彼德（1996）、趙恩挺（2003）、Xu（2007：254-255）與劉竹娟（2012）等人研究成果顯

示，同為南方方言的粵語、潮州話與臺灣客語[8]也都已完成以上發展路徑；至於幾個吳語區和湘語區則呈現兩種結構兼用的情形，背後同樣反映著新舊方言層並存與競爭的現象（余靄芹 1992）。

　　以上顯示余靄芹（1992）的路徑[9]和進程應具有一定參考價值，接下來本文將以之觀察各文獻中可進入臺閩語「VP-m-VP」的動詞分布，觀察其發展是否與整體漢語一致。劉秀雪（2013）曾提到能進入

8　根據劉竹娟（2012）的研究，「VP-Neg」在臺灣客語中也有以「VP-無」為主導的傾向，但也同時能發現「有無VP」的情況（即共同語的「有沒有VP」，其基底組合邏輯應與「VP-Neg-VP」一致）。或許有人會認為這表示「有無V」的進入與「VP-無」弱化與否無關，甚至進一步認為臺閩語「VP-m-VP」的興起也與「VP-m」的弱化無關。對此，本文認為「VP-Neg-VP」在漢語的發展確實是長久以來的趨勢，且就系統的整體性角度來看，若該結構要打入某方言或次方言系統中，初始時應須倚賴某相應部分的弱化；但進入系統後，也可能進一步擴張到其他相關部分上，彼此並無矛盾。更何況，「VP-Neg」與「VP-Neg-VP」雖具有承繼關係，但不代表前者須完全消滅，如北方官話仍存在「VP-Neg」與「VP-Neg-VP」併存的情況，如：「要吃不？」與「要不要吃？」唯比例上或許還要更進一步的觀察，但無損以上看法。

9　余靄芹（1992）提出的細部進程除了具有方言上的普遍性證據外，本文認為或許能透過「製圖理論」（cartography）（Rizzi1997）觀點獲得理論上的詮釋與支持。該理論除了對各功能層次進行細致的劃分與定位外，也透過嚴謹的檢測，為各功能性成分查找出適當的句法位階與位置。但因本文論題取向因素，下列僅能透過前人研究成果簡單說明前述路徑和各功能成分的分布關係。
　　「製圖理論」將句法結構分成三個大區塊層次：一、補語層（complementizer layer）；二、曲折層（inflectional layer）；三、詞彙層（lexical layer）。一般認為，漢語疑問承載成分是受到[spec, CP]的「Q」所約束（binding）；繫詞「是」則分布在[T, TP]；情態動詞則依功能有不同分布位置，義務與動力情態動詞分於曲折層的[Mod. verb, MPDeo]以及詞彙層的[Mod. verb, MP$_{Dyn}$]；一般動詞亦屬詞彙層「VP」。如果從立體分布來看，大致如下。
　　（1）[Q, CP[T, TP[Mod. verb, MP$_{Deo}$[VP[Mod. verb, MP$_{Dyn}$[VP]]]]]]
　　由上句的分布可知，繫詞的距離與「Q」最近，依次方為情態動詞（義務＋動力）和一般動詞。若以此順序來看，正和余靄芹（1992）提出的發展順序相符，本文認為這應該不是偶合現象。或可推測由於Q和問句的關係頗深，因此愈近Q者欲易受影響，但其中細節仍待進一步的分析，這裡暫掠過。

該結構的動詞具一定限制，主要可分成：一、繫詞（如：是）；二、其他動詞（如：知、食、講和穿）兩類。

　　除了上述劉秀雪（2013）提到的幾個動詞之外，本文進一步觀察《語苑》、「拱樂社」、《故事集》和「閩南語電視劇」等文獻。觀察結果顯示還包含了情態動詞，如句（228）至（230）以及更多的其他動詞，如句（231）至（233），結果統整於下表三十。

（228）大人、我愛要求你一項、不知你

tai⁷ lin⁵ gua² ai⁷ iau¹ kiu⁵ li² tsit¹ hang⁷ m⁷ tsai¹ li²

大　人　我　要　要　求　你　一　CL　不　知　你

肯不肯？（《語苑 26》）

khun² m⁷ khun²

肯　　不　　肯

（大人我要要求你一項不知道你肯不肯？）

（229）咱今若無愛此項。將這給人

lan² kin¹ na⁷ bo⁵ ai² tshu² hang⁷ tsiong¹ tse¹ hoo⁷ lang⁵

我們今　如果 沒 愛 此　CL　將　　這 給　人

可不可？（《語苑 24》）

tang¹ m⁷ tang¹

可　　不　　可

（我們現在如果不愛這一項，把這個給人，可不可以？）

（230）汝識不識字？（《語苑 18》）

lu²　　bat⁸　　　m⁷　　bat⁸　　　li⁷

你　　識　　　不　　識　　　字

（你識不識字？）

（231）鐵頭陀，口供<u>招不招</u>？（《金銀天狗》）

tit⁴　thau⁵　to⁵　khau²　kiong¹　tsiau¹　m⁷　tsiau¹

鐵　　頭　　陀　　口　　供　　招　　不　　招

（鐵頭陀，口供招不招？）

（232）阮得叫大舅<u>著毋著</u>？（《鳳山》76.44）

gun²　tioh⁴　kio⁷　tua⁷　ku⁷　tioh⁴　m⁷　tioh⁴

我們　得　　叫　　大　　舅　　對　　不　　對

（我們得叫大舅，對不對？）

（233）這個是我織的，送給妳，妳<u>甲不甲意</u>？（《四重奏6》）

tsit⁴ e⁵ si⁷ gua² tsit⁴ e⁷ sang² hoo⁷ li² li² kah⁴ m⁷ kah⁴ i⁷

這　個　是　我　　織　的　送　　給　　你　你　合　不　合　　意

（這個是我織的送給你，你滿不滿意？）

表三十　「VP-m-VP」的動詞分布[10]

	Copula[11]	Mod. V	Other
荔鏡記	是		知、成

---

10 表中劃斜線者表示該文獻未發現相關用例。由於本文重點在於確認哪些範疇是否已
進入「VP-無-VP」的結構，甚至實際成分包含哪些；對於某文本何以未包含某成分
的問題，背後涉及太多的可能性，所以並不在本文的探索範圍之中。

11 誠如3.2.1節所述，本文發現「VP-m」與「VP-無」在「繫詞」位置的競爭都是以附
加問句形式呈現；除此之外，早期的「是m是」格式也都位在附加問句，這之間的
聯結將於4.2.2節再做討論。或許有人會問：若明清文獻已可見到「是m是」，但我們
卻是在《語苑》時才發現「是m／無」混用的語料，時間上是否有無法連結之處？
對此，本文有兩點看法，第一，根據3.2.1節當時的研判，明清文獻可能較為保守，
儘管「VP-m／無」的混用雖然在明清至日治之際才大興，但可能時間更早。第
二，本文的觀點著重「是m是」代表的「VP-Neg-VP」如何融入閩南語系統，但如
正文所述「VP-Neg-VP」早已成熟於北方漢語之中，所以可能在早期已有零星影
響，但真正大興應該還是要「VP-m／無」混用的配合，這點不違反本文觀點。

	Copula[11]	Mod. V	Other
語苑	是	肯、好、可	著、識、（承）認
拱樂社	是	通、卜／要	講、知、寫、招
故事集	是	能[12]	
電視劇	是		對／著、合意

對於上表呈現的訊息，大致可分發展進程及 VP 的成分兩方面來看。首先由發展的進程來看，在很早以前已達余靄芹（1992）所提進程的第三期，這不免讓人懷疑，說不定「VP-Neg-VP」其實原是臺閩語的固有格式，這是否與過去認為的借入說有所牴觸？同樣的疑問也發生在可進入 VP 的成分上，若依「繫詞→情態動詞→其他動詞」來看，情態動詞應早於其他動詞，然而上表的訊息卻呈現反方向的發展。這部分同樣挑戰了余靄芹（1992）提出的看法；對此本文認為應有其他理解。

首先，「VP-Neg-VP」其實早在北方漢語中發展成熟，且深入各個可能用法，因此當該結構被借入之後，對臺閩語的影響自然也是全面性，直接可允許其他類動詞的轉換，是以可能在接觸之初就於各方面出現用例。如此而言，表三十的情況應該未與林信璋（2011）和劉秀雪（2013）的借入說相左。

除上述分布位置外，從《語苑》開始我們也在語料中發現「m」與「無」在前接「繫詞」位置的競爭；但值得注意的是，這類混用皆以附加問句形式呈現，用例如下。因本節仍聚焦於正反問句，惟下列這類問句應歸入是非問句，故暫不列入計算並待 4.2.2 節另述。

但就整體類別發展來看，仍符合余靄芹（1992）提出的進程，這

---

12 「能」在這裡應是代表傳達能力情態的「解」/eʔ⁷/。

部分某程度上也可藉由「詞彙擴散」（Lexical diffusion）（Wang 1969、Wang and Cheng 1977 與 Ogura and Wang 1994）理論獲得合理的詮釋。

　　詞彙擴散理論認為語言的變化應是漸進式（gradient）發展，而非一夕之間的突變（sudden change），因此最初的語言變化通常發生在少數幾個詞之間，爾後才慢慢擴大到多數甚至全部的詞彙；此間過程甚至被 Bybee（2002）等隱喻（metaphor）為「感染」（affect）。此外，其實擴散初始時的速率（speed）通常也相對緩慢，須到達某個臨界點之後才會加速，特別是到愈後期速率愈快，這樣的現象又稱作「雪球效應」（Ogura and Wang 1994）。

　　若援引詞彙擴散理論，審視余靄芹（1992）提出的發展進程，事實上該進程相當程度地反映了「擴散」的概念。在變化初始之時，總是先「感染」某範疇中的少數詞項，爾後方擴及多數甚至全部成員。

　　若以此觀察上表出現的情態動詞成分，雖出現於「VP-Neg-VP」的時間較遲，但現今幾乎已涵蓋所有成員，反觀其他動詞的部分，受感染的成員比例相對低很多；再搭配雪球效應而言，最末一類範疇的感染應尚未達至加速的臨界點，是以發展較情態動詞慢。如果從這點來看，「VP-Neg-VP」對「其他動詞」的感染速率仍晚於「情態動詞[13]」，余靄芹（1992）的變化趨勢與方向應是確定的；同時臺閩語也未偏離主軌道而進。

　　最後須說明的是，關於上述推衍過程背後，本文認為應涉及兩個認知因素：象似性與類推。其中象似性反映在正反問句的內涵上，該類問句得名自其格式是一個由謂語肯定形式與否定形式並列構成的疑

13　當然不能否認這也與該範疇是否屬於封閉詞類（close class）有關，情態動詞確實較其他動詞來得少，但這裡暫時不考慮這部分的影響，畢竟上述的發展進程若將之納入考量，情況將變得相對複雜不易駕馭。

問句（劉月華等 2001：791）。若比較「VP-Neg」與「VP-Neg-VP」，其皆符合「一正（「VP」）配一反（「Neg（-VP）」）」的條件；但若再細看，後者的「Neg-VP」更能如實反映所有訊息，象似程度較前者來得高。

至於類推則是「VP-Neg-VP」擴散背後的另一推力，當該格式漸獲認同且提高使用率後，將慢慢成為使用者心中正反問句的首選基模，並開始替代舊有的「VP-Neg」成為新的來源域類推到其他「VP」上。

4.2　句末否定詞的混用與「VP-嗎」的借入

根據 1.6.1 節所述，湯廷池（1998）認為「VP-m$_Q$」是臺閩語原有的句末疑問助詞；然而，據林信璋（2011）與劉秀雪（2013）等人的觀察發現，近來尚出現了新興形式「VP-嗎」，且漸有取代「VP-m$_Q$」的趨勢。但這卻也引發了進一步的思考，若臺閩語的是非問句功能原已有「VP-m$_Q$」承擔，那麼何以還能兼容「VP-嗎」？另者，如前文所述，「VP-無」已相當程度的合併了「VP-m」，則又為何不直接以「VP-無」用作新的是非問句形式，反而選擇「VP-嗎」？

此外，對於「VP-嗎」的來源，過往學者（如：王本瑛與連金發 1995 和林信璋 2011 等）咸認為應是借自共同語，但這樣的假設卻無法解釋，何以梁淑慧（2015）能在《公報》中發現相當數量的「VP-嗎」用例？這顯示「VP-嗎」的來源可能不只一種。

為能有效追索上段的幾個問題，本文先於 4.2.1 節確認「VP-嗎」在臺閩語中的可能來源；爾後，4.2.2 節將衡量整體語法系統的平衡性，進一步探討各形式於臺閩語「VP-Q」的競合關係。

4.2.1 「VP-嗎」的可能來源

在開始討論「VP-嗎」的可能來源之前,有鑒於「VP-麼」和「VP-嗎」皆用於傳達疑問,語音也相近,那麼這兩者是否相等?若不相等,則臺閩語借入的是哪一個?為能確認「VP-m$_Q$」的競爭對象,本節認為有必要先釐清此間關係。

針對上述問題,吳福祥(1997)曾以圖十進行解釋,圖中有幾點重要訊息值得注意與補充說明。

1. 發展關係:「VP-麼」確實是「VP-嗎」的前身。
2. 功能不同:「VP-嗎」僅傳承疑問用法,「VP-麼」則可另外用作其他三種功能。

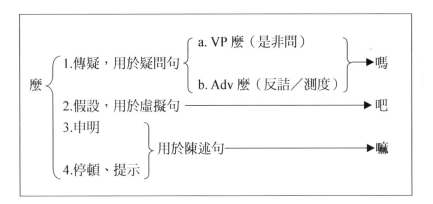

圖十　助詞「麼」的發展

儘管早期的臺閩語文獻《語苑》未發現「VP-麼」的例子,但本文認為這並無法證明,該文獻用字不存在異形同義的問題,意即這裡的「VP-嗎」可能只是用字習慣的問題,功能上仍相等於「VP-麼」。對此,可以下列四句進行測試,結果顯示「VP-嗎」與「VP-m$_Q$」在

《語苑》中只發現「疑問句」一種用法。

（234）一年若賣得成十隻、全年的所費

tsit⁴ ni⁵ na⁷ bue⁷ e⁷ sin⁵ tsap⁴ tsiat⁴ tsuan⁵ ni⁵ e⁷ soo² hui³

一　年　若　賣　得　成　十　隻　全　年　的　所　費

都攏有<u>嗎</u>？（《語苑6》）

toh⁴　　　　　long²　　　　u⁷　　　　　ma¹

就　　　　都　　　　　有　　　　　Q

（一年若賣得成十隻、全年的所費就都有嗎？）

（235）敢不是大人汝在主意<u>嗎</u>？（《語苑4》）

kam² m⁷ si⁷ tai⁷ lin⁵ lu² le¹ tsu² i³ ma¹

敢　不　是　大　人　妳　在　主　意　Q

（難道不是大人你在作主嗎？）

（236）汝亦要去聽<u>不</u>？（《語苑18》）

lu²　　ia⁷　　　beh⁴　　khi²　　　thiann¹　　m⁷

你　　也　　要　　去　　聽　　　Q

（你也要去聽嗎？）

（237）分戶俾出去敢好<u>不</u>？（《語苑24》）

puen¹ hoo⁷ hoo⁷ tshut⁴ khi³ kam² hoo² m⁷

分　戶　給　出　去　敢　好　Q

（他想分戶，讓（他）分戶出去可好嗎？）

　　另外還須確認真的不具備其他用法，不只是找不到而已，這部分本文將以自設句測試。如下兩句所示，無論這兩者都無法如「吧」呈現虛擬和陳述語氣，由此應可確定，用以和「VP-m_Q」對應的是「VP-嗎」，且後者也僅承繼「麼」在疑問句上的功能，無法視為完全的異形同義。

（238）a. 如果伊當初時落選，咱國家應

lu⁵ koo² i¹ tong¹ tshue¹ si⁵ lok⁴ suan² lan² kok⁴ ka¹ ing²

如果　他　當　初　　時　落　選　咱　國　家　應

該共這馬無全款<u>吧</u>。

kai¹ kang⁷ tsit⁴ ma² bo⁵ kang⁵ khuan² pa¹

該　　和　　現　　在　　無　　同　　款　　Prt

?b. 如果伊當初時落選，咱國家應

lu⁵ koo² i¹ tong¹ tsue¹ si⁵ lok⁴ suan² lan² kok⁴ ka¹ ing²

如果　他　當　初　　時　落　選　咱　國　家　應

該共這馬無全款<u>毋</u>。

kai¹ kang⁷ tsit⁴ ma² bo⁵ kang⁵ khuan² m⁷

該　　和　　現　　在　　無　　同　　款　　Q

?c. 如果伊當初時落選，咱國家應

lu⁵ koo² i¹ tong¹ tsue¹ si⁵ lok⁴ suan² lan² kok⁴ ka¹ ing²

如果　他　當　初　　時　落　選　咱　國　家　應

該共這馬無全款<u>嗎</u>。

kai¹ kang⁷ tsit⁴ ma² bo⁵ kang⁵ khuan² ma¹

該　　和　　現　　在　　無　　同　　款　　Q

（如果他當初時落選，我們國家應該和現在不一樣吧）

（239）a. 遮<u>嘛</u>，我想應該是啦。

tse¹ ma¹ gua² siunn⁷ ing¹ kai¹ si⁷ la⁰

這　　Prt　我　　想　　應　　該　　是　　Prt

?b. 遮<u>毋</u>，我想應該是啦。

tse¹ ma¹ gua² siunn⁷ ing¹ kai¹ si⁷ la⁰

這　　Prt　我　　想　　應　　該　　是　　Prt

?c. 遮<u>嗎</u>，我想應該是啦。

tse¹　ma¹　gua²　siunn⁷　ing¹　kai¹　si⁷　la⁰

這　Prt　我　想　應　該　是　Prt

（這嘛，我想應該是吧。）

在確認了「VP-m_Q」的競爭對象後，則回頭討論「VP-嗎」的可能來源。過去咸認為共同語在終戰前尚未成氣候，故「VP-嗎」應不存在於當時的臺閩語之中；然而 1.6.1 節卻在日治文獻搜尋到相當數量的用例，這似乎挑戰了前人的假設。對此本文卻認為不然，否則無法解釋何以未有更多共同語現象被記錄下來；相反地，若接受了上述假設，則須回頭檢視各閩南次方言中，是否尚存在一支含有「VP-嗎」的系統？該系統雖非臺閩語的主流，但「VP-嗎」正是其存在的證據。

對於上述問題，董同龢（1960）曾記錄四個臺灣常見的閩南次方言，分別是：廈門（廈門方言）、晉江（泉州方言）、龍溪（漳州方言）、揭陽（潮州方言），本文將其中有關「VP-m_Q／嗎」的記錄整理於下表三十一，前三者可謂臺閩語的主要構成來源（洪惟仁 1987），潮州方言則散布雲林、臺南、高雄與屏東等地。

表三十一　「VP-m_Q／嗎」於《四個閩南方言》的分布

	毋 _Q	嗎
廈門	＋	－
泉州	＋	－
漳州	＋	－
潮州	－	＋

根據表中訊息可知，上述四種次方言中潮州話是唯一使用「VP-嗎」作為疑問助詞者，但因董文中是非問句的記錄不多，故須另外觀察相關的方言志。根據 Xu（2007：262-263）所記，揭陽方言確實存在「VP-嗎」的形式，並將其記錄為/me^{11}/[14]，用例如下：

（240）lɯ^{53}　si^{35}　lau^{53}　sɯ^{33}　<u>me^{11}</u>　（Xu 2007）

　　　　你　　是　　老　　師　　嗎

　　　　你　　是　　老　　師　　Q

　　　（你是老師嗎？）

除了上述的觀察之外，本文也試圖從使用者的籍貫以及史料記錄查找潮州話和早期臺閩語之間的關係。

首先看到明清閩南戲文（這裡包含《荔鏡記》、《金花女》、《蘇六娘》與《同窗琴書記》等）的部分，本文從中發現了五十筆「VP-嗎」的語料，甚至超過「VP-m$_Q$」的二十一筆。此外，本文也依《荔鏡記》中說話人籍貫將「VP-嗎」加以分類，結果發現：「VP-嗎」的

---

14 張靜芬（2015）認為現代潮州話不存在/me^{11}/，並以「咩」為標的搜尋明清四種閩南戲文（如：《荔鏡記》、《金花女》、《蘇六娘》與《同窗琴書記》），認為這些戲文中不存在該用法，並推測/me^{11}/是借自粵語，而非閩南方言自有詞。對於上述看法，可能尚有幾點待釐清之處。首先，根據董同龢（1960）、林倫倫（1992）與Xu（2007：262-263）的調查記錄，/me^{11}/於現代潮州話確實存在，雖然這三人都僅列出讀音，但本文認為若由聲韻對應與功能性來看應該就是「嗎」（或「麼」），這點也可由《新潮汕字典》的記錄得到印證。據字典所記，「麼」用作疑問助詞時即讀為/me^1/，並可寫作「嗎」。另外，依照楊敬宇（2006：109-113）的研究來看，「嗎」的確存在清末粵語戲文之中，但本文也同樣在前述明清戲文中查得五十筆以上的用例，曾憲通（1991）更直指讀作/me^{11}/的「嗎」正是潮州話的常用疑問語氣詞。有關以上兩點，張文可能須做出進一步的解釋，至少不能全然否定/me^{11}/存在於部分潮州話的可能；同時若將「嗎」/me^{11}/視為潮粵共有詞，不只粵方言有之，應是較適當的處理。

使用者主要集中在潮州籍貫（包括：五娘、九公、李婆、林大鼻
等），占百分之六十八點六（24/35）；泉州籍貫者惟陳三和五娘對話
時使用，且僅一例；其餘用例散見於潮州一地覓職者（包括：小七、
益春和排頭等），不排除是為了融入當地而採用「VP-嗎」。

（241）死精，黃五娘到你叫<u>嗎</u>。（萬曆 10.073）

si² tsiann¹ ng⁵ goo⁷ niunn⁵ kau³ li² kio³ me¹

死　精　黃　五　娘　到　你　叫　Q

（死精，黃五娘輪得到你來叫嗎？）

（242）Lâng kiám thang phiàn Siōng-tè <u>mah</u>？（《公報》1885）

人　敢　通　騙　上帝　嗎

人　敢　可以　騙　上帝　Q

（難道人可以欺騙上帝嗎？）

　　另外，本文也發現在清初康乾年間的《臺海使槎錄[15]‧赤崁筆
記》曾記錄到，「澹水以南，悉為潮州客莊；治埤蓄泄，灌溉耕耨，
頗盡力作。」除了可由部分地名（如：潮州鎮、潮州街、海山堡、惠
來厝、潮陽厝）看出潮州人的居住痕跡外，根據該書所記載可知，當
時的潮州人也在臺灣留下許多文化遺產，「水仙宮並祀禹王、伍員、
屈原、項羽，兼列昺，謂其能蕩舟也。廟中亭脊，雕鏤人物、花草，
備極精巧，皆潮州工匠為之。」

---

15 本文由清代巡臺御史黃叔璥所著，全書始於一七二二（康熙61年），共分八卷，三
　部分：《赤崁筆記》、《番俗六考》與《番俗雜記》。「赤嵌筆談」為前四卷分類部
　名，內容涵蓋原始、星野、形勢、洋、潮、風信、水程、海船、城堡、賦餉、武
　備、習俗、祠廟、商販、進貢、泉井圍石、物產、雜著、紀異、「偽鄭」附略、「朱
　逆」附略等項。其中對臺南的閩南語有較仔細的記錄，並稱「鴃舌鳥語」，須靠筆
　談才能溝通。

　　以上史料透露了一個重要的分布訊息，潮州人在臺灣主要分布於南部地區，而這也解釋了為什麼以臺南為主要發行地區的《公報》，從清末至日治以前（1885-1895）能發現三〇五筆「VP-嗎」的語料，顯示早期潮州話於臺灣曾一度興盛；至於《語苑》的數量則降至一九三筆用例，則待下文另述。

　　在了解臺閩語的「VP-嗎」應是借自潮州話之後，尚有兩個問題需要釐清，首先須確認「嗎」的/ma/和/me/兩種讀音的關係，另外須釐清的是，何以同為閩南次方言的一支，潮州話卻和漳泉兩者有以上不同？

　　先看到音韻上的對應關係，根據《公報》和《語苑》的記錄[16]，「嗎」在臺閩語應以/a/為其韻母，似與潮州話的/e/不符。對此可援引博良勳（2008）的研究加以說明，該文曾提到「麼」在方言中有/ma/和/me/兩種讀音，因為/a/和/e/於輕聲時易混淆，本文則認為這可能也能解釋「麼」後來何以寫作「嗎」。另外也可以從「嗎」的聲符來看，「馬」於閩南語本有文白兩讀，分為/ma/與/be/；當後者聲母由陰轉陽，正可為/me/，如此便能為臺閩語和潮州話的「嗎」取得音韻的對應基礎[17]。

　　對於潮州話與漳泉次方言之間的差異如何形成，本文認為可由李新魁（1987）的研究獲得適當解釋；根據該文的研究，閩語在歷史上大致有三個成型階段，分別是：一、戰國至東吳之前；二、魏晉南北朝；三、唐宋時期。首先，閩語在第一期中開始由吳語分化出來；爾後，閩語在接受吳語和中原漢語影響下，於第二期邁入成熟階段；最

16　《公報》雖記錄為/mah/，但可能是為了表現其輕聲所致，約莫同期的《語苑》記錄為「マア」，但無論如何，以/a/為韻母是確定的。

17　類似的對應也存在於「罵」，該字在臺閩語有/ma⁷/和/me⁷/兩種讀音，王建設（2005）指出後者正與潮州話一致。

後在五代十國時，則是潮州話由漳泉閩語分出的關鍵，此時北方漢語對本地的影響大致有兩種情況。一種是因戰亂再度南遷的北方人，除落戶廣東一帶，也帶來一批當時的中原漢語詞彙；另外唐宋時期常有中原官吏被派任此地做官，或進行軍事鎮壓，皆使中原漢語得在當地加以傳播，故使潮語於宋以後形成有別於漳泉的方言。按 3.1.2 節所述，「麼」的形成正對應第三期，也是潮州話與漳泉閩語分家的關鍵時期，同時也能解釋何以「VP-嗎」於前述方言間存在分布差異。

　　接下來還須討論幾個問題：一、若「VP-嗎」原已存在臺閩語之中，是否也意謂前人的共同語來源說便完全站不住腳？二、若共同語來源說有誤，那麼又如何解釋何以前人僅在青壯階層普遍發現「VP-嗎」，但在更高的年齡層卻罕見用例？顯示「VP-嗎」在日治到現代青壯階層之間存在斷層，這又如何解釋？

　　下列先討論前述第二個問題，即：斷層如何發生？本文認為這背後可能也反映了潮州人在臺灣發展史上的興衰。根據下列東方孝義（1931）所記可知，日治時期的總督府為方便管理，進而依戶籍將漢人分成福建、廣東與其他漢人；這一來將使原操持閩客雙語的潮州人被一分為二，依慣用方言不同分別歸入福建或廣東人。此後該族群的勢力也大減，甚至被同化為閩南人（主要為漳泉系統）或客家人，這部分也可由洪惟仁（2011）與涂文欽（2010）的研究得到印證。

　　　　現今臺灣通行之言語，大別有漳州語、泉州語（即南部福建語），及客人語（或稱廣東語），及蕃語四種。……客人語，又稱客語或廣東語，本島通行範圍以新竹州中壢郡、大湖郡、竹東郡、竹南郡、苗栗郡最多，次為臺中州東勢郡、高雄州旗山郡、潮州郡……。

　　本文認為由於閩（漳泉腔）客兩語皆無「VP-嗎」[18]，是以在這兩者於優勢地位的夾擊下，可能使之逐漸退出主流用法，僅保存在少部分地區。這也能解釋何以前人（如：王本瑛與連金發 1995、林信璋 2011 與劉秀雪 2013 等）在高年齡層罕見「VP-嗎」的存在。

　　事實上也因來自潮州的「VP-嗎」已於日治時期便逐漸削減，所以在青壯層占高使用率的「VP-嗎」，本文認為贊成前人所持的共同語來源說；相關討論也將見於 4.2.2 節。

　　最後，若由周彥妤（2011）[19]在臺南地區的調查來看，「VP-嗎」於南部地區的臺閩語仍具一定的活躍度；那麼或許有人會問，若臺閩語「VP-嗎」的來源有二，那麼後期源自共同語者是否也觸動已沉寂的潮州來源者，並交互形成擴散到各地的推力？本文不否認存在上述情況的可能性，但有待進一步驗證。

4.2.2　「m／無」混用對「VP-嗎」的影響

　　如上一節所述，臺閩語的「VP-嗎」大致有兩個來源：一、早期潮州話；二、戰後新移民的共同語，其中後一種來源者漸有取代「VP-m$_Q$」的趨勢；然而，這樣的變化勢必經過一番新舊形式的競合。另外想問的是，語法系統的更動常來自均衡性被破壞，當新興的「VP-嗎」被借入後，如何由臨時用法進入常態系統（後文將以數據呈現）？這部分還需要其他動因的配合，本文認為也和「VP-m／

---

18 根據劉竹娟（2012）所記，客家話的是非問句應為「VP-無$_Q$」，「無」讀作/mo/。或許有人會由「無→嗎」的觀點認為客家語也存在「嗎」，但這樣的變化至少在臺灣的客家話還沒看到，不應以未來的可能否定過去和現在的事實。

19 儘管周彥妤（2011）著重於「Adv-VP」的「敢」問句，但是文中也提到「VP-嗎」確實存在臺南地區，這也和本文從語料庫的觀察結果相符。

無」的混用有關。此外，既然「VP-無」已相當程度地合併了「VP-m」，則又為何不直接以「VP-無」用作新的是非問句形式，反而選擇「VP-嗎」？本節將針對以上問題做進一步探討。

在釐清相關競合細節之前，本文認為有必要先整體性的觀察各否定詞於臺閩語「VP-Q」的發展。下表三十二中本文雖依年代次序觀察六份文獻，但大致可依二次大戰為界，分成兩階段進行觀察。

表三十二　疑問助詞的成分與所占比例

範圍	疑問助詞	-m$_Q$	-無$_Q$	-嗎
終戰前	明清戲文	29.6%（21）	0%（0）	70.4%（50）
	公報	0%（0）	0%（0）	100%（305）
	語苑	77%（826）	5%（54）	18%（193）
終戰後	拱樂社	38.7%（70）	4.4%（8）	56.9%（103）
	故事集	22.9%（41）	74.9%（134）	2.2%（4）
	電視劇	26.1%（62）	23.5%（56）	50.4%（120）

首先看到臺閩語疑問助詞於終戰前的分布狀況，這部分有幾個觀察重點。一是反映潮汕閩南語的明清戲文，誠如上文所述，「VP-嗎」反映了當地次方言的特色，同時也為早期臺閩語的情況提供來源。其次是臺灣本地的情況，《公報》（僅觀察 1885-1895 年時期，已確認日治之前的情況）的數據顯示，至少於臺灣南部地區「VP-嗎」曾一度

盛行；但文獻中何以未見「VP-m_Q」，這還需要更多訊息方能回答。

　　至於《語苑》的數據則顯示，「VP-嗎」（潮州閩南語來源）雖仍見於日治時期，但已較《公報》來得沒落，原因可能有二。其一可能和調查的範圍有關，《公報》多以南部地區為主，《語苑》則遍及全臺；但這也反映出其他地區仍以漳泉閩南語較強盛，這也呼應本文認為潮州話受到其他強勢方言夾擊而退出主流用法的想法，可謂是原因之二。最後，同樣值得注意的是，「VP-無 _Q」也在此時出現，這背後應與「VP-m／無」的混用有關，待後文另述。

　　接下來，進一步看到終戰後的分布狀況，由於《拱樂社》和「閩南語電視劇」具備大眾娛樂性質，故這裡先抽出來一併討論。根據統計數據顯示，「VP-嗎」在戰後正式超越了漳泉腔的「VP-m_Q」，其中較早期的《拱樂社》可能扮演了引領風氣的角色。首先若以語料的創作背景來看，如 4.1.1 節所述，該劇本受到「去皇民化」政策，以及主管機關審查影響，反映了不少共同語的語法。本文認為這除了反映在「VP-Neg-VP」上，也是大量出現「VP-嗎」的可能原因，同時也能解釋創作目的相仿的「閩南語電視劇」，意即為能吸納更多林信璋（2011）與劉秀雪（2013）指的青壯年觀眾，進而也融入較多的「VP-嗎」。

　　至於《故事集》的採集對象，真實時間上大致可對應林信璋（2011）與劉秀雪（2013）指的高年齡層者，是以和前兩種語料呈現的情況不同。這也可用以反證潮州閩南語來源者可能在終戰前便已沉寂，現今的「VP-嗎」應是來自終戰後共同語的機率較大。

　　這裡先對「VP-Q」於終戰前的發展進行小結。明清時期來自潮州話的「VP-嗎」尚能與「VP-m_Q」分立，但在日治時期受政策影響，使漳泉方言的「VP-m_Q」得以成為主流，「VP-嗎」則漸隱沒。因此在戰後的高年齡層者儘管曾歷經日治時期，卻仍以「VP-m_Q」為主

流形式；至於當今活躍於青壯層的「VP-嗎」則是戰後借自共同語者，特別是在大眾媒體的語料中尤為如此，這也顯示在其發展過程中，大眾媒體更是起了相當程度的助力。

除須了解句末疑問助詞的發展大勢外，對於共同語來源的「VP-嗎」如何由臨時用法成為常態用法，甚至和整體語法系統的互動關係，本文接下來將進一步提出幾點待深探的議題。

一、身為最早的是非問句形式，「VP-m_Q」的細部分布是如何？未來方可進一步確認新興的形式取代了什麼？

二、既然「VP-無」已相當程度的合併了「VP-m」，且存在「VP-無 $_Q$」，何以還須借入「VP-嗎」？

三、臺閩語的「無」與「未」在共同語已融合為「沒有」。若一併考慮「VP-毋／無」的混用，那麼何不借入「VP-沒」反而選「VP-嗎」？

針對第一個問題，本文認為應先觀察「VP-m_Q」於明清閩南戲文中的詳細分布情況，將有助於確認取代對象。但在此之前尚待確認的是，3.2.1 節曾提到漢語尚有一種「A-not-A」形的附加問句，由於形態上與「VP-Neg-VP」正反問句類似，因此有必要加以分辨。

Li and Thompson（1980：378-379，392-393）曾指出，若單由形式上來看，「A-not-A」附加問句確實很接近「VP-Neg-VP」正反問句；但是在功能的定義上，該文認為「陳述句可以在句末附加上某些動詞的 A-not-A 形式而成為問句，……是用以徵求聽者對附加成分之前的陳述加以肯定。」例如：

（243）他在耕田，<u>是不是</u>？（Li and Thompson 1980）

從句（243）傳達的功能來看，附加問句應該不屬於中性問句的範疇，Li and Thompson（1980：392-393）對此也抱持一致看法，但既然如此，這樣的問句又應如何歸屬呢？根據劉月華等（2001：785-787）對是非問句的次分類，下列 a 小句和 b 小句唯一不同處僅在彼此的形式上，分別為「VP-嗎」和「A-not-A」。若再進一步看到至功能的部分，這兩者則完全一致，皆用以徵求聽者對附加成分之前的陳述加以肯定。

（244）a. 我們明天一起去長城，<u>好嗎</u>？（劉月華等，2001）

　　　b. 我們明天一起去長城，<u>好不好</u>？

另外再看到可進入「A-not-A」形附加問句的動詞，一般多為「是」、「好」和「對」等，其分布範圍比典型的「VP-Neg-VP」來得窄。綜合以上討論顯示，這兩者並不相同，本文傾向將「A-not-A」形附加問句歸入是非問句範疇。

在確認「A-not-A」形附加問句的身分後，本文將進一步觀察是非問句在《荔鏡記》中的各種可能形式。結果如下列例句所示，該書的是非問句用法還可細分成四種次類：一、推度副詞（如：「可」）；二、附加問句（如：「是不」）；三、否定共現（如：「不知」）；四、推度語氣（可賴上下文得知），用例如下。

推度副詞

（245）陳三你可曉得我牢內這法度<u>不</u>？（《嘉靖》45.037）

tang^5 sann^1 li^2　kho^2 hiau^2 tit^4　gua^2 lo^5 lai^7 tsit^4 huat^4 too^7 m^7

陳　三　你　可　曉　得　我　牢　內　這　法　度　Q

（陳三你可曉得我老內這法度嗎？）

附加問句

（246）旦：聽既是乜？（《道光》27.150）

tuann²	tiann¹	kinn³	si⁷	mih⁸
旦	聽	見	什	麼

生：說是保庇乞阮三哥早早

sing¹	seh⁴	si⁷	poo²	pi⁷	khit⁸	gun²	sann¹	koo¹	tsa²	tsa²
生	說	是	保	佑	給	我	們三	哥	早	早

團圓，<u>是不</u>？

thuan⁵	inn⁵	si⁷	m⁷
團	圓	是	Q

（旦：聽見什麼？生：說是保佑讓我們三哥團圓，是嗎？）

否定共現

（247）不知李姐在厝<u>不</u>？（《道光》4.003）

m⁷	tsai¹	li²	tsia²	ti⁷	tshu³	m⁷
不	知	李	姐	在	厝	Q

（不知李姐在家嗎？）

推度語氣

（248）生：你揀落荔枝，乞阮為記。（《嘉靖》26.354）

sinn¹	li²	tan³	loo²	nai⁷	tsi¹	khit⁴	gun²	ui⁵	ki⁷
生	你	丟	落	荔	枝	給	我	們為	記

旦：揀著你<u>不</u>？

tuann³	tan³	tioh⁴	li²	m⁷
旦	丟	到	你	Q

（生：你丟下荔枝給我為記。旦：丟到你嗎？）

　　接下來繼續看到第二個問題，何以在「VP-無 Q」之外，又再借入「VP-嗎」？本文認為此間並不是非 A 即 B 的互斥關係，相反地也可能基於某些因素而出現分用。為能有效釐清各疑問助詞的競爭細節，下列將依上述四種次類，進一步觀察「VP-mQ」、「VP-無 Q」和「VP-嗎」間競爭的項目；觀察範圍以同時包含這三者的文本為主，為求不使訊息因過多而混亂，各文獻的數據皆以獨立表格呈現。

表三十三　《語苑》中各疑問助詞功能分布

是非問句的次類	-mQ	-無 Q	-嗎
推度副詞	63% （46）	30.1% （22）	6.8% （5）
附加問句	95.9% （780）	3.8% （31）	0.2% （2）
否定共現	0% （0）	1.6% （1）	98.4% （60）
推度語氣	0% （0）	0% （0）	100% （126）

表三十四《拱樂社》中各疑問助詞功能分布

是非問句的次類	-mQ	-無 Q	-嗎
推度副詞	0% （0）	0% （0）	100% （25）
附加問句	89.7% （70）	10.3% （8）	0% （0）
否定共現	0% （0）	0% （0）	0% （0）
推度語氣	0% （0）	0% （0）	100% （78）

表三十五 《故事集》中各疑問助詞功能分布

是非問句的次類	-m$_Q$	-無$_Q$	-嗎[20]
推度副詞	20% （1）	80% （4）	0% （0）
附加問句	21.7% （36）	78.3% （130）	0% （0）
否定共現	100% （1）	0% （0）	0% （0）
推度語氣	42.9% （3）	0% （0）	57.1% （4）

---

20 評審委員之一曾問及，何以「嗎」在《故事集》中僅分布於推度語氣一項？此外，「嗎」在《荔鏡記》的分布又是如何？兩者若有相仿之處，是否可視為承襲關係？有關第一個問題，本文認為這可能與「嗎」的功能單一，且推度語氣的成立門檻較低，因而可能提高普遍性有關。不同於其他三者皆須在「嗎」之外，或增加推度副詞與否定詞，又或以「繫詞＋嗎」形式出現於特定位置，推度語氣只要出現「嗎」便可成立；較低的普遍性也使「嗎」的推度語氣形式得以廣布。以上觀察也反映在其他三份文獻，無論「嗎」是否出現於其他是非問句形式，皆能發現推度語氣形式存在，如將觀察範圍擴及《荔鏡記》，推度語氣亦占「嗎」問句達百分之七十六點三，顯示該形式確實長期以來便具有普遍性。至於此間是否承襲關係，本文雖無法否認，但未來仍須更多證據支持；反觀「嗎」在戰後藉由國語重新進入臺閩語時，是否也以推度語氣作為優先突破點？這是未來可繼續觀察的項目之一。

表三十六 「閩南語電視劇」中各疑問助詞功能分布

是非問句的次類	-m$_Q$	-無$_Q$	-嗎
推度副詞	0% （0）	0% （0）	100% （17）
附加問句	44.9% （49）	51.4% （56）	3.7% （4）
否定共現	0% （0）	0% （0）	100% （22）
推度語氣	14.4% （13）	0% （0）	85.6% （77）

　　從上列四個表格的數據資料來看，可得到句（249）至（250）兩點分布趨勢，大體而言「VP-m$_Q$／無$_Q$」和「VP-嗎」約成互補分布（complementary distribution）。若從這點來看，背後確實有功能上的需求，但具體運作過程則待確認；另外，上述運作何以無法突破附加問句的藩籬？下列本文將對這兩點進行討論。

（249）傳達附加問句功能時傾向選擇「VP-m$_Q$／無$_Q$」。

（250）傳達其餘問句功能時傾向選擇「VP-嗎」。

　　首先綜合本章的討論可知，「VP-m」共負擔有：一、句末否定詞（「VP-m」）；二、疑問助詞（「VP-m$_Q$」）功能，當該形式漸併入「VP-無」之後，原所承載的功能便須另外找其他形式替代。其中第一種功能便由「VP-m-VP」接手承擔（參 4.1.1 節），至於第二種功能則有以下三種策略，接下來本文將依序探討各策略的可行性。

（251）由「VP-無」直接擔負。

（252）持續由「VP-m」擔負。

（253）另找新形式擔負。

　　在討論第一種策略前，先看到北方漢語遇過的類似狀況。前人（如：太田辰夫 2003〔1987〕：328-330、張敏 1990、吳福祥 1997、王琴 2013：133 等）曾提到，疑問助詞化的「VP-Neg」在唐五代時常出現兼義的問題，由於「VP-不／無」兼表正反問句與是非問句的狀況，可能造成使用者理解上的困擾。爾後為適度解決這樣的現象，便產生「VP-否 $_Q$」和「VP 麼 $_Q$」來承擔是非問句的功能。

　　表三十三至表三十六所示，「VP-無 $_Q$」其實一直未取得優勢地位，這除了顯示該策略被採用的可能性不高外，若以北方漢語的發展評論，背後原因可能和「VP-無」因兼義而帶來辨義不清的問題有關。

　　無可避免地，上述兼義狀況其實也可能發生在策略二之上；同時本文也不排除「VP-m／無」混用後，對「VP-m」獨立存在的需要造成動搖，如此也可能影響由「VP-m」承擔是非問句的選擇。

　　由於前兩種策略除無法解決問題，還另外突顯其他可能的問題，意即這類策略造成的兩難困境（dilemma）其實早已存在臺閩語之中。為解決上述困境，策略三則可視為從根本解決的破口，由共同語借入的「VP-嗎」正可以「新形式」的身分，專責擔負起是非問句的功能。綜觀而論，「VP-嗎」何以能融入臺閩語並進一步擴張占有率？本文認為，除是為了填補「VP-不／無」混用後的空缺外，上述的兩難困境某程度上起了推波助瀾的效果。

　　然而策略三也須解釋，何以由共同語借入的是「嗎」，而不是已融合「無」的「沒」？本文認為臺閩語的「-無」雖然已併吞「-不」，但共同語的「-沒」與「-不」仍有對立，貿然借入恐怕會出現

文字以至語法系統衝突，因此另外選擇一個新的形式會比較方便，這情形在唐代時以「摩」融合「-不／-無」已有前例。

最後，在表三十三至表三十六中還有一點值得注意的現象，既然前兩個策略不適用，那麼何以「VP-m$_Q$／無$_Q$」仍獨占附加問句功能？這是否也挑戰了本文的論述觀點？對此，本文認為可以從下列觀點加以思考這個問題。

首先，如上文所述，由於使用者不易區辨「A-not-A」_{附加問句}和「VP-Neg-VP」_{正反問句}，因此當「是毋是」_{附加問句}以「是毋$_Q$」型態出現時，可能會被理解為「是毋是」_{正反問句}的縮寫「是毋」，加上「VP-Neg-VP」_{正反問句}已相當強勢，進而可以保護「是毋$_Q$」不致被「VP-嗎」取代。

在進一步討論「VP-無$_Q$」之前，須補充說明一點，其實「VP-m$_Q$」和「VP-無$_Q$」並不全然相同，最主要是在與「VP-Neg-VP」的轉換上，如下兩句所示，僅有「VP-m-VP」，卻不存在「VP-無-VP」的附加問句；包括回答的形式，也多半為「是／毋是」、「著／毋著」等。同時這也暗示著「VP-無$_Q$」的出現可能與「VP-m$_Q$」不同，細節待稍後另述；但從以上的比較至少可看出，「VP-m$_Q$」作為臺閩語的原有用法的可能性大過「VP-無$_Q$」。

（254）a. 啊多桑跟歐卡桑當作我無事志做，

　　　oh to sang　kang^7　oh kha sang　tong^2　tsue^7　gua^2　bo^5　tai^7
　　　父親　　　和　　母親　　　當　作　我　無　事
　　　tsi^7　tsue^7
　　　情　做

是毋？（《後山 5》）

si⁷　m⁷

是　　Q

b. 啊多桑跟歐卡桑當作我無事志做，

oh to sang　kang⁷　oh kha sang　tong²　tsue⁷　gua²　bo⁵

父親　　　　和　　母親　　　　當　　作　　我　　無

tai⁷　tsi⁷　tsue⁷

事　　情　　做

是毋是？

si⁷　m⁷　si⁷

是　不　是

（難道爸媽是認為我沒事可做，是嗎？）

（255）a. 你是卜共人做流氓，是無？（《後山 8》）

li²　si⁷　beh⁴　kang⁷　lang⁵　tsue³　loo⁵　muann⁵ si⁷　bo⁵

你　是　欲　　Commit 人　做　　流　　氓　　是　無

*b. 你是卜共人做流氓，是無是？

li²　si⁷　beh⁴　kang⁷　lang⁵　tsue³　loo⁵　muann⁵ si⁷　bo⁵　si⁷

你　是　欲　　Commit 人　做　　流　　氓　　是　無　是

（你要學別人家做流氓，是嗎？）

接著將回頭討論促使「VP-無 Q」出現的原因，本文認為可能也與「VP-m／無」混用有關[21]，意即當「VP-mQ」透過前段討論的方式，除了成功阻擋了「VP-嗎」後，也可能藉由混用影響，進一步將

---

21 或許有人會認為「VP-無Q」其實無法轉作「A-not-A」形式，同時也和「VP-Neg-VP」的對應相距甚遠，因此認為不應促成混用發生。但本文認為這樣的連結太過迂迴，一般使用者仍是由表面形式的直觀對應居多，故未對混用造成太大限制。

「VP-無 Q」引介進臺閩語。

此外，還可理解為「VP-m／無」混用也造成早期「是 m 是」多於附加問句位置，爾後方逐漸擴至句中；以上其實也呼應了 4.1.2 節提到的問題。下圖十一是對以上發展關係的統整。

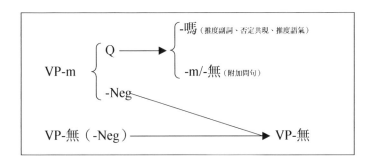

圖十一　臺閩語「VP-m$_{Neg／Q}$」的演變與效應

綜上所述可知，「VP-嗎」於臺閩語的擴張和「VP-m／無」的混用具一定關係，為不使之破壞語法格局的平衡，原由「VP-m」承擔的兩種功能必須另謀成分。對此至少有三種可用策略：一、由「VP-無」直接承擔；二、由「VP-m」繼續承擔；三、另覓新形式承擔。

其中前兩種策略非但不能解決問題，反而更突顯一直以來的兼義現象，同時也違反了成分象似原則。「VP-嗎」便是在這樣的狀態下，成為專用於是非問句的新形式；另者，也因「VP-嗎」成為前述兩難困境的破口，也成了拉高其占有率的助力，同時迫使另兩者退出其他用法。

至於「VP-m$_Q$／無 $_Q$」何以仍獨占附加問句用法，應與使用者不易區辨「A-not-A」形附加問句和「VP-Neg-VP」有關，這背後同時也反映了類推機制的作用。意即面對位於附加問句的「VP-Neg-VP」時，使用者僅因表面上的結構一致，便受到先時於正反問句所建立的

「VP-Neg-VP」基模影響，進而誤將這兩種「VP-Neg-VP」視為同一種，而忽略了之間功能的不同。這背後除了反映 1.2.2 節提到的突顯觀之外，也與注意觀有關係，由於表面形式一般較內在功能來的明顯且容易吸引使用者較多的關注，進而造成前述在認知上的混用。

4.3　小結

誠如第三章的觀察結果顯示，臺閩語否定結構於歷時層面上確實發生了結構變遷，其主流趨勢呈現出「無」侵入「m」和「未」的發展；此外，依照結構主義的精神來看，所有系統上的變遷都將引發相關效應。對此，本章藉由前人發現的「VP-m」與「VP-無」混用情形出發，試圖觀察該現象可能造成的效應，所得結果有二。

首先，閩南語原以「VP-Neg」為主要正反問句形式，並以「VP-m」、「VP-無」與「VP-未」形成三分隔局，彼此間擔負的否定概念也涇渭分明；但歷經明清至日治時期以後，「VP-m」受到「VP-無」侵擾，兩者混用比例隨時序漸增。對此，本文綜參前人研究成果，認為背後的動因可能與雙方言制影響有關；這也使得與「m」同屬「無」的「bo」有機會取而代之；這背後可能也與劉秀雪（2013）提到的語音因素有關，同時也呼應魏培泉（2007）提到的學習偏誤現象。

根據本文就語料庫進行的觀察發現，原以「VP-Neg」為主要正反問句形式的閩南語，隨著「VP-m」受到侵擾進而與「VP-無」混用後，另一借自現代漢語的「VP-m-VP」也有逐漸擴大的趨勢，本文認為這應與系統本身為了維持格局平衡有關。當「VP-m／無」混用造成此間原有分際消失，也致使否定結構受到破壞，為能有效平衡這樣的情況使得「VP-m-VP」得以逐漸融入閩南語之中，成為新興的正反問句格式。

　　事實上，這類因系統平衡考量進而引入新格式的情況屢見不鮮，如本文論及的「VP-Neg-VP」格式在北方的興起亦有異曲同工之妙，這方面早已為張敏（1990）、趙新（1994）、遇笑容與曹廣順（2002）和王琴（2013：127-133）等人所證。爾後，「VP-Neg-VP」更逐漸推廣到其他漢語方言之中，余靄芹（1992）也整理出漢語在這部分的整體發展路線，顯示閩南語的演變是與整體漢語發展趨勢相符的；此外，同屬南方方言的客語和粵語早已完成這部分的演變。

　　第二點，由於「VP-m」除可用作正反問句格式外，也具備是非問句的功能，因此當該形式弱化後，也促使「VP-嗎」成為新的是非問句形式；惟一般認為該新興形式應是來自終戰後經國民政府所帶入的，但這卻無法解釋何以在明清與日治時期便能發現大量相關用例。

　　對此，本文觀察《荔鏡記》的使用者籍貫，以及相關歷史與方言文獻的記載發現，早期出現的「VP-嗎」應是來自潮州方言，但受到日治時期的戶籍制度影響，致使該形式逐漸退居成非主流形式。至於王本瑛與連金發（1995）、林信璋（2011）與劉秀雪（2013）論及的「VP-嗎」確實應來自共同語影響無誤。

　　除此之外，本文也從認知角度對以上現象提出詮釋。本文認為因「VP-m」弱化而融入臺閩語的幾個新興形式，背後觸動原因都不脫成分象似原則與類推機制的運作。

第五章
各否定詞在合成完成體的競合與效應[1]

　　在上一個章節之中，我們看到「無」的擴張對於「VP-Neg」格式的影響，造成了「VP-Neg-VP」與「VP-嗎」等新興形式得以融入臺閩語疑問句系統之中。接下來，本章節將進一步了解否定結構的變遷如何影響合成完成體系統，在這部分中，待探索的議題有下面兩點。

　　首先，根據第三章的觀察結果可知，從明清時期以降的閩南語，無論在動前或動後位置上，我們都可看到「m」（臺閩語中僅見於動前）、「無」與「未」用作否定合成完成體的情況；且三者間同樣出現以「無」為主要擴張者的*趨勢*。然而，值得注意的是，若「m」、「無」與「未」（詳參 1.1 節的表一）都可否定合成完成體，這明顯違反 4.1.1 節提到的成分象似精神，即「一個形式對應一個意義」。

　　事實上，前述問題還涉及我們將如何觀察後世的發展變化。一如本文的核心觀點：「無」的擴張效應勢必影響整體否定格局；但是就現有體系來看，我們並無法具體釐清此間流變，是以有必要先確認早期的系統模型，未來方能在此基礎上進行觀察，並提出更加具體的描述與詮釋。關於這個議題，下列將於 5.1 節進行探索。

　　再者，根據上述建構的模型系統，本文將於 5.2 節中以之觀察「m」、「無」與「未」在「Neg＋VP」與「VP-Neg」的變化。此外，

1　本章節部分內容已發表於蘇建唐（2016a）。

1.6.2 節還曾提到一種「Neg＋經驗體標記」格式，前人（如：植田均 1993 與楊榮祥 1999 等）曾用以觀察「不」、「未」與「沒」於北方漢語的競爭關係。無獨有偶地，本文也於閩南語發現類似情況，如「未曾」、「未曾未」和「毋捌」等用例，但並未見具備相同功能的「無」出現其中，更與前述的主流趨勢不符；本文認為有必要一併納入討論之中，並進一步與北方漢語的情況相比較，試圖為南北方言系統提出整體性的觀察與詮釋。最後，再於 5.3 節進行小結整理。

5.1 合成完成體的內涵與相關次概念

在正式探索本節議題之前，有個觀念需要先行釐清。關於上述「m」、「無」與「未」共享否定合成完成體的情況，或許有人會問這是不是經濟原則的運作結果？但本文認為不然，理由如下。若回顧 4.1.1 節的整理，經濟原則是指人類為了能更有效地儲存訊息，會傾向縮略使用頻率較高的形式，使之變得更加簡單好記，一形多義正是該原則的具體體現。如果以此審視上段提到的情況，上述情形應屬「多形共義」，反而更增添記憶的負擔。

既然多形共義與經濟原則不符，我們有必要回頭面對成分象似的可能，但這仍須解決的問題是：「m」、「無」與「未」是如何並存於合成完成體的否定系統之中？這部分有必要透過一個時體模型作為未來觀察的基礎。

前人（如：葛佳才 2004，2005：156-168、陳夢家 1988〔1956〕：127-129 和張玉金 2001：40-61 等）對於這部分的討論雖以北方漢語為主，但有鑑漢語各方言在這類基礎概念上應具有共通性，有必要先行釐清這部分，方能再進行下一層次的觀察。

為使考查能有具體的依循方向，5.1.1 節將在前人研究基礎上先

建構一個適當的詮釋模型。須注意的是，過往多將「未」視為這項功能的代表成分，多數研究也與之相關；但本文不認為這會影響相關成果的代表性，反而意謂著該詞在本功能上具有以小見大的關鍵地位，值得作為模型建構的參考標的。

根據 1.6.2 節所述，對於「未」所代表的合成完成體概念，各家看法仍莫衷一是，至少分成表三十七的三種看法。

表三十七　「未」的次語義

義項	語義內涵
沒有 V	對某事件的發生加以否定
還沒有 V	強調事件於某未來時點上仍有可能完成
從沒有 V	強調事件於過去某時間段內都沒發生

對於以上問題，5.1.2 節將前一節提出的模型整合前述三種次用法；惟顧及臺閩語屬於發展上的相對末端，為了能深究整體過程，本節將以《荔鏡記》為主要探索對象，企圖能從早期語料開始觀察並建立相關模型。

5.1.1　合成完成體的內涵

誠如上文所述，前人對於否定合成完成體的討論主要集中在「未」的部分，彼此間雖仍存有歧見，但不影響其價值，下列將以之為基礎探索背後相應的時體模型，以及本文選用「合成完成體」稱呼此概念的原因。

對於「未」所否定的對象，Kennedy（1952）是最早提出用以否定完整體者，張玉金（2013）則首先結合「時制」和「動貌」概念考

量「未」的時間表達概念，稍後梅廣（2015：422-453）也採類似方式，並將之稱為合成動貌。然而如表三十八所示，後兩者所設立的內涵之間同異互見，相同之處在於，張梅兩人皆同意「未」與完成體有關聯的看法；不同點在於張玉金（2006）主張「未」同時否定完成體加過去時（past），梅廣（2015）則認為漢語不存在過去時，但存有和當前說話時間相關的句末「了」（下稱「了 $_2$」，方便與動詞後的「了 $_1$」區別）。同時梅廣（2015：422-453）也提出「了 $_2$」正是和「未」對舉的肯定句末，並以此確立「未」否定的是融合完整體與現在時的合成完成體。以上也顯示兩家對於完成體與時制的看法並不一致，接下來本文將針對這部分的歧見進行討論，但在此前則先對動貌與時制的差異進行界定。

表三十八　「未」的時間概念

	「未」的時間概念
張玉金	「**過去時**＋完成體」
梅廣	「**現在時**＋完整體」（合成完成體）

關於動貌的定義，Comrie（1976）認為「<u>動貌是一種語法範疇，表示事件的內部時間結構，例如關於該動作的開始、持續、完成或重複等方面的情況，但不涉及該動作發生的時間。</u>」大體上可分為：一、「完整體」（是指將事件視為一個不加分解的整體，並從外部進行觀察其狀態）；二、「非完整體」（imperfective）（是指將事件結構加以分解，並由內部進行觀察其狀態）。其中後一類又可分成「持續體（continuous）」、「習慣體（habitual）」和「進行體（progressive）」和「非進行體（non-progressive）」等。

接下來，看到時制的內涵，綜參前人（如：Li and Thompson 1980：217-252、林若望 2002、Lin 2003）看法，**時制指的是情況發生的時間與談話時間的相對關係**。戴耀晶（1997）更直接指出：

> 當人們觀察事件的具體時間構成（過去、現在）時，得到的是時意義。……時意義涉及到「過去、現在、將來」等含有指示表達性或索引表達性（deicticor indexical expression）的具體時間；體的意義不具有時間上的指示性，體所涉及的時間是事件構成中含有的抽象時間。

綜上顯示動貌和時制理應分開視之，不可交混，這點似未能由 Kennedy（1952）的系統看出，至於張玉金（2013）和梅廣（2015：422-453）在這點上的看法則較一致，但在完成體的標記成分與內涵上兩人的看法卻不相同。

對於完成體的標記成分，張玉金（2013）和梅廣（2015：422-453）皆指向如下例句的句末助詞「矣（即「了₂」）」，並認為前一句的「未」便是用以否定標示完成體「了₂」的成分。對此，本文認為有必要對「了₂」進行探究，藉以釐清完成體的內涵，這部分 Li and Thompson（1980：217-252）有較詳盡的討論。

（256）公將鼓之，劌曰：未可。齊人三鼓：劌曰：可矣。
　　　　（《左傳・曹劌論戰》）

根據 Li and Thompson（1980：217-252）所述，「了₂」的基本功用是暗示一種「與當前時間有關的事件狀態（currently relevant state）」。亦即該成分出現的句子表示「句中的事件狀態與某特定時間

有明顯的相關性」。如果句中沒有特別指示，那麼該時況通常指「現在」，若以此來看，該文對完成體的定義大致可對應到梅廣（2015：425-453）的合成完成體，「現在時＋完整體」。

此外，對於「現在時」的觀念，梅廣認為是指與現在相關的說話時間；但這裡的說話時間並非絕對性，而是類似 Klein（1994：36-58S）指的「話題時間」（topic time），這是一種由語境（context）引導的相對時間，約對應 Reichenbach（1947）的「參考時間」（reference time）。至此可知梅廣（2015：425-453）指的「現在時」是一種相對時間概念，須以話題時間為參照。

接下來，再看到「過去時＋完成體」中過去時的建立基礎，根據張玉金（2013）所述，「未」與「過去時」的關係主要是建立在和「已」的對用上。這裡須先說明的是，「未」雖是用以對已然事件的否定，但並非指涉未完成，相反的是指在已然狀態下，某事件並不存在，如句（257）所示，相對於「已租」的「未租」同樣都是在說話當下的已完成的現實狀況，這也符合完成體的概念。若以此視之，上述的過去時恐怕須做修正，如句（258）的「了₂」是把發生在過去的「畢業」事件連結到說話當下，而不是為「畢業」特別安上絕對時，因此與之對舉的句（259）中，「未」也只是就現下狀況進行否定，不涉及絕對時制，同理可證句（257）的「未」應不具備絕對性的過去時概念。

（257）已租者（諸）民，弗言，為匿田；未租，不論。
　　　　（《睡虎地秦簡・法律問答》）
（258）今年夏天，他就已經畢業滿三年了。
（259）今年夏天，他畢業還未滿三年。

　　綜參以上所論顯示，梅廣（2015：425-453）的合成完成體較能說明「未」的時間概念，同時他也提出相應模型「E_R, S」（Event time_Refrence time, Speech time），以之對應前文所述，其內涵可如是理解。首先，E 為事件發生的時間軸，R 則是一個抽象的時間參考點，因此「E_R」意指從事件時間軸較後端回頭確認事件處於完整體狀態，可對應上述的完整體概念。但由於 E 和 R 都不標示實際時間，是以需要話題時間為其設立時間定點，如上述「了 2」的作用在於將某事件連結到說話當下。至於說話時間則是根據與話題時間同指的參考時間而定，梅廣（2015：425-453）認為由於漢語只有現在時，故兩者重疊，即「R, S」，是以「E_R, S」便是「E_R」與「R, S」的合成結果。最後本文於此基礎將「E」改為「−E」，即「−E_R, S」，以符合「未」的核心概念「**對某事件（「未」後接 VP）的發生加以否定**」。下文將進一步利用「−E_R, S」模型，整合前人提到的「未」各種時間性次用法：「沒有 V」、「經驗」與「假設」。

5.1.2　各次概念的呈現環境

　　如 5.1 節所述，「未」在過往討論（如 Mulder1959、楊聯陞 1971、刑公畹 1983、李佐豐 2005：190-193、蘭碧仙 2011）中共可尋得下列三種次用法。首先，「沒有 V」最接近「未」的核心概念「對某事件的發生加以否定」，如句（260）；再者，「從沒有 V」強調「事件於某時間段內都沒發生」，傾向表示對事件發生「經驗」的否定，如句（261）；最後，「還沒有 V」強調「事件於某時段後仍有可能完成」，傾向傳達對事件未來發展的「假設」（assumption），如句（262）。

沒有 V

（260）旦：後門啞公釘了。（《順治》11.481）

tuann³	au⁷	mng⁵	a⁰	kong¹	ting³	liau⁰
旦	後	門	Pref	公	釘	Asp

爭：<u>未</u>釘。

tsing⁷	ber⁷	ting³
爭	未	釘

（旦：後門阿公釘〔住〕了。爭：沒釘。）

從沒有 V（強調「經驗」）

（261）我拙歲，<u>未</u>識乞人叫十公。（《道光》19.215）

gua²	tsua⁵	he³	ber⁷	bak⁴	khih⁴	lang⁵	kio³	tsap⁸	kong¹
我	那麼	歲	未	識	給	人	叫	十	公

（我那麼多歲了，未曾讓人叫十公過）

還沒有 V（強調「假設」）

（262）阿公收租<u>天未</u>轉。（《萬曆》34.045）

a⁰	kong¹	siu¹	tso¹	iah⁸	ber⁷	tng²
Pref	公	收	租	還	未	轉

（阿公收租還沒回來）

　　如上所述，「沒有 V」是三個次用法中最接近「未」的核心概念者；然而，誠如 1.6.2 節所問：時間應是相對客觀的概念，何以同一個否定詞，卻可以在否定之餘另外投射出不同的時間概念，如同多義詞一般？對此，本文認為這是使用者所持的認知識解不同所致，下列我們將利用此觀點進行整合。

　　為能有效整合上述三個次用法，有必要從其中最接近核心概念的「沒有 V」談起。以句（260）來看，前一分句所含的句末助詞「了₂」，將話題時間指向現在時並加諸於完整體上，這確定了「釘」是一個已完成事件，也限制為該事件假設一個未來終點的可能。

　　對於以上解讀，本文認為可透過上節得出的模型「－E_R, S」，進一步建構出合成完成體的認知基模；值得注意的是，這背後也反映了 1.2.2 節提到的經驗觀，意即：該基模本身是透過不同概念域之間的映射所建立。

　　首先，若由 Heine 等（1991：48-53）劃分的六大認知概念來看，可依具象程度高低排列出以下順序：「人體」（Person）>「物件」（Object）>「行為」（Activity）>「空間」（Space）>「時間」（Time）>「質量」（Quality）。由於「時間」概念的具象程度已相當低，有必要透過程度較高的概念傳達；若依此看回梅廣（2015：425-453）提出的「－E_R, S」，這背後應是透過「空間」概念，試圖利用「－E」與「R, S」一前一後的擺置，傳達兩者在時間概念上的先後順序。

　　上述模型可進一步落實為下圖十二的認知基模。圖中參考時間「R」先與說話時間「S」連結後，直接採時間點形式呈現於時間軸較後的位置，以確認否定的事件「－E」處於完整體狀態。

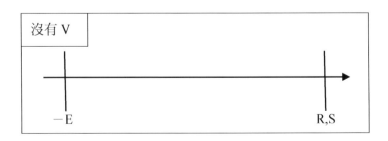

圖十二　「沒有 V」的認知基模

接下來，我們將以上圖為基礎，進一步為另外兩個次用法提出整體性的詮釋。首先看到下列例句，值得注意的是，儘管在該句中並未發現句末助詞「了₂」，或其他指示時間功能的成分，但仍不影響我們將「未」理解成「沒有 V」。以上現象除再次說明「沒有 V」是最核心的概念外，如果從另一方面來看，其實這也暗示著「未」之所以獲得另外兩種次用法，可能和語境中具有其他時間性指示成分有關係。

（263）小七只去未見返（《嘉靖》50.007）

sio²	tshit⁴	tsit⁴	khi³	ber⁷	kinn³	huan²
小	七	這	去	未	見	返

（小七這會去了沒看到（他）回來）

延續上述觀點，本文認為無論強調「經驗」或「假設」背後都涉及使用者的後設理解，意即：若由認知角度來看，這兩者都和詮釋者（interpreter）的主觀性（subjectivity）有關，屬傾向性較強的顯性用法，至於最接近核心概念的「沒有 V」雖比較客觀，但須在顯性用法較弱時才得以顯現。以上分辨取決於語境提供的時間訊息，下列將由上述觀點依次整合各次用法。

首先看到「從沒有 V」，儘管本用法意在強調「事件於某時間段內都沒發生」，傾向表示對事件發生經驗的否定，然而，若從否定完成體的角度來看，句（263）仍是用以對某時間點上某事件（如「乞人叫十公」）的發生加以否定；相同情況也可見於下句的「（你）有真心話共我說」。

（264）亞娘，自你出來，都<u>未</u>有真心話共

a⁰　niann⁵tsu⁷ li² tsut⁸ lai⁵ long¹ber⁷ u⁷ tsim¹ sim¹ ue⁷ kang⁷

Pref 娘　自 你 出 來 都 未 有 真 心 話 Com

我說。（《道光》27.119）

gua² ser³

我　　說

（阿娘，從你出來，都沒有話跟我說。）

　　至於涉及「時間段」（duration）的經驗用法則來自語境中具備相關訊息，才致使詮釋者做出額外的理解，本文認為這應該都與詮釋者的主觀認知有關。以句（261）來說，主要是受到經驗體標記「識」的催化，因這類標記原本就帶有時間段概念於其中；句（264）則肇始於時間段訊息（「自你出來」）與全稱量化副詞（adverb of universal quantifier）「都」影響所致。

　　若由上述的合成完成體模型「－E_R, S」來看，其話題時間應是由語境引導的時間段，並可將之視作參考時間依據，依此而言，本文認為可將上述模型略做調整為符合經驗概念的認知基模，如下圖十三。

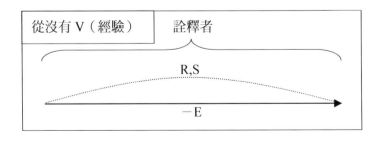

圖十三　「從沒有 V」的認知視角

　　上圖中參考時間「R」先與說話時間「S」合成時間點，爾後再以累加方式構成的時間段形式[2]橫跨整個事件時間軸，該基模傳達在此時間範圍之內的任一時間點上，某事件都沒有發生，之所以由「－E_R, S」產生這樣的理解，其實都來自詮釋者由全知者（omniscience）視角，對整體句子做的後設分析。

　　接下來看到「還沒有 V」，本用法主要強調「事件於某未來時點上仍有可能完成」，傾向傳達對事件未來發展的「假設」；同樣由否定完成體的角度而論，上句（262）也是傳達對某時間點上某事件（如「（阿公）轉（來）」）的發生加以否定。至於何以能進一步預測該事件將於某未來時點上仍能完成，則來自詮釋者基於一般經驗所做的假設，同樣是主觀認知運作下的結果，意即：基於一般對「回家」的認知，雖然在說話當下主角（阿公）並沒有回來，但詮釋者仍做出「現在還沒，但將來會回來」的假設。

　　相同情況可見於下句的「出嫁」，儘管句（265）的主角（查某仔）在說話當下並沒有結婚，但基於一般對「女大當嫁」的認知，詮釋者進而做出「現在還沒，但將來會出嫁」的假設。

（265）人說<u>未</u>出嫁的查某仔笑去嘴開，

lang[5] ser[3] ber[7] tshut[8] ke[7] e[0] tsa[1] bo[2] kiann[2] tsio[7] khi[7] tshui[3] khui[1]

人　說　未　出　　嫁的女孩 Dim　笑　去　嘴　　開

2　須說明的是，圖十二中的「R,S」雖看似以時間段形式呈現，但實際應理解為「在此跨軸中的任意時間點」，事實上時間的流動本就是以各個時間點積累而成，反之也可從時間段中任意抽出時間點加以審視，綜此而言，這也是該圖的弧狀線何以用點狀線，而非實線表現的原因。本章內容曾投稿《臺灣語文研究》第11卷第1期，關於以上的概念，即是經匿名評審之一提醒所做的修正，在此一併感謝該評審的建議使本文表述更加確實。

明旦嫁了無人貪。(《道光》18.080)

ming⁵	tan⁷	ke⁷	liau²	bo⁵	lang⁵	ti¹
明	旦	嫁	Asp	沒	人	要

(人說還沒出嫁的女孩子張嘴大笑,明天嫁了沒人要。)

以「−E_R, S」模型來看,由語境引導未來時點可視作參考時間依據,進一步將上述模型進行調整,下圖十四是符合假設概念的認知基模,圖中參考時間「R」先與說話時間「S」合成,同時以時間點形式呈現於時間軸較後的位置,以確認所否定事件「−E」處於完成體狀態。至於假設事件將在未來發生的某一個假設點「A(ssumption)」採虛線形式呈現,以和現實中的合成完成體(實線)區別,這一切同樣來自詮釋者由全知者視角對整體句子做的後設分析。

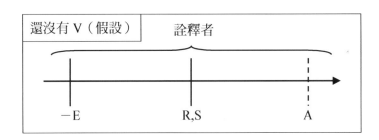

圖十四　「還沒有 V」的認知視角

綜合以上所述可知,「未」的各種次用法皆來自其核心概念**對某事件的發生加以否定**(即「沒有 V」),不同處僅在「從沒有 V(經驗)」和「還沒有 V(假設)」受到語境影響,進而加入使用者自身的主觀詮釋。這類主觀用法一般較容易為使用者所感知,主要與認知科學中的「主題突顯[3]」(Lakoff and Johnson 1980:10-14)有關,也呼

3　「主題突顯」的概念原是用以詮釋隱喻(metaphor)時所用。本文認為該核心精神

應了 1.2.2 節提到的突顯觀。

　　根據認知科學的觀點，人類在進行概念映射（mapping）時採取不同的角度攝取，然後根據當下所強調點，刻意將之突顯並隱藏其他角度，這不代表其他角度不存在，而是受聚焦點不同因此呈現隱性狀態，至於被突顯的一方則成為顯性狀態，如此可解釋何以主觀程度較低的「沒有 V」，須在其他兩個用法偏弱時才得以顯現。對此本文將「沒有 V」視為「未」的隱性用法，而「從沒有 V（經驗）」和「還沒有 V（假設）」因較易感知則視作顯性用法。下表三十九是本文針對「未」的顯性與隱性用法，整理出的誘發因素。

表三十九　「未」各次語義的誘發因素

	感知度	誘發因素
「從沒有 V」強調經驗	顯性	1. 包含時間段訊息 2. 或全稱量化副詞 3. 或經驗體標記[4]
「還沒有 V」強調假設		由語境引導未來時點作參考時間依據（來自詮釋者基於一般經驗所做的假設）
「沒有 V」	隱性	除上述兩類之外的其他語境

　　須說明的是，本文認為若將隱性用法理解為一種類似零標記的用法，那麼上表中無論是顯性或隱性用法，其實都是使用者透過不同語

也是用於詮釋「未」的顯性與隱性用法的運作關係。相關概念可進一步參考Lakaff and Johnson（1980），內有更詳細的討論。

4　根據本文所見文獻的記錄，「Neg＋經驗體標記」傳達的多為強調經驗的「從沒有 V」，惟閩南語中並存有強調假設的「還沒有V」，關於該現象將於下一節中另從競爭角度處理，未免模糊焦點，這裡便不贅述。

境產生的詮釋，最初可能只是一種由外在所賦予的臨時語義[5]。又再依 Traugott（1999）提出的「導引推論的語義變遷理論」（Invited Inferencing Theory of Semantic Changes, IITSC）來看，語境隱含義會隨著使用頻率的增加，進而逐漸獨立化、固定化。惟這點在明清戲曲的文本中還無法看初期發展，但在這一節中，我們至少釐清了前人遇到的癥結（參 1.6.2 節），並為接下來的研究建立了可依循的觀察模型。

　　上述三個時體模型雖是以「未」為對象建構的，但不應只將之視作「未」所專屬者，事實上，該模型反映的正是漢語的否定合成完成體系統，而「未」則是受到該系統影響的一員而已。換句話說，本節建構的模型系統具有相當程度的普遍性，應適用於其他相關否定詞的詮釋上；下節中，我們將利用以上模型更細緻地觀察「無」的擴張對「m」與「未」於合成完成體的影響與效應。

5.2　否定結構的變遷與效應

　　如本章開頭時所述，過往論及合成完成體時由於缺乏具體模型，因而無法對「m」、「無」與「未」並列的情況提出更細緻的觀察，亦遑論探究「無」的擴張對於整體合成完成體系統的影響。對此，我們根據上一節建構的模型，分成兩個次小節，先於 5.2.1 節探索相關否定詞在「Neg＋VP」與「VP-Neg」的變化。再者，前人（如：植田均 1993 與楊榮祥 1999 等）曾透過「Neg＋經驗體標記」格式觀察「不」、「未」與「沒」於北方漢語的競爭關係，本文也於閩南語發現類似情

5　臨時語義約可對應Traugott（1999）提出的「話語表徵義」（utterance-token-meaning），仍是語義的一種，只是不屬於「標碼意義」（code meaning）。若依此來看，應不違反主題突顯的精神。

況，5.2.2 節將同樣試圖利用上述模型進行討論，並試著與北方漢語的
情況相比較，希望可為南北方言系統提出整體性的觀察與詮釋。

5.2.1 「m」、「無」和「未」在合成完成體的競合

關於否定結構在閩南語合成完成體的變遷，本文曾於 3.1 至 3.3 節
中進行觀察與詮釋，顧及閱讀方便，相關數據將重疊於下列表四十之
中。

表四十　「m」、「無」與「未」在合成完成體的競爭與變化

	動前			動後		
	m	無	未	m	無	未
荔鏡記	43.5% （401）	9.6% （88）	46.9% （432）	20.8% （20）	0% （0）	79.2% （76）
語苑	**7.6%** **（36）**	67.9% （320）	24.4% （115）	**0%** **（0）**	86.6% （639）	13.4% （99）
電視劇	12.5% （103）	73.4% （604）	14.1% （116）	**0%** **（0）**	71.6% （73）	28.4% （29）

如上表所示，「無」於各位置上都發生了擴張功能的現象，此
外，第三章之中也討論了可能的影響因素，但對於另二者在更細部的
變化現象則未多談，本文認為有必要先對這部分進行了解。

先就「m」的變化來看，該詞在臺閩語的動前位置上雖下降至百
分之十二點五，但若進一步與動後位置的情況相比，「m」在更早時
候便已不見否定合成完成體的用例。反之，不同於前者的變化趨勢，
「未」在各位置上仍保有一定的分布比例；但就「未」本身在不同位
置的數據來看，則顯示其傾向分布於動後位置。

　　從上表的數據可知,「無」的擴張確實影響了各否定詞於合成完成體系統的分布比重,但仍有兩個待解的問題:第一、過往的分析模型並無法釐清各詞的實際變化內涵;第二、同樣受到「無」的擴張影響,但「m」在動後的發展卻相對不平衡,背後的原因有待觀察。

　　針對上述第一個問題,本文認為有賴上一節提出的實體系統架構進行更細緻的觀察;為能明確辨析「m」、「無」與「未」於不同位置的功能變化,下列將分由動前與動後位置依序進行觀察。

　　先看到動前位置上,「m」、「無」與「未」於否定合成完成體的地位變化。根據上一節提出的模型系統,本文先將合成完成體分成三個次功能:「沒有 V」、「從沒有 V」與「還沒有 V」;再者,根據表四十中《荔鏡記》與現代臺閩語文獻的記錄,我們將這三個否定詞於明清與臺閩語的差異,整理結果如下表四十一。

表四十一　「m」、「無」與「未」於動前否定合成完成體的發展

動前		m	無	未
明清	沒有 V	47.1% （329）	12.6% （88）	40.3% （281）
	從沒有 V	52.3% （68）	0% （0）	47.7% （62）
	還沒有 V	4.3% （4）	0% （0）	95.7% （89）
現閩	沒有 V	0% （0）	100% （604）	0% （0）
	從沒有 V	100% （87）	0% （0）	0% （0）
	還沒有 V	12.1% （16）	0% （0）	87.9% （116）

　　根據上表整理可看到，大體來說於明清時期，「m」、「無」與「未」在動前位置呈現功能混用的情況，其中尤以「m」與「未」為最，「無」則僅見於「沒有 V」，且比例尚遠較其他二者低。儘管存在混用的情況，但細究來看，其實「m」與「未」的分布仍各有偏向性，相對而言前者較以「沒有 V」和「從沒有 V」為重；反之，「未」則以「還沒有 V」為主要功能。

　　爾後，隨著時序演進，上述的分布態勢也發生了相當程度的改變，大致而言，「m」、「無」與「未」在現代臺閩語階段，彼此於功能劃分上較明清時來得明確。儘管仍可見到「m」與「未」在「還沒有 V」的混用，但透過進一步觀察，前者僅見於「抑 m 知」一種情況，即使就語感而言尚能找到「抑 m 是」一型，但仍難掩能產性低落的事實；相反地，「未」同樣以「抑未 V」形式出現，但能產性高出許多，其可後接的動詞除「知」與「是」外，幾無窒礙，用例如下。

（266）咱<u>抑毋</u>知伊是啥物病啊。（《四重奏 22》）

lan²	iah⁴	m⁷	tsai¹	i⁷	si⁷	siann⁷	mih⁴	pinn⁷	a⁰
我們	還	不	知	他	是	什	麼	病	Prt

（我們還不知道他是什麼病呢。）

（267）伊目前<u>抑毋</u>是醫生。

i⁷	bok⁴	tsin⁵	iah⁴	m⁷	si⁷	i¹	sing¹
他	目	前	還	不	是	醫	生

（他目前還不是醫生。）

（268）我一堆帳<u>抑未</u>算 e 咧。（《四重奏 31》）

gua²	tsit⁴	tui¹	siau⁷	iah⁴	ber⁷	sng³	e⁰	le⁰
我	一	CL	帳	還	未	算	Prt	Prt

（我一堆帳還沒算的呢。）

接下來，同樣利用三分模型觀察動後位置上，「m」、「無」與「未」於否定合成完成體的地位變化，整理結果如下表四十二。

表四十二　「m」、「無」與「未」於動後否定合成完成體的發展

動後		m	無	未
明清	沒有 V	11.6% （9）	0% （0）	88.3% （68）
	從沒有 V	55% （11）	0% （0）	45% （8）
	還沒有 V	0% （0）	0% （0）	0% （0）
現閩	沒有 V	0% （0）	100% （70）	0% （0）
	從沒有 V	0% （0）	100% （3）	0% （0）
	還沒有 V	0% （0）	0% （0）	100% （29）

依照上表整理結果可知，「m」、「無」與「未」在動後位置的分布大致也呈現混用到明確的趨勢。先看到明清時期中，「m」與「未」雖有混用情況，但進一步來看，僅「從沒有 V」呈現拉鋸之勢，「沒有 V」則明顯以「未」為主，相關用例如下，至於「還沒有 V」則未見對應例句。

沒有 V

（269）大哥在厝<u>不</u>？（《萬曆》12.020）

tua⁷　　koo¹　　ti⁷　　tsu³　　m⁷

大　　哥　　在　　家　　Neg

（大哥在不在家？）

（270）啞媽醒<u>未</u>？（《嘉靖》29.149）

a⁰　　　ma²　　　tsinn²　　ber⁷

Pref　　媽　　　醒　　　Neg

（奶奶醒了沒？）

從沒有 V

（271）你識讀書<u>不</u>？（《嘉靖》45.031）

li²　　bak⁴　　thak⁴　　tsu¹　　m⁷

你　　曾　　讀　　書　　Neg

（你讀過書沒？）

（272）曾對親<u>未</u>？（《嘉靖》18.048）

tsang⁵　　tui³　　　tshin¹　　ber⁷

曾　　　對　　　親　　　Neg

（曾談過親事沒？）

　　對於動後位置何以獨缺「還沒有 V」？我們認為應與該用法的理解於這時期仍以靠相應成分的誘發有關。如 5.1.2 節所述，「m」、「無」與「未」之所以被理解為「從沒有 V」與「還沒有 V」功能，其動因皆涉及搭配成分或出現語境的影響；類似的情形亦見於動後位置。

　　以上述的「從沒有 V」為例，後者一般多可由「識」（又寫作「八」或「捌」）或「曾」等確認。反之，「還沒有 V」則因缺乏這類成分，自不易被辨認出來；或許有人會問，難道當時都缺乏類似說法嗎？若就語法系統與人類對時間的認知來看實在說不通。對此，本文觀察現下掌握的文獻，僅發現下列以動前位置為主的用例，儘管如此，某程度上仍可呼應上述問題。

（273）小妹你<u>夭不知</u>？？（《道光》19.068）
　　　 sio² 　 ber⁷ 　 li² 　 iah⁴ 　 m⁷ 　 tsai¹
　　　 小 　 妹 　 你 　 還 　 不 　 知
　　　（小妹你還不知道？）

　　接著看到現代臺閩語的分布情況，不同於明清時期的混用情況，「m」、「無」與「未」在本時期對應的功能已相對清楚許多，大致可歸納為：

a.「m」：否定事件發生且強調事件於某時間段內都沒發生，即「從沒有 V」。
b.「無」：
　（1）單純否定某事件的發生，即「沒有 V」。
　（2）否定事件發生且強調事件於某時間段內都沒發生，即「從沒有 V」。
c.「未」：除否定事件發生外，尚強調「事件於某時段後仍有可能完成」。

　　值得注意的是，儘管臺閩語的分布態勢已漸明朗，但若與動前位

置的分布情況相比，顯然「m」、「無」與「未」於動後的分用仍有不對稱之處。首先看到「m」與「無」的部分，如本節開頭所述，「m」從日治以降便退出於動後否定合成完成體的功能。

若再進一步與動前的分布相比較（參表四十一），在動後位置上原屬「m」所領有的「從沒有 V」現已由「無」同時占有「沒有 V」與「從沒有 V」兩種概念。至此可知，「m」於動後位置所失去的功能正是由「無」所接替，但背後原因是為什麼呢？

這點頗與第四章提到的情形雷同，本文認為這同樣肇因於「無」的擴張所致，事實上，更需要問的是：何以在動前位置不見取代情形發生？對此，我們先看到「m」於動前如何呈現「從沒有 V」，用例如下。

（274）妳嘛毋捌提錢予我。（《後山 17》）

li² ma⁷ m⁷ bak⁴ the⁷ tsinn⁵ hoo⁷ gua²

你 也 不 曾 拿 錢 給 我

（你也不曾拿錢給我。）

如上所示，「m」同樣須由後接經驗體標記的形式呈現「從沒有 V」，這部分我們則未見「無」存在類似形式，是以也不能在這個功能上取代「m」；至於何以不存在「無＋經驗體標記」？這點仍是未知。

接下來想問的是，何以「無」能擴張至另兩個功能，卻無法侵入「還沒有 V」，後者仍以「未」為主要形式？下面我們先看到「無」與「未」動後位置的具體用例與差異。

（275）你有予狗咬著<u>無</u>？

li² u⁷ hoo⁷ kau² ka⁷ tioh⁴ bo⁵

你　有　給　狗　咬　著　Neg

（你有沒有被狗咬到？）

（276）你有予狗咬著<u>未</u>？

li² u⁷ hoo⁷ kau² ka⁷ tioh⁴ ber⁷

你　有　給　狗　咬　著　Neg

（你被狗咬了沒？）

　　一般而言，對母語者來說，上述兩個例句都是合法無誤的，但是例句（275）卻可能引起聽者納悶，因為句中的「未」會引導出對未來可能性的假設，即「還沒有 V」；反之，句（276）在語義和語境上則顯得自然許多，因為「無」在這裡僅可能傳達「沒有 V」的理解。以上顯示「無」與「未」在臺閩語中確有不同，後者允許在不帶有其他誘發成分的情形下被解讀為「還沒有 V」。

　　但這又會引發另一個質疑：若「未」在這裡不能理解為「沒有 V」，是否也代表過去對明清文獻的判斷是否有誤？對此，有必要先體認一個概念，由於我們本身不是當時的使用者，所以無法單憑現在的語感任意揣度語料的判讀；反之，應是透過句中某些成分進行判讀。也因為如此，當我們無法找到關係成分以確認「未」在當時動後位置上可被理解為「還沒有 V」，只能將之理解為核心語義，即「沒有 V」，這也是比較負責任的態度。

　　至於「未」何以在臺閩語中成為「還沒有 V」的主要用法？本文認為應是來自該詞於早期語料的分布傾向性感染。根據表四十一所示，明清時期於動前位置傳達「還沒有 V」的成分主要是「未」，占該用法的百分之九十五點七；長此以往，也致使「未」終被使用者以

此功能記憶，這也體現了人們的認知行為。除此之外，這部分也可回頭解釋何以戰後以來「VP-未」一直占有近三成的比例（參 3.2.2 節的表二十六），我們認為應是與「VP-無」分用所致，使前者不致被完全替代。

在確認完「m」、「無」與「未」在否定合成完成體的變化之後，接下來有必要回頭探索推動這些變化背後的可能原因，關於這個部分，本文認為應與「無」的擴展有關。

誠如前幾章觀察與探索可知，從明清到現代臺閩語之際，「無」在否定不同概念的分布上都發生了相當大的變化，其結果皆造成原有否定詞的比例下降，甚至經混用後逐漸退出主導地位。這點可由本節開頭整理的表四十看出，隨著「無」在否定合成完成體功能上的擴張，分從百分之九點六（動前）甚至百分之〇（動後）一路皆來到百分之七十以上，同時也導致另外兩個否定詞的比例大量下滑。面對上述的結構變遷，系統為求運作平衡，勢必也進行了相應的調整。

根據第四章所看到的情況，當「VP-無」大量侵入「VP-m」並與之混用後，造成了後者幾乎消失於主流用法，系統也啟動了因應措施，進而引起新興正反問句形式，以及是非問句助詞的興替，這部分的變化大致符合 1.2.1 節提到的第一種結構變遷效應（參圖二）。

然而，不同於上述的情形，事實上 1.2.1 節還提到另一種可能的變化模式：「分用」（參該節圖三）。若以此看到本節討論的情況，該變遷所造成的效應有必要搭配 5.1.2 節提出的次功能模型進行詮釋。

首先，在明清時期無論「m」、「未」或「無」都以「沒有 V」為主要或次要用法；爾後隨著「無」於否定合成完成體（主要以「沒有 V」為重心）的擴張，導致了「m」與「未」的空間受到擠迫。面對這樣的情況，我們經過數據的統計可知，後兩者雖不再以「沒有 V」為重點功能，但並沒有就此消失；反之，分別將重點功能轉向「從沒

有 V」（即「m」）與「還沒有 V」（即「無」）。儘管實際細節還需要分別從動前與動後位置觀察，但大體來說，確實體現了上述的「分用」模式，這都可視為結構變遷帶來的效應。

最後，儘管根據 5.1.2 節所述，除「沒有 V」外，另外兩種次功能都須倚賴其他的誘發成分決定，但值得注意的是，依當時的說明來看，否定詞後接經驗體標記時應一律理解為「從沒有 V」；然而，我們卻在臺閩語中看到「未曾」專做「還沒有 V」的情況，關於這點涉及漢語整體的發展趨勢，待下節另述。

5.2.2　從「Neg＋經驗體標記」看變遷在南北方言的效應

承 5.1.2 節所述，合成完成體否定詞後接經驗體標記時，理應一律傳達「從沒有 V」，但在臺閩語中「未曾」卻成為「還沒有 V」的專用詞；「m 識」則維持原用法。若將觀察範圍擴大到以北方方言為基底的共同語，「未曾」則完全將讓給「不曾」口語範圍，僅退做文言色彩較重的書面語系統中（呂叔湘 1999〔1980〕：553、植田均 1999）。

對於以上兩種情況，本文認為這應是反映否定結構變遷於不同面向的效應；除此之外，1.6.2 節還曾提到前人對「Neg＋經驗體標記」格式的討論尚有待議之處。接下來，我們將分成三個次小節，分別觀察進入「Neg＋經驗體標記」格式的條件，並以該格式為基底另外探索否定結構變遷於不同方言的影響，希望能提出更具一體性的詮釋。

5.2.2.1　「Neg＋經驗體標記」的發展與條件

若依植田均（1993）與楊榮祥（1999）所述，現代漢語的格局是來自新舊成員間的競爭，「Neg＋經驗體標記」格式亦然如此；根據前

人觀察結果來看，該格式的主要否定詞包含「未」和「不」等，以下將依序釐清該結構在此前的發展，如「未」和「不」進入該結構的順序孰先孰後？以及進入此結構需要什麼條件？新舊形式競爭帶來的影響？

歷時語料顯示，「未」是最早進入「Neg＋經驗體標記」的成員，《論語》中已有「未嘗」的用句，如句（277），「不」於《墨子》時也有了「不嘗」用句，如句（278）；「未曾」則於《史記》才有用句，如句（279），「不曾」約在六朝出現，如句（280）。

（277）子曰：自行束脩以上，吾<u>未嘗</u>無誨焉。（《論語‧述而》）

（278）若是，何<u>不嘗</u>入一鄉一里而問之。（《墨子‧明鬼》）

（279）文武不備，良民懼然身修者，官<u>未曾</u>亂也。（《史記‧循吏列傳》）

（280）宣武問：見相王何如？答云：一生<u>不曾</u>見此人。（《世說‧文學》）

對於此間演變關係，楊榮祥（1999）認為由於「未」的〔＋時間性〕特徵與「曾」重複而冗餘，才由單純否定的「不」入替；然而，本文在1.6.2節曾提到，這樣的說法可能有下列兩點待解釋的地方。

1. 若和〔－時間性〕有關，又如何解釋同樣帶有〔＋時間性〕的「沒」於明代（「沒」做否定完成體用法，據周法高（1953）的觀察，不早於唐代）也得以進入格式，如句（281）至（283）。反而是其他真正屬於〔－時間性〕的否定詞（如

「莫」、「非」、「弗」等[6]）卻未發現後接經驗體標記的形式。

2. 事實上，「不」並非不具〔＋時間性〕，至少近世出土的戰國楚地竹簡已有〔＋時間性〕用句，如句（283）。且據李明曉（2010：146）統計共有七百三十七句，不在少數。皆是用以對完成體進行否定的功能。直至近代甚至還保留在一些成語之中，如「不勞而獲」、「不謀而合」與「不約而同」等用句。

（281）平時我又沒曾虧欠了人，天何今日奪吾所愛之甚也？（《金瓶梅》）

（282）你看麼！我沒說叫奶奶合你商議麼？我也沒曾逼住叫妳嫁。（《醒世》）

（283）六二：不耕而獲，不畜之。（《上博三・周易》）

綜上本文認為〔＋時間性〕才是決定否定詞能否進入「Neg＋經驗體標記」的關鍵，在最初始時，Neg 位置最早為與經驗體標記相配而選「未〔＋時間性，＋經驗〕」。爾後隨該位置泛化，僅表完成體否定的「不」與「沒」也跟進。競爭後由使用度與口語程度最廣的「不」勝出，這點與楊榮祥（1999）的觀點並不相同。

5.2.2.2　「Neg＋經驗體標記」於閩南語的發展

在確認「Neg＋經驗體標記」的發展與相關限制後，接著我們回頭探索該格式在閩南語的發展，以及造成「未曾」轉作「還沒有 V」的可能原因，下列先看到「未曾」與「m 識」在臺閩語的用例。

6　以上僅為列舉，其他不具〔－時間性〕的否定詞可參考Kennedy（1952）所列。

（284）安呢<u>未曾</u>到位就成芳啊啦。（《大安》68.11）

an² ne¹ ber⁷ tsing⁵ kau³ ui⁷ tioh⁴ tsiann⁵ phang¹ a⁰ la⁰

這 樣 未 曾 到 位 就 很 香 Prt Prt

（這樣還沒到那裡就〔聞到〕很香了。）

（285）呰爾久，啊<u>毋捌</u>去阮的小弟彼，（《沙鹿》90.12）

tsiah⁴ ni⁷ ku² iah⁴ m⁷ bak⁸ khi³ gun² e⁷ sio² ti⁷ hia⁵

這 麼 久 還 不 識 去 我們 的 小 弟 那

（這麼久以來，還不曾去我的小弟那邊，）

然而，分用情況迄今已成定局，為能有效了解背後的影響原因，有必要進一步上溯早期文獻。根據本文觀察《荔鏡記》發現，「Neg＋經驗體標記」在明清之際的閩南語較臺閩語更加發達，同時包含「未曾」、「未曾未」、「未曾識」、「未識」、「不曾」、「不曾識」與「不識」（約對應「毋捌」[7]）等詞。

（286）娘仔你捍定，簡<u>未曾</u>候脈，（道光23.033）

niunn⁵ a⁰ li² huann⁷ tiann⁷ kan² ber⁷ tsing⁵ hau⁷ meh⁸

娘 Dim 你 扶 定 婢 未 曾 候 脈

先知娘仔你病症，

sing¹ tsai¹ niunn⁵ a⁰ li² pinn⁷ tsing³

先 知 娘 Dim 你 病 症

（阿娘你扶好，奴婢還沒候脈，便先知阿娘的病症，）

---

7 「毋」閩南方言讀作/m/，雖和北方方言的/p-/聲母否定詞「不」來源不同（魏培泉 2007）。但功能上可相對應。

（287）汝是值厝囝仔，老個<u>未曾</u>相會。(《光緒》6.003)
li² si⁷ tit⁴ tshu³ kiann²a⁰　lau² e⁰　ber⁷ tsing⁵ siong¹ hue⁷
你　是　哪　房　孩　Dim老　的　未　曾　相　會
（你是哪家的孩子，老的我未曾見過。）

（288）<u>未曾未</u>，乜連阮亦算？(《道光》27.116)
ber⁷　tsing⁵　ber⁷　mih⁷　liam⁵　gun²　ia⁷　sng³
未　　曾　　未　什麼　連　　我們　也　　算
（都還沒〔確定〕，竟連我也算下去？）

（289）三哥自來寒舍，都<u>未識</u>相動問亞。(《道光》27.107)
san¹ ko¹ tsu⁷ lai⁵ han⁵ sia³ to⁷ ber⁷ bak⁴ sio⁷ tang⁷ mng⁷a⁰
三　哥　自　來　寒　舍　都　未　識　相　動　問　Prt.
（自從三哥來寒舍都未曾打過招呼。）

（290）自你來，阮都<u>未曾識</u>動問。(《順治》15.47)
tsu⁷ li² lai⁵ gun² to¹ ber⁷ tsing⁵ bak⁴ tang⁷ mng⁷
自　你　來　我們　都　未　曾　識　動　問
（自從你來到這裡，我都還不曾打過招呼。）

（291）小人<u>不曾</u>罵啞娘。(《順治》11.287)
sio² lang⁰ m⁷ tsing⁵ ma⁷ a⁰ niunn⁵
Pref 人　不　曾　罵　Pref 娘
（小人不曾罵過阿娘。）

（292）阮厝娘子<u>不曾識</u>出外行。(《萬曆》32.027)
gun² tshu³ niu⁵ a⁰　m⁷ tsing⁵ bak⁴ tshut⁴ gua⁷ kiann⁵
我們　家　娘　Dim　不　曾　識　出　外　走
（我們家娘子不曾外出走動。）

（293）頓亅都是肉共魚，<u>不識</u>食菜共
tng³ tng³ to⁷ si⁷ bak⁴ kang⁷hi⁶ m⁷ bak⁸ tsiah⁸tsai³ kang⁷
CL CL 都　是　肉　和　魚　不　識　吃　菜　和

食虫。(《光緒》36.004)

tsiah^8 thong^5

吃   蟲

(餐餐都是肉和魚,不曾吃菜或吃蟲。)

以上的多樣性(diversity)顯示「Neg＋經驗體標記」在閩南語中應是具一定能產性的格式,然而如果仔細比較將發現,各詞的功能在古今略有不同,結果整理於表四十三。

表四十三　「Neg＋經驗體標記」於明清及現代閩南語比較

		未曾	未曾未	未曾識	未識	不曾	不曾識	不識(毋捌)
荔鏡	從沒有	＋	－	＋	＋	＋	＋	＋
	還沒有	＋	＋	－	－	－	－	－
現閩	從沒有	－	－	－	－	－	－	＋
	還沒有	＋	＋	－	－	－	－	－

如表所示,第一,在「Neg＋經驗體標記」的可用詞彙上,現代閩南語只剩下「未曾」、「未曾未」和「不識(毋捌)」三個;第二,此三者在功能上還可分成:一、「還沒有 V」(「未曾」和「未曾未」);二、「從沒有 V」(「不識(毋捌)」)。這顯示「未」和「m」在「Neg＋經驗體標記」的競爭(在彼此功能上分用後,已獲得了一定的平衡,但也失去了部分詞項[8]。以上頗能呼應植田均(1993)與楊

---

[8] 「未曾識」與「未識」等可能因受具備較強烈閩南語特徵的經驗體標記「識」影響,與發展「還沒有V」的趨勢相悖,因此較「未曾未」不易留存。這其實也顯示〔＋時間性〕特徵對「Neg＋經驗體標記」應非阻力,否則不應有進一步發展,甚至影響各詞生存空間。

榮祥（1999）的發現。兩位學者皆提到近代漢語的否定副詞常有分工不明（相較於現代漢語），甚至增生許多近義的新成員（相較於上古與中古漢語），並且新舊成員間互有競爭，其結果也影響了現代漢語的格局。

　　接下來須解釋的是，《荔鏡記》中「未曾」和「未曾未」何以會出現「還沒有 V」的理解？這點顯然與傳達「從沒有 V」的「Neg＋經驗體標記」相牴觸，本文認為這可能除涉及「m」和「未」的競爭外，也反映「無」擴張後間接產生的排擠效應。

　　首先如 5.2.1 所示，「無」在「沒有 V」概念的擴張壓縮了「m」和「未」的空間，後兩者若要繼續生存下去就必須有所調整，而「Neg＋經驗體標記」格式便是他們可選擇的一條活路，下列暫稱「m」系與「未」系。一開始兩者在明清時期的勢力可謂不分軒輊，分別占百分之四十九點四（42/85）與百分之五十點六（43/85）；同樣地，若要它們都能生存下來就須要另一次的調整。就結果來看，「m」系持續傳達「從沒有 V」概念並成為主要形式；至於「未」系則於現代閩南語轉入「還沒有 V」功能。

　　至於為何發生改變的是「未」系呢？這可能與「未」長期兼作「還沒有 V」的承此形式有關，這使人們傾向將其相關形式往本功能聯想。就明清時期的分布來看，「未」系傳達「還沒有 V」用法時，除極少數情況是「未曾」外，絕大多數都以「未曾未」作為主要形式，這表示該用法是「未」系在特殊形式下的特殊用法，但這也開啟「未」系往後轉變的契機。

　　最後，關於「未曾」和「未曾未」的關係，Lien（2015b）提到「未曾未」應是「未曾」的強化形式，並帶有說者對某事件抱怨的語義，但無論如何「未曾未」都是傳達「還沒有 V」的功能。然而這兩者仍有分布上的差異，據本文觀察，《荔鏡記》中不同於「未曾」可

後接動詞組，如句（294），「未曾未」之後的動詞組皆省略，如句（295），似乎帶有熟語（idiom）意味（Lien 2015b），可能和該詞帶有傳達說者抱怨的語用功能有關。然而這樣的對比與功能在現代閩南語雖仍存在，如句（296）至（297），但兩者也開始出現混用，如句（298）。

（294）爭：十種！偌年向使人？<u>未曾</u>展威

tsing^1 tsap^4 tsing^2 tsan^2 ni^7 hiong^3 sai^2 lang^5 ber^7 tsing^5 tian^2 ui^1

爭　雜　種　怎　麼　這樣　使　人　未　曾　展　威

一下，被卜打人？（《順治》9.532）

tsit^4　e^5　pi^7　beh^4　phah^4　lang^5

一　　下　便　要　打　　人

（爭：雜種！怎麼這樣使喚人，還沒展威一下，便要打人。）

（295）鬼仔，<u>未曾未</u>，便卜使人，打。（《道光》22.031）

kui^2　a^0　　ber^7　tsing^5 ber^7　pian^7 beh^4　su^2　lang^5 phah^4

鬼　Dim　未　曾　未　便　欲　使　人　打

（鬼仔，還沒（升職），便要指使人，該打）

（296）人<u>未曾</u>熟攏就會捻起來食啊。（《雲林》62.02）

lang^5 ber^7　tsing^5 sieh^8 long^2 tioh^4 e^7　ni^1　khit^4 lai^5 tsiah^4 a^0

人　未　曾　熟　都　就　會　拿　起　來　吃　Asp

（大家在還沒熟的時候就會拿起來吃）

（297）種 e0 <u>未曾未</u>予人食了了，（《雲林》62.03）

tsing^2　e^7　　ber^7　tsing^5 ber^7　hoo^7　lang^5 tsiah^8 liau^2 liau^2

種　的　未　曾　未　被　人　吃　完　完

（種的都還沒收成就被人吃光光，）

（298）<u>未曾未</u>行就咧喝忝。（《辭典》）

ber⁷	tsing⁵	ber⁷	kiann⁵	tioh⁴	leh⁴	huah⁴	tiam²

ber^7　tsing^5　ber^7　kiann^5　tioh^4　leh^4　huah^4　tiam^2

未　　曾　　未　　走　　就　　Asp　喊　　累

（還沒開始走就在喊累。）

5.2.2.3　「Neg＋經驗體標記」於南北系統的發展比較

對於以上的變化，本文認為也反映了漢語一直以來的發展趨勢，即「未」受到後起但普遍性較高的「不」影響，因而分布上有下滑的趨勢，但在近代漢語中各方言的變化速率不一，某方面來說也反映方言的保守程度不同。

下列觀察八部典籍，成書時間皆於本文所定的近代漢語範圍之內，觀察結果依各文獻反映方言的地理位置由北到南列於表四十四。先看到各文獻反映的方言系統[9]，其中以北京或山東話為主的《兒女英雄傳》、《醒世姻緣傳》較反映北方官話系統；《金瓶梅》與《紅樓夢》[10]則是以北方官話為主，另摻入部分吳語和江淮官話（孟昭連 2005、胡文彬 2009）；《西遊記》一般認為反映江淮官話及部分吳語（張訓 1993、章培恒 1986）；《祖堂集》、《朱子語類》和《荔鏡記》雖反映了部分的閩語特色，但程度則不一，普遍來說，《荔鏡記》是其中較高者。

9　明清白話小說的作者在撰寫時，可能為了更生動形述人物特色而使用某種特定方言。這也造成小說中可能反映出不只一種方言特色。受限於材料本身的局限，本文儘量挑選較具代表性的方言作品進行觀察。主要是從爭議性較小的方向搜集。

10　《紅樓夢》有不少版本流傳於世。版本間的校勘通常以兩家為主。首先是乾隆年間成書的《脂硯齋重評石頭記》（又稱「脂本」或「庚辰本」）。另一則是乾隆壬子年間，由程偉元排印的一二〇回版本（又稱「程乙本」，本文簡稱「程本」）。為謹慎起見，本文將二者同列觀察範圍。

表四十四　「Neg＋經驗體標記」於近代漢語的分布

	兒女	醒世	金瓶	紅樓		西遊	祖堂集	朱子	荔鏡
				脂本	程本				
未曾	3.8% （16）	7.9% （11）	14.7% （22）	15.4% （12）	27.4% （20）	38% （54）	35.9% （28）	5.8% （78）	**41.6%** （47）
未曾未	0% （0）	0% （0）	0% （0）	0% （0）	0% （0）	0% （0）	0% （0）	0% （0）	5.3% （6）
未曾識	0% （0）	0% （0）	0% （0）	0% （0）	0% （0）	0% （0）	0% （0）	0% （0）	4.4% （5）
未嘗	2.9% （12）	2.2% （3）	0.7% 1	1.3% （1）	0% （0）	0.7% （1）	5.1% （4）	24.9% （333）	0% （0）
未識	0% （0）	0% （0）	0% （0）	0% （0）	0% （0）	0% （0）	0% （0）	0% （0）	10.6% （12）
不曾	**93.3%** （389）	**69%** （96）	**56.4%** （84）	**82%** （64）	**72.6%** （53）	**61.3%** （87）	**59%** （46）	**69.3%** （926）	25.7% （29）
不曾識	0% （0）	0% （0）	0% （0）	0% （0）	0% （0）	0% （0）	0% （0）	0% （0）	2.7% （3）
不識[11]	0% （0）	0% （0）	0% （0）	0% （0）	0% （0）	0% （0）	0% （0）	0% （0）	9.7% （11）
沒曾	0% （0）	15.1% （21）	28.2% （42）	1.3% （1）	0% （0）	0% （0）	0% （0）	0% （0）	0% （0）

　　關於上表觀察結果，首先針對前四部以北方官話為主體的文獻進行探討。相較於「不曾」多處於絕對多數的情形況，「未曾」的比例從明萬曆的《金瓶梅詞話》以降，便一直處於相對弱勢，並且有逐漸

---

11 由於「識」和「嘗」都具備兩種理解：一、動詞；二、經驗標記。本表以第二種用法為主要統計對象，是以可能出現該文獻存在「Neg＋識／嘗」卻計量為零的情況。

落後的跡象。對此植田均（1993）與楊榮祥（1999）認為，這是一種新舊形式交替的現象；早至《敦煌變文集》時期，較舊的「未＋經驗標記」形式便為後出的「不＋經驗標記」所超越（楊榮祥 1999），這可能是因「不」的口語程度高過「未」，致使其流布較具競爭力（植田均 1993）。至於更後起的「沒＋經驗標記」僅偶現於《金瓶梅》和《醒世姻緣傳》後，便快速消退，這可能來自「不曾」的高活躍度，以致產生的排擠效應（crowding out effect）有關。

接下來看到以江淮官話為主體的《西遊記》，分布上「未曾」的比例略升，而「不曾」則略降，但這並非代表後者在此處於完全弱勢，只能說新舊替換的程度相對保守，在整體發展趨勢上仍是依增強的方向進行。這點可由後世發展上看出，「不曾」於現代的蘇州方言中融合為「勿曾」（讀作/fən^{44}/^{12}）（參黃伯榮 1991），顯示「不曾」的活躍度確實相當高^{13}。

然而這樣的現象在後三部文獻上卻出現不太一致的態勢，先看到《祖堂集》的部分，文本中「未曾」和「不曾」的比句較接近江淮官話。過去梅祖麟（1994）曾提到「《祖堂集》的語法和閩南話確實有很多相像的地方；那是因為唐末北方官話的成分還保存在閩語裡，而不是《祖堂集》反映當時閩語獨特的語法。」這顯示《祖堂集》的方言基礎是早期北方官話而不是閩語，但因該文本反映的系統並沒有參與北方官話宋元之後的變化，反而與江淮官話反映了相對保守的現

---

12 /fən^{44}/的聲母/f-/應是/p-/經擦音化（Spirantization）而來。而「勿」則屬於m類否定詞（Kennedy1952），「不」才是p類否定詞。是以黃伯榮（1991：188）將/fən^{44}/記為「勿曾」應是「不曾」的他形。但本文基於尊重不做更動。

13 類似的合音情形同樣發生在客家話的「唔」（讀作/mang^{11}/），Lien（2016）認為該詞應是來自「未＋曾」所成，詳細論述可見該文。但從「唔」的來源可看出，同屬南方方言的客家話和閩南語在「Neg＋經驗體標記」的情況較一致。某程度來說，這也可做佐證，該結構確實具有區分南北方言的意義。

象。劉勛寧（1998）也指出《祖堂集》的「VP-不」有侵略其他「VP-Neg」的態勢，「不」的強勢某程度也解釋何以文本中「不曾」仍占絕對多數的現象。至於《朱子語類》的分布何以如此接近北方官話？對此梅祖麟（1998）也指出該文本常夾雜早期官話和當時的南方話成分，如第三人稱代名詞（3rd personal pronoun）便兼「他」（北方）與「渠」（南方）；另外也包含閩北和贛方言（馮青 2014）。依此來看，或許剛好在「未曾」與「不曾」的對立上，記錄者傾向後起的「不曾」，而非「未曾」。

至於《荔鏡記》則雜揉閩南泉州與潮汕方言（曾憲通 1991，Lien 2015a），因此也較以上各文本包含更多的南方語言現象，這部分也在表三十的比較中反映出來，與前面幾份文獻存有幾點差異。

1.「Neg＋經驗體標記」的可能組合種類較其他文獻來的多元。
2.「未曾」的使用比句是占所有「Neg＋經驗體標記」可能組合中最高者。這點在其他文獻中則以「不曾」為最。

從上述差異可看出兩個現象：一、「Neg＋經驗體標記」各成員仍處於競爭的狀態；二、「未曾」雖仍占相對多數，但從「未曾未」的存在也顯示「未曾」已開始有新的發展。以上兩點皆反映出南方方言的變化相對保守，因此新舊交替的速度較慢，不似北方已漸趨現代漢語以「不曾」為主的格局，這部分在某程度上也符合 Li（1992）、李如龍（2003）與魏培泉（2007）的研究研究成果。他們都提到閩南方言的否定詞至今仍呈現一定程度的三分對應性（即「毋（不）」、「無」、「未」）。本文認為這可為表四十四中《荔鏡記》的分布狀況提供一定支持。

關於南方方言因相對保守使新舊交替較慢的觀點，可由表四十四

的整體分布數據得到支持。先將該表中各文獻反映的系統由北到南可依「不曾」和「未曾」的分布拉出兩條斜線，若暫不論《朱子語類》的話將發現，「不曾」的趨勢是往下走（北到南）；「未曾」則往上走（北到南），反映了「北快南慢，北新南舊」的現象。

受到「不」的高活躍度影響，這使得「不曾」在現代漢語的分布上占了相當的優勢；然而，這樣的態勢也將對其他組合產生的排擠效應，其中閩南方言便以分工的方式，將部分組合繼續保留在日常口語之中，《荔鏡記》正反映了交替的中間階段。

另者，上述討論仍須解釋，為何臺閩語今日已找不到存在於《荔鏡記》的「不曾」，反而只看得到轉作他用的「未曾」或「未曾未」等？對此，本文認為若回到前述的「Neg＋經驗體標記」結構來看，應能獲得解釋。首先將上述結構在《荔鏡記》的分布，依否定詞分成「m」系與「未」系兩類；其中前者於臺閩語約可對應「毋捌」，語義上仍維持「從沒有 V」。

若以此來看，原來自北方漢語的「不曾」其實並沒有消失，僅是以另一種形式存在，這背後可能另外涉及「不」和臺閩語系統間的相容性與否[14]。

無獨有偶地，根據木津祐子（2004）的觀察發現，類似的發展現象也可見於清代琉球通事學習官話的課本之中。這類課本編纂於康熙末葉至雍正年間，當時的學習系統有兩種，一是帶有下江官話和吳語色彩的《白姓》，另一則是帶有福州方言色彩的《學官話》和《官話問答便語》，至於本文探討的「未曾」和「不曾」僅見於後一種系統之中。

---

14 若由音韻的對應來看，臺閩語的/m⁷/和/put⁴/的漢字應為「毋」和「弗」，至於「不」屬去聲字，故與/put⁴/無關。這也顯示「不」並未習用於臺閩語系統之中，因此改成以其他「不」系字入替。

　　依木津祐子（2004）所述，在福州方言系統的文本之中，「未曾」和「不曾」各自傳達「還沒有 V」與「從沒有 V」，且分工態勢已十分穩定，這顯示「未曾」在此時的閩北方言已受到「不曾」的擠壓，進而退居一隅。若再進一步對應到上文的分析結果，「未曾」在清中末葉的閩南方言雖然尚保有「從沒有 V」，但也受到擠壓進而向「還沒有 V」發展。以上顯示「北快南慢，北新南舊」的現象確實存在，且在變化趨勢上也反映出詞彙競爭的結果，代表北方官話的「不」持續向南方的「未」進逼，進而造成分工現象的發生。

　　綜上所述，於「Neg＋經驗體標記」競爭的否定副詞有「未」、「不」和「沒」，「未」是最早進入該結構者，稍晚當「不」也跟著進入。但在後世發展上，由於「不」的口語化程度較高以致普及性也較廣，進而也影響「未＋經驗標記」在北方漢語逐漸退做書面用語，惟閩南語則進一步轉做表示「還沒有 V」的詞語，並發展出「未曾未」的強化形式。至於「沒[15]」的出現或因時機較晚且分布範圍較局限（限於某些北方方言），故難以撼動「不曾」的獨霸地位而迅速消退於現代漢語中。

5.3　小結

　　本章主要探討閩南語「無」的擴展帶給合成完成體影響，共包含

---

15 若由現代漢語的發展來看，「沒」確實融合了「未」和「無」成為重要的否定詞之一。關於這部分的討論，歷來有許多學者（如：Demiéville（1950）與太田辰夫（2003【1987】：278-279等）已進行深刻論述，本文主要著重各否定詞在「Neg＋經驗體標記」結構的競爭。以該結構而言，唯一涉及「沒」的「沒曾」材料也有限，目前看來可能較無討論的著力之處，這也顯示主要競爭成分為「未」和「不」。未來若能掌握更多材料，或許可依此發展出更深入的議題，但目前可能先以「未＋經驗體標記」和「不＋經驗體標記」為主要觀察對象。

三個議題：一、否定合成完成體的核心概念與次功能模型；二、如何運用該模型觀察並詮釋「m」、「無」和「未」的變化。

首先，在 5.1 節之中，本文先利用前人討論最多的「未」切入，確認合成完成體的核心概念：「對某事件（「未」後接 VP）的發生加以否定」，以及如何表現在否定語境之中。其次，再以前述概念為基礎，進一步建構出三種次功能模型；我們發現上述核心概念除體現為「沒有 VP」外，也可能受到詮釋者主觀性影響，產生出「還沒有VP」與「從沒有VP」等用法。

接著，5.2 節則利用上述建構的模型，進一步探索「m」、「未」或「無」在否定合成完成體上的變化。我們發現，這三個詞在明清時期都以「沒有 V」為主要或次要用法；但隨著「無」在該次功能的擴張，進而擠壓了「m」與「未」的空間。從統計數據的觀察可知，後兩者分別將重點功能轉向「從沒有 V」（即「m」）與「還沒有 V」（即「未」），以上除了體現 1.2.1 節提到的「分用」模式（參圖三）外，也可視為結構變遷帶來的效應。

除此之外，本章也透過「Neg＋經驗體標記」格式分別探索相關否定詞於南北方言的競爭與效應。就相同之處來看，無論南北方言都受到「不（或「m」）」系較強勢的影響，使得與之競爭的「未」系或「沒」系發生變化。不同的是，「未」系在閩南方言是轉作「還沒有 V」功能，這背後也可回溯上一段提到的效應，該詞應是在這雙重因素下進而發生以上改變；但「未」系在以北方漢語為基底的共同語中則轉入書面語系統，至於「沒」系更早退出文獻記錄。

第六章
「無」的擴張及其對「微量」構式的影響[1]

在前兩個章節之中，我們觀察了「無」擴張後帶來的不同效應形式：引進新興形式以及分用等，其精神都是為了維持系統能平衡運作；接下來，在這一章節之中，本文將透過常見的「微量」構式：〔Neg Wh-word XP〕，藉由它於南北方言系統的差異，觀察該現象背後與「無」的擴張的連結。

針對上述議題，本章包含 6.5 節的小結在內共分成五個次小節進行探討。

首先，過往研究中關於這類構式的探索並不多見，是故有必要就這部分先進行了解。對此，我們將在 6.1 節裡，先以臺閩語「微量」構式〔無啥物 XP〕為對象，探索這類構式的特殊性以及語法定位。

再者，6.2 節則分別針對「微量」構式於南北方言系統的可能發展路徑進行觀察，其中南方方言仍以臺閩語的〔無啥物 XP〕為主，北方方言的探索目標則是共同語的〔沒什麼 NP〕與〔不怎麼 VP〕。

第三，6.3 節預計從各系統反映在語法結構上的差異出發，並試著與「無」在臺閩語的擴張現象進行聯結，探索造成「微量」構式之所以於不同方言系統出現相異發展路徑的原因，並提出一致性的詮釋。

最後，1.6.3 節還曾提到，儘管同是粵語的條件下，〔Neg Wh-

1　本章節部分內容已發表於蘇建唐（2016b）。

word XP〕在馬來西亞一帶的形式與同屬南方方言的臺閩語和客語一致；反之，在港澳一帶的形式卻出現三套並存的情況，甚至較共同語來得複雜。關於以上現象，本文認為有可能挑戰上述詮釋的疑慮，有必要於 6.4 節一併處理。

6.1　〔無啥物 XP〕的特殊性及語法定位

　　本節將分兩小節討論〔無啥物 XP〕的特殊性及語法定位。首先〔無啥物 XP〕除在臺閩語並存有形式接近的「無＋XP」外，也和共同語的〔沒什麼 NP〕具對應關係，6.1.1 節將藉由比較這三者的不同突顯〔無啥物 XP〕的特殊性。另者，Huang（2013）曾論及共同語〔沒什麼 NP〕具有兩種語義理解方式。若該歧異同樣存在〔無啥物 XP〕，則何以致此以及如何區分這兩種語義？有待 6.1.2 節討論。

6.1.1　〔無啥物 XP〕的特殊性

　　本節重點在於確認，〔無啥物 XP〕、「無＋XP」以及〔沒什麼 NP〕三者之間的不同。一開始先看到前兩項的差異，這部分可具體由下二例中各小句的語義看出。經由比較可知，a 小句的〔無啥物 XP〕須理解為「只有少數人或只看少許的量」；反觀 b 小句的「無＋XP」僅屬一般的否定關係，並傳達「完全沒人或沒看」。因此與後接子句或全稱量詞（universal quantifier）在邏輯上的相容性也各異。至於 a 小句中所謂的「微量」，本概念必然是經由和某預設值比較後的結果。對此本文認為可將「微量」的概念加以具體化，用來指「**某具象或抽象事物的實際量（X）較預設值微小**」。

（299）a. 煞<u>無啥</u>人愛看，一个人得看爾。（《大甲》2.15）

suah⁴ bo⁵ siann² lang⁵ ai³ khuann³ tsit⁴ e⁵ lang⁵ tit⁴ khuann³ nia⁵

卻 沒 什麼 人 愛看 一 CL人 在看 而已

（卻沒什麼人想看，只有一個人在觀賞而已。）

*b. 煞<u>無</u>人愛看，一个人得看爾。

suah⁴ bo⁵ lang⁵ ai³ khuann³tsit⁴ e⁵ lang⁵ tit⁴ khuann³nia⁵

卻 沒 人 愛看 一 CL人 在看 而已

（*卻沒人想看，只有一個人在觀賞而已。）

（300）a. 伊平常時（*完全²）<u>無啥</u>看電視。

i¹ ping⁵ siong⁵ si⁵ uan⁵ tsuan⁵ bo⁵ siann² khuann³tian⁷ si⁷

他 平 常 時 完 全 沒什麼看 電 視

（他平常（*完全）不太看電視。）（指「量」不多）

b. 伊平常時（完全）<u>無</u>看電視。

i¹ ping⁵ siong⁵ si⁵ uan⁵ tsuan⁵ bo⁵ khuann³tian⁷ si⁷

他 平 常 時 完 全 沒 看 電 視

（他平常（完全）不看電視。）

    上述例句的比較說明兩件事。其一是〔無啥物 XP〕不等於「無＋XP」，其二則是〔無啥物 XP〕的「微量」語義無法由表面成分推知。而第二點也是將〔無啥物 XP〕判斷為構式的原因。對此，5.1.2

---

2 須說明，雖然「完全」無法用來修飾偏稱（existentional）構式〔無啥物X〕，但另一全稱副詞「攏」（都）（讀為long²），卻不會造成問題，如：伊平常時攏〔無啥看電視〕。對於上述矛盾，本文認為肇因於，「攏」雖然傳達全稱概念，但修飾焦點（focus）卻是可以改變的，因此，當「攏」和〔無啥物X〕的焦點不同時，便可相容；反之，則相互牴觸。以前句為例，如果這裡指的是「時間」，即：「在平時任何時點上，某人看的電視『量』都不多」，因此兩者並無衝突。反觀如果「攏」指的是「量」，即：「在平時任何時點上，某人看的電視『量』都為零」，將造成彼此衝突。

節有更進一步的論證。

　　另者，類似情形同樣可在現代漢語發現，如例（301）的「完全」同樣無法修飾〔沒什麼 NP〕。

　　（301）操場現在（*完全）沒什麼人，只有幾個學生在打球。

　　但如同 2.1.3 節所述，本文觀察 Huang（2013）以及語料庫的語料發現，共同語的「什麼」只能後接名詞[3]。以此來看「什麼」仍屬於名詞性疑問代詞範疇（Tsai 1994、蔡維天 2008），功能上相當於「定語」（determiner）；反觀「啥物」（此處可省略為「啥[4]」）在相同語境下，可容許的後接成分較多元，包含行為動詞（active verb）、形容詞、情態動詞（modal verb）、感知動詞（psychological verb），如句（300）與（302a）至（304a）。其中行為動詞於句（305a）另可前接「持續體標記」「咧」（讀為 leh[4]）（即「咧＋行為動詞」），傳達「不常看電視」（表「頻率」）。另外如句（302b）至（304b）顯示，「啥物」在這類語境的功能相當於副詞。因此「啥物」可與相應副詞替換[5]如「真」和「定定」，皆有修飾程度的功能；但這些相同功能的成分卻無法共現於同一個句法位置，否則將因重複填入（doubly filled[6]）

3　儘管共同語中存在「沒什麼了不起」的用法，但是「沒什麼$_{\text{deg. adv.}}$＋X」的格式能產性並不高，可進入X的成分也不如臺閩語廣，如：*沒什麼漂亮／知道／想去，不適合將「什麼」視作典型程度副詞。

4　「啥物」在語料中，雖可能被記錄成不同書寫形式，如：「啥／乜／是乜／甚」等，但本文為求行文統一性，除維護語料用例的完整性外，其餘皆以「啥物」表示。

5　本文以「替用法」檢測時，皆以首詞為原文用字，斜線（「／」）後是替換對象，如例（302）的「無啥／真／*啥真大」，「啥」為原文用字，後兩者都是替換對象，以下皆然。

6　本現象與Bayer（1984）提出的The doubly filled COMP filter（DFCF）於精神上相一致，DFCF是指wh-詞與補足語（complementizer）不能同時出現在COMP的現象，例

而違反語法。初步看來,「啥物」的功能在修飾後接成分。同時隨後接成分的屬性不同,分別視為「定語」(後接「名詞」)或「狀語」(後接「動詞性成分」),後者一般由「副詞」成分擔任。

(302) a. 店雖然講<u>無啥</u>大啦,(《四重奏 8》)

tiam³ sui¹ lian⁵ kong² bo⁵ siann² tua⁷ lah⁴

　店　　雖　然　　講　　沒　什麼　大　　Prt

(店雖然說不怎麼大,)

b. 店雖然講<u>無真</u>/*啥真大啦,

tiam³ sui¹ lian⁵ kong² bo⁵ chin¹/siann² chin¹ tua⁷ lah⁴

　店　　雖　然　講　　沒　真/什麼　真　大　Prt

(店雖然說不多/*怎麼多大,)

(303) a. 銅山仔<u>無啥</u>會曉寫,(《雲林 130.18》)

tang⁵ san¹ a⁰ bo⁵ siann² e⁷ hiau² sia²

　銅　　山　Dim　沒　什麼　能　曉　寫

(銅山仔不怎麼會寫,)

b. 銅山仔<u>無真</u>/*啥真會曉寫,

tang⁵ san¹ a⁰ bo⁵ chin¹/siann² chin¹ e⁷ hiau² sia²

　銅　　山　Dim　沒　真/什麼　真　能　曉　寫

(銅山仔不太/*怎麼太會寫,)

(304) a. 住毋知偌久咱<u>無啥</u>知影啦,(《清水》6.12)

tua² m⁷ chai¹ gua⁷ ku² lan² bo⁵ siann² tsai¹ iann² lah⁴

　住　不　知　多　久　我們　沒　什麼　知　道　Prt

(住不知道多久我們不怎麼知道啦,)

如「I wonder who/*that she saw?」該情況同樣肇因於某句法位置同時填入兩個相同功能的成分,本文於此則借用doubly filled之名指涉類似情況。

b. 住毋知偌久咱<u>無真</u>／*啥真知影啦，

tua² m⁷ chai¹ gua⁷ ku² lan² bo⁵ chin¹／siann² chin¹ tsai¹ iann² lah⁴

住　不　知　多　久　我們　沒　真／什麼　　真　　知　　道　Prt

（住不知道多久我們不太／*怎麼太知道啦，）

（305）a. 伊平常時<u>無啥</u>咧看電視。

i¹　ping⁵ siong⁵ si⁵　bo⁵ siann² leh⁴ khuann³ tian⁷ si⁷

他　平　常　　時　沒　什麼　Asp　看　　電　　視

（他平常不怎麼看電視。）（指「頻率」不高）

b. 伊平常時<u>無定定</u>／*啥定定咧看電視。

i¹　ping⁵　siong⁵ si⁵ bo⁵ tiann⁷ tiann⁷／siann² tiann⁷ tiann⁷

他　平　　常　　時　沒　常　　常／什麼　　常　　常

leh⁴ khuann³ tian⁷　si⁷

Asp　看　　電　　視

（他平常不常／*怎麼常看電視。）

　　接著再看到下句（306b）至（310b）的情況，例句顯示「啥物」的「微量」副詞用法，無法獨立於否定語境使用。但「啥物」在後接成分的多元化，卻也是不爭的事實。基本上已和劉月華等（2006：222-224）列出的典型程度副詞（如：最）相當。對此，本文認為可將之視為「類副詞」，意指一種由非副詞向副詞發展的中間階段。僅具部分副詞功能，尚無法完全獨立作副詞使用者[7]。

7　關於「啥物」如何由名詞性疑問代詞轉作「類副詞」的過程，涉及「語法化」運作，同時這也是決定〔無啥物XP〕的X由名詞擴張至其他動詞性成分的關鍵。這部分的討論可詳見蘇建唐（2016b），這裡顧及行文主題不同，故不另做詳述。

（306）a. 伊真會曉作詩啦，（《新社》94.18）

i¹	tsin¹	e⁷	hiau²	tsue³	si¹	lah⁴
他	真	會	曉	作	詩	Prt

（他很懂得寫詩啦，）

*b. 伊啥會曉作詩啦，

i¹	siann²	e⁷	hiau²	tsue³	si¹	lah⁴
他	什麼	會	曉	作	詩	Prt

（*他什麼懂得寫詩啦，）

（307）a. 伊的面生了麼真幼秀呼。（《新社》94.19）

i⁷	e⁷	bin⁷	sinn¹	liau²	ma⁷	tsin¹	iu³	siu³	ho⁰
他	的	臉	生	Asp	也	真	秀	氣	Prt

（他的臉長得真秀氣。）

*b. 伊的面生了麼啥幼秀呼。

i⁷	e⁷	bin⁷	sinn¹	liau²	ma⁷	siann²	iu³	siu³	ho⁰
他	的	臉	生	Asp	也	什麼	秀	氣	Prt

（*他的臉長得什麼秀氣。）

（308）a. 彼我真知 loo3。（《外埔》116.187）

he¹	gua²	tsin¹	tsai¹	loo³
那	我	真	知	Prt

（那個我很了解。）

*b. 彼我啥知 loo³。

he¹	gua²	siann²	tsai¹	loo³
那個	我	什麼	知	Prt

（*那個我什麼了解。）

（309）a. 伊平常時定定看電視。

i¹　ping⁵　siong⁵　si⁵　tiann⁷　tiann⁷　khuann³　tian⁷　si⁷

他　平　常　時　常　常　看　電　視

（他平時常常看電視。）

*b. 伊平常時啥看電視。

i¹　ping⁵　siong⁵　si⁵　siann²　khuann³　tian⁷　si⁷

他　平　常　時　什麼　看　電　視

（*他平時什麼看電視。）

（310）a. 伊平常時定定咧看電視。

i¹　ping⁵　siong⁵　si⁵　tiann⁷　tiann⁷　leh⁴　khuann³　tian⁷　si⁷

他　平　常　時　定　定　Asp　看　電　視

（他平時常常在看電視。）

*b. 伊平常時啥咧看電視。

i¹　ping⁵　siong⁵　si⁵　siann²　leh⁴　khuann³　tian⁷　si⁷

他　平　常　時　什麼　Asp　看　電　視

（*他平常時什麼在看電視。）

這裡想進一步了解的是，以上這些能進入〔無啥物 XP〕的成分是否完全自由，不具其他限制？若否，其限制為何？對此僅就本文所見，過往研究中並未有過探索，5.2 節將利用「等級模式」的概念，對前述限制提出詮釋，下一節先須確認〔無啥物 XP〕的語法定位。

6.1.2 〔無啥物 XP〕的語法定位

5.1.1 節提到〔無啥物 NP〕與「無＋NP」雖都傳達否定語義，但兩者並不全然相等，分別表示「並非完全沒有 NP，只是量不多而

已」的「微量」語義，以集「不存在 NP」的語義。若以此審視句
（311）將發現，a 小句其實可以有兩種解讀，一是全稱（universal）
用法：可理解作「完全沒有病痛」，因此可與傳達全稱概念的否定極
詞（Negative polarity Item, NPI）[8]「任何」（Wang and Hsieh 1996）互
換，如 b 小句，二是偏稱（existentional）用法：應理解為「沒生大
病」，而非「完全沒病」，因此與傳達全稱概念的否定極詞「任何」互
斥，如 c 小句。

（311）a. 我本來就<u>無啥物</u>病。（《酒矸 18》）

　　　gua^2　pun^2　lai^5　to^7　bo^5　siann^2　mih^4　pinn^7

　　　我　　本　　來　　就　　沒　　什　　麼　　病

　　　（我本來就沒什麼病。）

　　　b. 我本來就<u>無任何</u>病。

　　　gua^2　pun^2　lai^5　to^7　bo^5　lim^7　ho^5　pinn^7

　　　我　　本　　來　　就　　沒　　任　　何　　病

　　　（我本來就沒任何病。）

8　否定極詞的研究發軔於Klima（1964：264-323），主要指某些極向分布於具有否定性
　或情感性（affective）構式的詞項。Bolinger（1972：27-47；120）與Pearsall and
　Hanks（1998：74；637；1066；1766）指出幾種可能分布環境：一、含有否定詞或
　蘊涵否定含義詞語（如：surprise, amaze, doubt等）的命題；就句法角度而言，否定
　詞（如：nobody, nothing）與否定極詞必須處於同一構式，且兩者間具有C-統制
　（c-command）關係；二、條件句中表示前設的小句（如：If anyone bought that
　book, I will be glad.）屬情感性構式，即句中含有的否定語義，可用以認可否定詞
　項。由上述兩點可得出：否定極詞一般指只能出現在否定句、條件句或疑問句等非
　肯定環境的詞項。Ladusaw（1980a, 1980b）與Zwarts（1998）等人也曾就邏輯語義
　學的角度，討論過否定極詞的定義與範圍，前者與Fauconnier由「向下涵蘊」
　（downward entailing, DE）理解否定極詞分布環境的方式一致，後來Von Fintel
　（1999）提出Straw-DE認為修正，但仍有不足之處（Gajeski2009）；另有
　Giannakidou（2002）等人進行過相關探討，其中優劣得失可參考Gajeski（2009），
　此處不再多做說明。

*c. 我本來就<u>無任何病</u>，

gua²	pun²	lai⁵	to⁷	bo⁵	lim⁷	ho⁵	pinn⁷
我	本	來	就	沒	任	何	病

只是腰不時會酸爾。

tsi²	si⁷	io¹	put⁴	si⁵	e⁷	sng¹	nia⁵
只	是	腰	時	常	會	酸	而已

（*我本來就沒任何病，只是腰時常會酸而已。）

　　若除去「強調」語氣，句（311b）的解讀約同於「無＋NP」（無病），然而「無病」並不存在語義歧異性（ambiguity），進一步比較（311a）可發現，「啥物」是造成前者有全稱否定與偏稱否定兩種功能的關鍵。這也顯示如何解讀「啥物」才是問題的關鍵所在，下列先回顧形式句法學（formal syntax）的討論。

　　從語法範疇來看，「啥物」本身屬於名詞性疑問代詞，過往對於疑問代詞的解讀，形式句法學曾有過一系列討論。首先，可根據疑問代詞移位（movement）與否將語言分成兩種類型[9]，其中漢語屬於疑問代詞在位（wh-in-situ）（Huang 1982、Cheng and Rooryck 2000）一類，需依賴句中或語境中的「認可者」（licensor）以 c-command 的方式賦予實際功能（Li 1992、Tsai 1994、連金發 2012、蔡維天

9　過往學者（如Li1992、Tsai1994、Cheng1991，1995、Reinhart1998、蔡維天 2008、張群等2010）普遍將「wh-」疑問代詞視為一個變項（variable），稱為「無定疑問代詞」（indefinite *wh-*），其功能或語義可藉移位（movement）至不同句法位置上獲得不同詮釋，英語便是其中一個典型例子。但面對「wh-」詞不移位（又稱「在位」）的語言（譬如漢語），Cheng（1991）等認為這類「wh-」詞可在其運符（operator）經c-command所形成的範域（scope）內獲得詮釋。相關研究詳參Huang（1982）以及Tsai（1994）。儘管Li（1992）等人是以不移位的「什麼」作為討論對象，但在本現象上也可用來解釋「啥物」。

2008）。如句（311b）的「啥物」可透過否定詞「無」的認可，傳達全稱概念的「完全沒有病痛」，另外也能與否定極詞「任何」（Wang and Hsieh 1996）互換，整體可統一理解為「完全不……」、「完全沒……」。

　　然而，若將形式句法學的觀點運用在句（311c）的解讀上，並無法獲得完滿的解釋，由於該句主要傳達偏稱的「微量」概念，「啥物」也因此與全稱否定極詞「任何」互斥，但是這裡卻無法從表層組成成分找到指派（assign）「微量」語義的認可者（「無」已用作全稱否定的認可者）。這也顯示須另外從不同的角度討論句（311b）的情況，本文認為 Goldberg（1995：4）提出的「構式語法」提供了更適當的詮釋方式，下文將根據該文提出的條件進行討論。

　　根據構式語法，構式的判斷須符合下列句（312）的三項條件：

　　（312）a. 整體意義大於部分之和。

　　　　　 b. 句子的意義不能只根據組成成分的意義推知。

　　　　　 c. 句法結構本身也表示某種獨立意義，是一種約定俗成的「形式-意義」結合體。

　　首先「啥物」的全稱否定用法，是透過前接成分「無」認可而來，這顯示本功能可由表層結構推出，判讀上仍屬於一般結構義，反觀句（311c）的「微量」語義，由於句中缺少明顯認可者（「無」已用作全稱否定的認可者），未能從部分成分的組合直接推導。另外「微量」語義須依附整體結構才存在，成分缺一不可，以此來看，〔無啥物 XP〕本身便具有獨立意義，相當於「形式-意義」的結合體。本文基於以上三點認為，將「微量」視為「構式義」較適當，〔

無啥物 XP〕則是「微量」義的承載構式[10]。

　　若以此回頭看到共同語的〔沒什麼 NP〕，當時 Huang（2013）並未論及該結構的語法定位，本文認為如果援引臺閩語的情況兩相比對各自的功能，同樣可以將〔沒什麼 NP〕歸做構式。

　　至於上述兩個構式如何得到「微量」語義，2.1.3 節已論及 Huang（2013）的看法，當時認為該語義是產生於「對比」的語境之中，這背後應是語用手段運作的結果。對於 Huang（2013）提出的觀點，本文原則上接受並認為有助詮釋〔無啥物 XP〕的「微量」語義來源，但是 Huang（2013）的討論僅著重在「語義」層面，且「什麼」的後接成分僅限名詞，因此該文並未論及詞類擴展。反觀〔無啥物 XP〕，X 位置則不只包含一種後接成分，因此有待進一步探索 X 位置的詞類擴展，甚至是擴展時所涉及的環境與過程，這部分將呈現於 5.2 節之中。

　　綜上所述，／無＋啥物＋NP／具有全稱否定與「微量」兩種用法，兩者差異在於全稱用法（即 NPI 表「完全沒……」）可直接由表面成分推出，屬一般結構義；「微量」用法（偏稱）則因無法由結構成分推知，須視為構式義，並且已由初始的語用手段成為常態用法，甚至擴及〔無啥物 VP〕。特別是後接 VP 時「啥物」須歸作狀語，句法範疇上屬「類副詞」。但無論是全稱或「微量」用法，都無法脫離否定語境存在，這也暗示二者在結構上的關係，是不容忽視的，這點同樣於 5.2 節另做討論。

---

10 事實上英文中也存在同屬「微量」概念的「somewhat/somehow/somewhere」。Huang（2003）認為，應是「wh-」受到偏稱量詞（existential quantifier）「some」認可（license）所致。這也顯示以上變項的解讀取決於不同的認可者，因此「some＋wh-」仍是可直接由表面結構成分推知語義的一般結構，與〔無啥物 X〕的情況並不相同。

關於可出現在〔無啥物 XP〕的成分是否另有限制性？以及背後的語法運作機制為何？由於和本章探索的主軸不符，建議可另外參考蘇建唐（2016b），該文已從「等級模式」（scalar model）（Fauconnier, 1975a, 1975b）獲得具體詮釋，這裡不另做贅述。

6.2　「微量」構式於南北方言的發展路徑

根據上節的討論成果，我們能確認〔無啥物 X〕的語法地位以及功能；除此之外，誠如本章開頭所述，「微量」構式其實普遍存在於整體漢語方言之中，是以，上述成果也可用作了解這類構式的基礎。為了能以此對相關概念進行更宏觀的觀察，這裡先將之隸定成更具整合性的格式〔Neg Wh-word XP〕。

如上所述，〔Neg Wh-word XP〕通見於漢語方言之中，但這並不代表該構式的分布細節周遍通一，不具有方言差別；事實上，根據1.6.3 節所列，對比臺閩語及共同語便可發現不同，為求閱讀方便，相關差異先重列於表四十五。

表四十五　共同語和臺閩語「微量」構式成分比較

方言	〔Neg Wh-word XP〕			用例
	否定詞	疑問代詞	XP	
臺閩語	無	名詞性疑問代詞（啥物）	名詞性成分	無啥物人
			動詞性成分	無啥物歡喜
共同語	沒	名詞性疑問代詞（什麼）	名詞性成分	沒什麼人
	不	副詞性疑問代詞（怎麼）	動詞性成分	不怎麼高興

除此之外，1.6.3 節還提到，無論臺閩語、客語或粵語都可歸納

為〔無名詞性疑問代詞 XP〕，並和共同語對立，顯示該構式應可被視為區分方言類型的一種判斷依據。然而，以上差異是否也反映在「微量」構式在南北方言發展之上，下列我們將分由兩小節依序探索，其中南方方言仍以臺閩語為代表，北方則以共同語為主。

6.2.1 〔無啥物 XP〕的發展路徑

接下來，本節將依序觀察下列幾點：一、〔無啥物 XP〕的可能形成年代；二、相關結構間的發展關係；三、〔無啥物 XP〕的形成環境。

首先根據本文觀察顯示，「微量」構式〔無啥物 XP〕可能形成年代最早出現在《公報》，且在「民國以前」（即：1885-1911）已有五四五筆用例。至於出現在 X 位置上的成分，如下句（313）至（317）[11]所示，除名詞「人」外，也在當時語料發現形容詞「妥當」、感知動詞「捌」（明白）、行為動詞「得著」（獲到）以及情態動詞「會曉」。綜參句子語義與可修飾詞類範疇，已可確定〔無啥物 XP〕的構式地位以及「啥物」的「類副詞」功能。

（313）chóng-sī tī-hia <u>bô sím-mih</u> sìn-Chú ê lâng。（《公報》1886）
　　　 總　是　佇　遐　無　啥　物　信　主　的　人
　　　 總　是　在　那　沒　什　麼　信　主　的　人
　　　（總是在那沒什麼信主的人。）

---

11 教會公報是採行教會羅馬字，本文為尊重原著，不另做更動，惟為檢測目的，加入的成分，才會依本文標準記錄。

（314）<u>bô siáⁿ</u> thò-tòng。（《公報》1888）

無	啥	妥	當
沒	什麼	妥	當

（不太妥當。）

（315）in-tián ê tō-lí <u>bô siáⁿ</u> bat。（《公報》1888）

恩	典	的	道	理	無	啥	捌
恩	典	的	道	裡	沒	什麼	懂

（不太明白恩典的道理。）

（316）<u>bô sím-mih</u> tit-tiȯh Sèng-keng ê hùn-bián。（《公報》1910）

無	啥	物	得	著	聖	經	的	訓	勉
沒	什	麼	得	到	聖	經	的	訓	勉

（不太獲到聖經的訓勉。）

（317）taⁿ-chiah phoà-pit <u>bô siáⁿ</u> ē hiáu siá。（《公報》1899）

今	才	破	筆	無	啥	會	曉	寫
今	才	破	筆	沒	什麼	能	曉	寫

（剛剛開頭，不太會寫。）

接下來以《公報》為界，往前追溯至明清閩南戲文《荔鏡記》以及教會傳教文獻《基督要理》，當時「是乜」（啥物）可用作疑問代詞，如同單用的「乜¹²」（物）。同時仍存在可理解為「是_{焦點標記}＋乜_{疑問代詞}」的情況（連金發 2012），如句（318）。但未能發現「微量」構式用例，僅少數充作否定極詞者（「無＋啥物＋NP」）。

---

12 雖然連金發（2014）提到「乜」在《荔鏡記／荔枝記》中具有程度副詞用法，如：
林厝官人生得乜親淺（5.272順治），但該文也強調這是由指示詞「只乜」，經 Jespersen's Cycle演變而來（詳參連金發2014），較接近感嘆功能（exclamatives），且已可單用，不須特定構式輔助。對此，本文認為比較「只乜」和疑問代詞「啥物」（是乜），此間發展關係應不大。

（318）伊<u>是乜</u>等樣人？（《光緒》41.072）

i¹　　si⁷　　mih⁴　　ting²　　iunn⁷　　lang⁵

他　　是　　物　　等級　　樣　　人

（他是什麼等級背景的人？）

綜參前述觀察結果並搭配文獻時期來看。先看到明嘉靖至清道光（「道光本」刊於西元 1831 年）年間，這時期文獻皆未發現〔無啥物 XP〕用例。至於在《荔鏡記》與《公報》時序相疊部分，即西元一八八五年，臺閩語方面已見成熟用例。關於《荔鏡記》未見記錄的可能原因有二：一、可能是使用「頻率」（frequency）不高，所以未見記錄外；二、也可能是該劇本反映了更早以前的現象（連金發 2012），是以未收錄較晚近用法。如句（318）尚反映「是」與「乜」未完全融合，但在《公報》中已不復見，這顯示〔無啥物 XP〕於晚近臺閩語已成形。若比較句（313）至（317）與前幾節列出的現代臺閩語，結果並無太大差異，且各用法至今仍習見於日常口語中，大致可視為共時層次。在更早期語料不齊全的情況下，無法找到能適切反映發展過程的用例，故經權衡考量後，第三小節將由共時[13]層次，利用幾個相關結構釐清可能發展過程。

本文於 5.1.2 節曾提到，／無＋啥物＋NP／具有全稱否定與「微

13　由歷時觀察來看語法化，確實是重要的基礎考證。以此得出的推衍原則，也具有相當普遍性（universal）。若運用在缺乏歷時語料記錄的語言現象（如部分的非洲語等）同樣具說服力，更可突顯原則本身的普遍性。這點可藉 Heine et al（1991：39-45），Heine（2002）與 Heine and Kuteva（2002）的研究獲得支持。更何況是一些正在進行，又或語言接觸造成的演變，如畬語的補語標記 tu¹¹（郭必之 2009）。也可利用方言比較，甚至某語法化標記和內部詞類的互動比較看出演變過程及規律，如小稱詞的發展（曹逢甫 2004，2006）。以上種種研究成果，皆支持由共時角度推導語法化過程，並無不可。

量」兩種用法。兩者差別在於能否直接由表面成分推知，進而可區分成一般結構義或構式義。如併參主觀化及「單向性原則」（unidirectional principle）（Hopper and Traugott, 2003：123-176），構式義包含的主觀性較多，應屬後出者。〔無啥物 VP〕應是進一步泛化的結果，「啥物」也由名詞範疇轉為類副詞範疇，這部分可整理成兩條發展路徑：

（319）「無＋啥物＋NP」→〔無啥物NP〕→〔無啥物XP〕

（320）〔無啥物N. NP〕→〔無啥物 semi-Adv. VP〕

　　上述發展路徑雖分別涉及語義和詞類範疇演變，但就語言普遍性來看，這兩條路徑的演變軌跡大體類似，兩者皆經歷主觀化過程「臨時用法→常態用法」。學者（如：李櫻 2000，2003 和 Traugott 1988）曾一再強調，不應忽視語用和語法演變的關係。本文接下來將利用 IITSC 探查上列兩條路徑中，涉及的誘發語境及運作機制。

　　由「漸變性」（gradient）[14]（Heine 2002）看詞類範疇演變可知，A 範疇和 B 範疇的過渡環境是證明此間關係的有力證據，該環境又稱「橋接語境」（Heine 2002），即 A→A／B（橋接語境）→B，一般用以指理解上具有兩解性（歧異）的語境。針對前述兩條路徑，本文認為「整合結構」／Neg＋啥物＋XP／可含括各種情形，因此應視為「無＋啥物＋NP」→〔無啥物 XP〕的橋接語境，背後的邏輯概念如下：

---

14 「漸變性」指的是當A範疇向較虛的B範疇語法化時，並非一蹴即就，而是歷經
　　A→A/B→B的漸變過程。

（321）「X＝NP」：a. 全稱否定結構（「無＋啥物＋NP」）

　　　　　　　　b.「微量」構式（〔無啥物 NP〕）

（322）「X＝NP」：「啥物」＝定語

　　　　「X＝VP」：「啥物」＝狀語

　　最後，須思考的是，可能有人會問：何以臺閩語在這裡可代表整體南方方言系統？關於這部分，我們必須先承認就本文掌握的語料，臺閩語應是比較有機會整理出發展細節者。此外，綜參現代漢語的發展結果，以及上述討論內容來看，若將「微量」構式在南方系統各方言的發展視為殊途同歸，恐怕會引發更多待解釋之處，例如：若將上述路徑修改為「VP→NP」，那麼最先面對的是：何以名詞性疑問代詞會先後接動詞性成分，而非名詞性成分？

6.2.2　「微量」構式於共同語的發展

　　據 Huang（2013）所述，共同語中也存在相應的「微量」構式〔沒什麼 NP〕，本文認為同樣可將之併入〔Neg Wh-word XP〕；然而，在分布的對應上，共同語的情況卻與其他南方方言不同，這部分已在 6.2 節有過回顧。當時提到共同語「微量」構式的否定詞與疑問代詞會隨修飾成分的範疇改變，臺閩語的部分則一式到底，但對於前述不同尚有幾點待釐清的問題：

1. 〔沒什麼 NP〕與〔不怎麼 VP〕的可能形成年代。
2. 〔沒什麼 NP〕與〔不怎麼 VP〕間的發展關係。

　　首先根據本文觀察顯示，最早發現〔沒什麼 NP〕與〔不怎麼

VP〕的年代皆為明代中末葉。

（323）（薛內相）說道：「窮內相<u>沒什麼</u>，這些微禮兒與哥兒
　　　　耍子。」西門慶作揖謝道：「多蒙老公公費心！」（《金
　　　　瓶梅》）

（324）平安道：「白大叔，<u>有甚</u>說話說下，待爹來家，小的稟
　　　　就是了。」

（325）白來搶道：「<u>沒什麼</u>話，只是許多時沒見，閑來望望。
　　　　既不在，我等等罷。」（《金瓶梅》）

（326）想這等一個女婿，也門當戶對，<u>不怎麼</u>壞了家聲，辱
　　　　了行止。當真的留他也罷。（《西遊記》）

（327）洪四兒笑道：「哥兒，我看你行頭<u>不怎麼</u>好，光一味好
　　　　撒！」（《金瓶梅》）

　　先就傳達的語義皆包含「微量」概念來看，〔沒什麼NP〕與〔不
怎麼VP〕在當時皆已可視作構式無誤，若再細觀可出現在 X 位置上
的成分，包含名詞「話」、形容詞「好」以及動詞「壞」等，顯示此
二構式的發展也已相當成熟。

　　若以明代中末葉作為〔沒什麼NP〕與〔不怎麼VP〕的下限，接
下來則進一步討論此二者可能的初發年代，但在開始這部分的探索
前，另須先釐清一些觀念。如 5.4 節所述，「微量」構式可整合為
〔Neg Wh-word XP〕，其中各包含兩個常項「沒」和「不」，以及
「什麼」與「怎麼」。若暫不考慮逆項構詞（back formation）的可
能，邏輯上這兩個構式的形成理應晚於上述常項，而以此觀之，本文
認為可藉著對上述常項形成時間的探索，輔以釐清共同語「微量」構
式的形成時間。

　　關於上列四個常項可依詞類範疇分成否定詞和疑問代詞兩類，下列先討論否定詞「不」與「沒」的發展。根據 3.1 節的觀察顯示，「不」在甲骨文之時已見用例；反觀「沒」則遲至入唐以後方見用句（周法高 1953、Demieville 1950）。從上文討論來看，僅能確定「沒什麼 NP」應不早於唐代，但仍無法辨析「不怎麼 VP」的形成年代，是以有賴進一步觀察疑問代詞的發展。

　　根據前人（如：周法高 1953、太田辰夫 1968、志村 1994〔1984〕：159-211、連金發 2014b 等）的研究可知，「什麼」與「怎麼」分別是來自「是物」及「作物」的疑問代詞，其中「是物」可由敦煌寫本看出，約出現於八世紀前半葉的盛唐時期。爾後，「是」受到「物」的韻首（onset）（「物」屬帶有雙唇鼻音特徵的「微」母）影響，進而演變為「甚」（約作/sim/）；然而，「微」母也逐漸丟失雙唇鼻音特徵，這也使得其轄下的「物」漸為使用者遺忘，取而代之的則是和其原讀音相近的「沒」（屬同為雙唇鼻音的「明」母且亦帶入聲韻尾（coda），相關討論可見 2.1.1.3 節）。此後由於「什」經歷從/sib/到/sim/的變化，故與「甚」音近而取代之，「沒」則因韻尾的入聲韻脫落成為開音節（open syllable），近而由音近的「摩」取代，是以出現「什摩」的形式。至於「什麼」則是「摩」進一步弱讀後，同樣藉音近而取代之，本階段始見於十世紀後半葉的宋代（志村 1994〔1984〕：159-211）。

　　（328）不與萬法為侶者是<u>什麼</u>人？（《龐居士》）
　　（329）簡俗人頻頻入院，討箇<u>什麼</u>？（《龐居士》）

　　與「什麼」類似，「怎麼」的前身「作物」也始見於唐代文獻，且尚未有固定寫法，周法高（1953）與連金發（2014b）皆提到，其

相應的「作物（勿、沒、麼）」、「只沒（麼）」和「恁麼」等，應是在「是物（什摩）」詞彙化為疑問代詞後另加上「作」而來。據連金發（2014b）統計，文獻常見有「作」直接加光桿的「摩」形成「作摩」，爾後更進一步融合成「怎」（約作/tsəm/）。以上除可由原屬後字韻首的雙唇鼻音韻尾證實外，也因「怎」是後出的拼合字，故未見於北宋中葉前成書的《廣韻》和《集韻》（周法高 1953）。這類光桿用法的「怎」也大量出現於宋代，但與「麼」合成「怎麼」的用例，從文獻來看則始見於明中葉以後。

（330）菩薩大驚道：「你這個猴子，還是這等放潑！他又不曾偷你袈裟，又不與你相識，又無甚冤仇，你<u>怎麼</u>就將他打死？」（《西遊記》）

（331）忽被祖師看見，叫孫悟空道：「你在班中，<u>怎麼</u>顛狂躍舞，不聽我講？」（《西遊記》）

　　若單以「是物」出現的年代來看，〔沒什麼 NP〕與〔不怎麼 VP〕的形成應不早於唐代，此外本文也試以其他疑問代詞書寫形式查找，但未尋獲具有早期相應構式的情況。這顯示以上形式應該就是共同語「微量」構式的原形，其形成上限應不早於宋代，並發展且成熟於宋至明初中葉之際。

　　接下來，則進一步探討這兩個構式間的發展關係，這部分若參考〔無啥物 XP〕的發展路徑，該構式的形成至少歷經（332a）至（332b）兩階段。這裡須注意的是，臺閩語的情況畢竟是建立在：一、出現於歷時文獻的先後次序；二、不更動否定詞與疑問代詞等基礎上所推得。然而共同語的情況卻不然，非但找不到一般結構的階段，並且〔沒什麼 NP〕與〔不怎麼 VP〕皆首見於同時期的文本中，

因此能否藉臺閩語的例子直接推得共同語的發展路徑，這是需要進一步探索的。

（332）a.「無＋啥物＋NP」→〔無啥物 NP〕

　　　　b.〔無啥物 NP〕→〔無啥物 VP〕

按理而言，構式中 X 位置成分的轉換須建立在構式基模〔Neg Wh-word XP〕已形成的邏輯上，因此有必要先釐清該基模的建立基礎。

據前文觀察，共同語的「微量」構式應於宋-明初中葉之際已發展成熟，因此必須在該階段中已出現的成分才有形塑其基模的機會，有鑑「不」和「沒」早於唐代時皆已形成，是以判斷的依據應參照疑問代詞的出現時間為佳。若以此視之，成形於宋代的「什麼」較明中末葉的「怎麼」早，是以用作形塑構式基模成分的可能性也較高。

綜上所述觀察共同語「微量」構式的發展，大抵可推得下列兩條的發展路徑[15]，其中〔不怎麼 VP〕應是就基模〔Neg Wh-word XP〕直接類推而來，這也可解釋何以「怎麼」與〔不怎麼 VP〕可同時成型於明中葉的文獻，卻不需要「不＋怎麼＋VP」→〔不怎麼 VP〕的過程。

---

15 若比較共同語和臺閩語於「微量」構式的發展路徑可發現，兩者皆初發於傳達「存在」概念的否定詞，類似現象也可在林嫻一（2016）以〔有／無一點仔XP〕為對象的研究中發現，顯然此間具有發展上的共性；對於這背後的可能原因，本文認為可從蔡維天（2002）的研究成果得到初步說明。蔡維天（2002）認為從語義學來看，傳達對比焦點、否定情態或未然時制的句子中，都具備「存在前提」（existential presupposition）：「∃x」，並由焦點、否定及情態等運符指派量化概念給變項。若依此回頭看到「微量」構式的情況，本文認為除了「有」可直接反映「∃x」概念外，其實「無」或「沒」亦都融合了否定與存在的兩種語義，即：「否定＋有」，同樣說明了構式中何以存在前提「∃x」以指派量化概念，並且皆以傳達「存在」概念的否定詞為初型。

（333）a.「沒＋什麼＋NP」→〔沒什麼 NP〕

　　　　b.〔沒什麼 NP〕→〔不怎麼 VP〕

　　下節之中，本文將藉著比較「微量」構式在南北方言的發展，探究背後蘊含的系統限制，以及背後與「無」的擴張的連結。

6.3 「微量」構式於南北方言系統差異的可能成因

　　根據 6.1 至 6.2 節的討論可知，對比「微量」構式在臺閩語和共同語的分布顯示，兩者除成分未能完全一致之外，各自的發展路徑也不太相同，關於這部分，我們先將重點整理於下圖。

	宋至明中葉	明中末葉	清至清末
臺閩語		「無＋啥物＋NP」→〔無啥物 NP〕→〔無啥物 VP〕	
共同語	「沒＋什麼＋NP」→〔沒什麼 NP〕 ↓ 〔不怎麼 VP〕		

圖十五　臺閩語和共同語「微量」構式的發展關係

　　如上圖所示，臺閩語所代表的南方方言系統，依 6.1 節的觀察，《荔鏡記》中僅存在「無＋啥物＋NP」，構式則在清末的《公報》中方發現用例；反觀同時期的共同語文獻，則已存在成熟的「微量」構式用例。反之，代表北方方言系統的共同語，其「微量」構式約形成於宋至明中葉之際，其中〔沒什麼 NP〕則應早於〔不怎麼 VP〕。

　　關於前述兩者間是否具有傳承關係？首先，若就現有語料比對發展歷程來看，「沒＋什麼＋NP」和「無＋啥物＋NP」具對譯關係應是

確定的;當然,本文並不排除《荔鏡記》可能反映更早以前的語法格局,但這也只能證明〔無啥物 XP〕確實是由詞組結構變化而來。在缺乏更多證據的情況下,本文暫不論此間發展先後次序,僅著重造成這兩個構式發展異同的肇因進行討論。

針對這部分,我們在本章開頭時曾提到,上述差異背後應與南北方言語法系統的不同有關。接下來,本節將依循這個想法,並結合前述觀察結果,企圖從否定結構的變化切入,進而提出整合性的探討。

首先,除發展時間不同外,上圖也顯示共同語和臺閩語「微量」構式的發展歷程並不完全一致,特別在面對 XP 成分的轉換時尤為明顯,這也帶出一個更深刻的問題:上述的不一致除與「NP/VP」有關外,是否也來自更深層的方言語法系統差異所致?而該差異可能反映在否定詞於不同方言的活躍度,甚至影響彼此間的競爭結果。

如果我們接受上述假設,那麼還有一件值得先行探究的問題:何以不是其他成分對南北方言的「微量」構式造成影響,這背後用以排除其他成分的理由是什麼呢?

對於上述問題,若是我們將〔Neg Wh-word XP〕當作後續討論的基模,那麼能進入 XP 的成分應可視為某種運符,而前兩項成分則是受其影響的變項。這裡我們先透過本觀點檢測共同語和臺閩語,其結果可從本章一路以來的觀察結果看出,若就共同語角度來看應是成立的,然而,從臺閩語的分布來看卻明顯有不適用之處。對此,本文認為可由語法系統的比較進行詮釋,畢竟語言仍是一種系統性的存在,接下來,我們先從離 XP 最接近的移問代詞成分看起。

首先,若單看疑問代詞和後接成分的相容性,如下表四十六的整理,無論共同語和臺閩語皆呈現「名詞性疑問代詞+NP」與「副詞

性疑問代詞＋VP」的情況[16]，由此可知，真正對構式造成影響因素並不在此。

表四十六　共同語和臺閩語疑問代詞的修飾對象比較

方言	疑問代詞	XP	用例
共同語	名詞性疑問代詞（什麼）	名詞性成分	他是<u>什麼人</u>
	副詞性疑問代詞（怎麼）	動詞性成分	這應該<u>怎麼吃</u>
臺閩語	名詞性疑問代詞（啥物）	名詞性成分	伊是<u>啥物人</u>
	副詞性疑問代詞（按怎樣）	動詞性成分	這應該<u>按怎樣食</u>

　　接著看到臺閩語和共同語在否定詞和 XP 成分的相容性。為能更清楚釐清影響臺閩語和共同語「微量」構式發展的因素，以及彼此間的異同關係，下列將分開探究該構式於這兩種方言類型的發展。這裡先看到臺閩語的部分，由於存在概念對應的名詞成分於南北方言系統銜接的否定詞都是一致的，因此我們直接觀察影響名詞轉動詞的影響因素。

　　首先，如果從前面幾章的觀察結果來看，我們可以確定一點，相較於「m」和「未」而言，「無」在臺閩語之中屬於強勢否定成分，其中「無」更在多數否定概念上對「m」有全面性的侵入現象；同時，上述現象的可能發生時間，據 3.1 至 3.2 節的觀察可知，大致為明清末年到日治之際。如果進一步看到 6.2.1 節的觀察結果，「微量」構式於臺閩語的發展也在類似時期，從原本後接名詞的情況擴增至動詞，以上顯示這兩項發展之間應具有相當關聯。

---

16 須說明的是，儘管文中是以「疑問代詞＋XP」的方式測試，但這並不影響〔Neg Wh-word XP〕的構式地位，畢竟構式的認定具有一定的判斷基礎，須建立在此三者合用的基礎上。

　　若再進一步檢視擴展的細部階段，我們可得出「名詞→形容詞→一般動詞→情態動詞」路徑，細節如下。首先，依 Radford（1988：155）所述，形容詞本身尚具有「±動詞」特徵[17]，如[18]：一、可受動貌標記修飾（如：捌少年／食過）；二、受否定副詞否定（如：無重要／佮意），但因為動態性稍弱，可視為靜態動詞。此外，部分的形容詞[19]也可能被視為名詞，以句（334）為例，句中 X 位置的「重要」理應有兩種解讀，其一為句（334a）[20]的名詞用法，另一則為句（334b）的形容詞用法。除分別可由句（335）和（336）獲證外，也可視為 X 成分由「名詞→形容詞」的橋接語境。

（334）a. ná chhin-chhiūⁿ bô [siáⁿ／$lim^7 ho^5$ N tiōng-iàu N]NP。（《公
　　　　報》1963）

　　　　若　　親　　像　　無　　〔啥／任　何 N　重　　要 N〕NP
　　　　若　　好　　像　　沒　　什麼　　　　任　　何　　重
　　　　（好像沒什麼／任何重要。）

---

17 Radford （1988:155）也曾以[＋V, ±M（odal）]區分：一般動詞[＋V, －M]與情態動詞[＋V, ＋M]。又或以[±AUX]區分助動詞和非助動詞。但本處重點在於釐清名詞、形容詞和其他動詞成分，故未提。關於〔±名詞〕與〔±動詞〕特徵，對詞類的劃分可進一步參考原書。

18 以下例句分以「Adj/V」方式並列。同時列舉一典型動詞，以說明形容詞兼具有「動詞」特徵。

19 這類形容詞還有「要緊」、「危險」等，但不是所有形容詞都可能有兩解，特此說明。另外若依「動態性」而言，這類形容詞介於名詞與一般動詞之間，具備「橋接語境」的條件。

20 句中雖以否定極詞「任何」測試，但僅是為更清楚呈現「重要」可解讀為名詞。並非強調該句為一般結構義。事實上該句也可能理解作「微量」語義，這部分可後接子句測試。如：若親像無啥重要，只是有點仔無方便爾（好像沒什麼重要，只是有點不方便而已）。顯示並非完全不重要。

b. ná chhin-chhiūⁿ bô [siáⁿ／hiah8]_{Adv.} [tiōng-iàu]_{Adj.} 。

　　若　　親　　像　　無　〔啥／遐〕_{Adv.}　〔重　　要〕_{Adj.}

　　若　　好　　像　　沒　什麼／那　　重　　要

　　（好像不太／那麼重要。）

（335）tùi sìn-tôu sím-mih <u>tiōng-iàu</u>（《公報》1967）

　　對　　信　　道　　有　　啥　　物　　重　　要

　　對　　信　　道　　有　　什　　麼　　重　　要

　　（對信道有什麼重要）

（336）iâ-souʼchin <u>tiōng-iàu</u> ê hoan-hù。（《公報》1963）

　　耶　　穌　　真　　重　　要　　的　　吩　　咐

　　耶　　穌　　真　　重　　要　　的　　吩　　咐

　　（耶穌很重要的吩咐。）

　　接下來，將進一步探討「形容詞→其他動詞成分」的擴展，先以功能範疇將其他動詞成分進一步分成一般動詞（感知／行為動詞）及情態動詞，後者屬功能詞（function words）範疇。以單向性原則來看，情態動詞應是後起擴展結果，整體而言應是「形容詞→一般動詞→情態動詞」，也是「泛化」和「類推」機制的運作結果。

　　先看到「形容詞→一般動詞」，這部分可由句（337）看出 X 位置的「要緊」除了能理解為（337a）的形容詞外，也可理解作（337b）的一般動詞，同樣可由句（338）和（339）獲證。其中句（339a）也可作不及物動詞用法，如句（339b），並受到「Degree Adv.＋V」格式類推影響，也為 X 位置的「泛化」提供動因。

（337）a. bô siáⁿ [iàu-kín]_{Adj.}。（《公報》1894）

　　無　　啥　　要　　緊 _{Adj.}

　　沒　　什麼　要　　緊

　　（不太要緊。）

　b. bô siáⁿ [iàu-kín]_V。

　　無　　啥　　要　　緊 _V

　　沒　　什麼　重　　視

　　（不太重視。）

（338）lâi chàn-sêng chit-ê chin iàu-kín ê sū。（《公報》1910）

　　來　贊　成　這　个　真　要　緊　的　事

　　來　贊　成　這　個　很　要　緊　的　事

　　（來贊成這個相當要緊的事。）

（339）a. lâng long bô siáⁿ[iàu-kín]_V Siōng-tè ê Sèng-keng。

　　（《公報》1894）

　　人　攏　無　啥　〔要　緊〕_V上　帝　的　聖　經

　　人　都　沒　什麼要　緊　上　帝　的　聖　經

　　（人都不太重視上帝的聖經。）

　b. tui³ tioh⁸ Siōng-tè ê Sèng-keng, lâng long bô siáⁿ

　　[iàu-kín]_V。

　　對　著　上　帝　的　聖　經　人　攏　無　啥　　〔要　緊〕_V

　　對　於　上　帝　的　聖　經　人　都　沒　什麼　要　　緊

　　（對於上帝的聖經，人都不太重視。）

　　至於「一般動詞→情態動詞」，下列（340）至（341）提供了適當動因，句（340）的「會曉」除用作一般動詞外，也可能被理解為句（341）的情態動詞。這可由後接的一般動詞得證，這背後是受到

「Degree Adv.＋Modal V」格式的類推影響，可視為 X 位置進一步的泛化。

（340）khoàⁿ-liáu chiū bô siáⁿ [ē hiáu]ᵥ。(《公報》1894)

看　　了　　就　　無　　啥　　〔會　　曉〕ᵥ

看　　Asp　　就　　沒　　什麼　　能　　懂

（看完還是不太懂。）

（341）taⁿ-chiah phoà-pit bô siáⁿ [ē hiáu]_{Mod. V} siá。(《公報》1899)

今　才　破　筆　無　啥　〔會　曉〕_{Mod.V}　寫

今　才　破　筆　沒　什麼　能　懂　　寫

（剛剛開頭，不太會寫。）

　　綜合上文的討論可知，最初當〔無啥物 NP〕向〔無啥物 VP〕擴張時，應是從形容詞開始，同時也是型塑該「微量」構式如何後接動詞成分的關鍵，是以有必要就這部分作進一步探討。

　　由於形容詞對應的否定概念為狀態，若依此從 3.1 節的觀察結果來看，「m」和「無」雖都可發現相應用例，但在分布比例上，「無」在明清到日治期間以躍為百分之七十以上的強勢用法；至於「m」雖可能占百分之十七至三十左右不等，但多集中於「毋著」或「毋好」之上，能產性明顯趨弱。兩相比較之下，「無」在形容詞方面的強勢地位致使該成分在「微量」構式的發展中占了主導地位。

　　爾後擴展到一般動詞範疇時，儘管這類範疇於構式中主要傳達行為消耗或製造量的多寡，但其核心概念仍與合成完成體有關，畢竟兩者都涉及行為發生的有無。若根據第五章的觀察結果來看，「m」、「無」與「未」雖都與該否定概念有關，然而，除了「無」所對應的

「沒有 V」之外，另外兩者對應的概念都須倚賴其他誘發成分，這點由於會破壞構式的一體性，是以最終並未影響「無」作為構式主要否定成分的地位。

　　或許有人會問，日後當〔無啥物 XP〕向情態動詞時，由於「無」在這裡並不是絕對強勢成分，那麼該構式是如何克服這類情形的呢？事實上，我們認為這更是確認〔無啥物 XP〕已是獨立「錄位」（listeme[21]）（Di Sciullo and Williams 1988）的證據。由於「微量」構式是一種需要被記誦的獨立記憶單位，主要是藉由類推的方式擴展到所有相關成分上，同時將規則或不規則者皆納入其中，某程度上也可視為一種「平整化」（leveling）的現象[22]，同時也是認知因素的體現。整體來說，「微量」構式在臺閩語的擴展，其實與「無」在該方言的強勢性有相當大的關聯。

　　接著，我們看到影響「微量」構式在共同語發展的因素。關於這部分，儘管就目前掌握的語料來看，我們還無法確認〔沒什麼 NP〕到〔不怎麼 VP〕的發展細節，但這不致對本文的討論造成障礙，這裡我們先看到表四十七的整理。

---

21 根據Di Sciullo and Williams（1988）所述，「錄位」指的是某種意義成分，可能是字詞（word）或是某種結合形式（combining form），其意義無法以既有規則，經由該成分推得其語義的單位，也是一種需要被記誦的語言成分。

22 Hock（1991）曾以「平整化（leveling）」指稱歷史語言學中的類推現象，本文認為這與〔無what NP〕將原應是〔毋按怎VP〕的「毋＋VP」強制轉為〔無what VP〕的現象，精神上是一致的，因而以此類稱之。

表四十七 「不」與「沒（有）」否定的概念比較

方言成員 否定概念		共同語	
		不	沒（有）
存在		×	✓
狀態		✓	×
情態	動力	✓	×
	義務	✓	×
	認知	✓	×
合成 完成體	沒有 V	×	✓
	從沒有 V	×	✓
	還沒有 V	×	✓

不同於臺閩語的部分，由於「不」和「沒」在共同語的分用情況相當一致，若暫以存在、狀態與情態等否定概念來看，「不」明顯較臺閩語的「m」強勢許多，本文認為這應是〔沒什麼 NP〕遇到後接 VP 成分時，必須轉為〔不怎麼 VP〕的原因。

在進一步討論之前，有一個問題須先解決：以上構式於共同語形成錄位之初已是否定存在的「沒」，那麼何以在後世平整化過程中，卻需要轉成〔不怎麼 VP〕？事實上，錄位雖是須獨立記誦的單位，相對而言也更接近一般詞彙的地位，且同樣容易受到影響而改變。以此來看，由於「不」在共同語的強勢程度遠大於臺閩語的「m」，因此在擴展過程中可能受此影響，造成〔不怎麼 VP〕成為較適合的選擇[23]。

---

23 就推動因素看，「平整化」也應視為語言成分間相競爭的結果，平整的主事方往往就是競爭的勝利方；就這部分而言，〔不怎麼VP〕正是「不」與「沒」在「微量」構

　　以上看似背離了前文提到的平整化，但實則不然，不同的是，臺閩語的平整化方向是以「無」向「m」進行；反之，共同語的平整化則由「不」向「無」進行，這點可由這兩者在合成完成體的分布看出，用例如下。

　　（342）阿花平常<u>沒</u>看電視。
　　（343）*a. 阿花平常<u>沒什麼</u>看電視。
　　　　　　b. 阿花平常<u>不怎麼</u>看電視。
　　　　　?c. 阿花平常<u>沒怎麼</u>看電視。

　　如上下表四十七所示，「沒」通常是用以否定合成完成體的成分，如句（342）；然而，當相關概念以「微量」構式呈現時，卻無法直接以〔沒什麼 VP〕呈現，如（343a），反而須以〔不怎麼 VP〕存在，如（343b），儘管另外改以〔沒怎麼 VP〕都未如前一種來得合適。以上可看出，當較強勢的「不」取得〔不怎麼 VP〕的勝利後，更進一步變更原應由「沒」所主導的否定合成完成體概念，這也是平整化的另一種體現。

　　關於以上異同，本文認為其實也反映否定結構變化後的另一種效應，只不過這種效應須落實在不同方言的對應上。如 1.2.2 節所述，當抽象成分 A 進入在甲與乙方言之後，很可能受到不同方言語法結構（如南北方言系統的否定結構）影響，致使該成分最後分別發展成 A' 與 A"。

　　整個來說，「無」原本在南方方言便較為強勢，是以在〔無啥

式競爭下，由前者勝出的證據。當然，若從否定合成完成體概念上的競爭來看，其結果更接近典型的平整化，這裡只是想指出，〔沒什麼NP〕→〔不怎麼VP〕並非完全違背本文論點，反而更支持我們秉持的想法：共時成分的分布是反映競爭的結果。

物 NP〕成形後，前述情況便在「微量」構式的推廣上起了積極作用，甚至可直接擴展到 VP 成分。這部分在底層系統使用「m」的動詞由為明顯，其全部皆以〔無啥物 XP〕的情況出現，例如：「知影（知道）」、「識（認識）」、「敢」和「會」等。反之，「不」由於在二分型的北方漢語中較強勢，可能因此阻擋了〔沒什麼 NP〕的擴張，進而形成〔不怎麼 VP〕與〔沒什麼 NP〕分用的局面。類似現象也可見於何大安（1977：61-75）與梅祖麟（1994）等人的研究之中。

6.4　「微量」構式於粵語區差異的可能成因

事實上，不僅臺閩語出現以一套構式同時表示名詞與動詞詞組的「微量」功能，若將觀察對象放大到客語和粵語等南方方言，情況亦然；這也顯示該構式應可被視為區分方言類型的一種判斷依據。

然而，值得注意的是，本文在港澳粵語上發現到較共同語更複雜的三套構式系統，初步可整理如下下表四十八，我們認為有可能挑戰上述詮釋的疑慮，有必要進一步處理。

表四十八　各地粵語的「微量」構式成分比較

粵語地區	〔Neg Wh-word XP〕			用例
	否定詞	疑問代詞	XP	
馬來西亞	無	乜（「什麼」）	名詞性成分	無乜人
			動詞性成分	無乜去運動
香港澳門	無	乜	名詞性成分	無乜人
			動詞性成分	無乜去運動
		乜點	動詞性成分	無乜點去運動
	冇	點（「怎麼」）	動詞性成分	冇點去運動

　　為能具體了解上述現象，下列由兩個次小節進行探索。6.4.1 節先更仔細地觀察「無」和「m」在其他南方方言「微量」構式的競爭；爾後，6.4.2 節再進一步探索可能的影響因素。

6.4.1　「無」和「不」在其他南方方言「微量」構式的競爭

　　上節之中，本文認為「無」在三分系統的方言中占有優勢，並進一步對〔無啥物 XP〕的推廣與形成起積極作用；接下來，本節的探索範圍將擴及同樣具備三分系統的客家語和粵語，企圖能提出更有力的支持。

　　一開始，本文先觀察臺閩語、客語和粵語三者於「Neg＋XP」結構的表現，為了能有效帶出各項議題，下表四十九的粵語是以馬來西亞發音人為主，港澳兩地則待稍後另談。此外，由於「無＋V」和「毋＋V」分別傳達「存在（事件）」和「意願」，這點無論是共同語或這裡觀察的南方方言皆然，因此表中的測試結果都為正值；但在類型比較上，下列較著重其他三類動詞的部分。

表四十九　「Neg＋XP」在閩客粵語的表現

		臺閩語		客家語		粵語	
		無	毋	無	毋	無	毋
N	人	＋	－	＋	－	＋	－
	時間	＋	－	＋	－	＋	－
	地方	＋	－	＋	－	＋	－
V	去	＋	＋	＋	＋	＋	＋
	運動	＋	＋	＋	＋	＋	＋
	看	＋	＋	＋	＋	＋	＋
Adj.	高興	＋	－	－	＋	－	＋
	高	＋	－	－	＋	－	＋
	漂亮	＋	－	－	＋	－	＋
Psy. V	知道	－	＋	－	＋	－	＋
	認識 1	－	＋	－	＋	－	＋
	認識 2	＋	－	－	＋	－	＋
Mod. V	會[24]	－	＋	－	＋	－	＋
	敢	－	＋	－	＋	－	＋
	喜歡	＋	－	－	＋	－	＋
	想	＋	－	－	＋	－	＋

　　如上表所示，三個方言的表現不甚一致，臺閩語僅於「知道」、「認識 1」（對應/pat[8]/）、「會」和「敢」等詞是以「毋＋VP」呈現，其餘則一律由「無＋VP」承載，例如「無認識 2」（對應/bo[5] sik[4]

---

24 如1.1節所述，「會」於臺閩語是對應「解」，其否定形式「袂」應是由「毋+解」合音而來；至於客家話和粵語則皆用「會」，分別讀作/vui[1]/與/fi[55]/（海陸/fui[33]/）。

sai⁷／）；相反地，客語和粵語則相對明確地區分否定詞與否定對象的配搭關係，一律遵守「無＋NP」和「毋＋VP」的分界。

　　若以上述觀察到的情況來看，客語和粵語的語法搭配關係較接近共同語，初步預測這三種方言在「微量」構式上表現應較一致；然而，若由下列測試[25]來看，其結果卻與此前預測全然相反。整體而言，臺閩語、客語和粵語的「微量」構式可整理成表五十，其中「麼介」和「乜」相當於「什麼」，「仰般」（讀作／ngiong³¹ ban²⁴／）與「點」（讀作/tim/）則代表「怎樣」。

（344）佢看起來<u>毋歡喜／高／靚</u>。

gi¹¹ kon⁵⁵ hi³¹ loi¹¹ m¹¹ fon²⁴ hi³¹ go²⁴ jiang²⁴
他　看　起　來　不　歡　喜　高　漂亮
（他看起來不高興／高／漂亮。）

（345）a. 佢看起來<u>無麼介歡喜／高／靚</u>。

gi¹¹ kon⁵⁵ hi³¹ loi¹¹ mo¹¹ ma¹⁵ ge⁵⁵ fon²⁴ hi³¹ go²⁴ jiang²⁴
他　看　起　來　不　什　麼　歡　喜　高　漂亮
（他看起來不高興／高／漂亮。）

　　*b. 佢看起來<u>毋仰般歡喜／高／靚</u>。

gi¹¹ kon⁵⁵ hi³¹ loi¹¹ m¹¹ ngiong³¹ ban²⁴ fon²⁴ hi³¹ go²⁴ jiang²⁴
他　看　起　來　不　怎　麼　歡　喜　高　漂亮
（他看起來不高興／高／漂亮。）

---

25 本文客語語料的發音是參自《教育部臺灣客家語常用詞典》，並以四縣腔為主；粵語語料則參考香港中文大學編纂的《粵語審音配詞字庫》，並做些微修改，如/dim/依國際音標改作/tim/。

（346）佢<u>毋</u>好食粄圓。

gi^{11}　　m^{11}　　ho^{31}　　siid^5　　ban^{24}　　ien^{55}

他　　　不　　喜歡　　吃　　湯　　圓

（他不喜歡吃湯圓。）

（347）a. 佢<u>無麼介</u>好食粄圓。

gi^{11}　　mo^{11}　　ma^{15}　　ge^{55}　　ho^{31}　　siid^5　　ban^{24}　　ien^{55}

他　　　不　　什　　麼　　喜歡　　吃　　湯　　圓

*b. 佢<u>毋仰般</u>好食粄圓

gi^{11}　　m^{11}　　ngiong^{31}　ban^{24}　　ho^{31}　　siid^5　　ban^{24}　　ien^{55}

他　　　不　　怎　　麼　　喜歡　　吃　　湯　　圓

（他不太喜歡吃湯圓）

（348）佢睇起來<u>毋</u>高興／高／靚。

keoi^5　tai^2　hei^2　loi^4　m^4　gou^1　hin^3　gou^1　liang^6

他　看　起　來　不　高　興　高　漂亮

（他看起來不高興／高／漂亮。）

（349）a. 佢睇起來<u>無乜</u>高興／高／靚。

keoi^5　tai^2　hei^2　loi^4　mou^4　mat^1　gou^1　hin^3　gou^1　liang^6

他　看　起　來　沒　什麼　高　興　高　漂亮

*b. 佢睇起來<u>毋點</u>高興／高／靚。

keoi^5　tai^2　hei^2　loi^4　m^4　tim^2　gou^1　hin^3　gou^1　liang^6

他　看　起　來　不　怎麼　高　興　高　漂亮

（他看起來不高興／高／漂亮。）

（350）佢<u>毋</u>鐘意食麥當勞。

keoi^5　m^4　zung^1　ji^3　sik^6　mak^6　dong^3　lou^6

他　不　喜　歡　吃　麥　當　勞

（他不喜歡吃麥當勞。）

（351）a. 佢<u>無乜</u>鐘意食麥當勞。

keoi⁵　mou⁴　mat¹　zung¹　ji³　sik⁶　mak⁶　dong³　lou⁶

他　　無　　什麼　喜　歡　吃　麥　當　勞

*b. 佢<u>毋點</u>鐘意食麥當勞。

keoi⁵　m⁴　tim²　zung¹　ji³　sik⁶　mak⁶　dong³　lou⁶

他　　毋　怎麼　喜　歡　吃　麥　當　勞

（他不太喜歡吃麥當勞。）

表五十　「微量」構式在閩客粵語的表現

		臺閩語		客家語		粵語	
		無啥物	毋按怎	無麼介	毋仰般	無乜	毋點
N	人	＋	－	＋	－	＋	－
	時間	＋	－	＋	－	＋	－
	地方	＋	－	＋	－	＋	－
V[26]	去	＋	－	＋	－	＋	－
	運動	＋	－	＋	－	＋	－
	看	＋	－	＋	－	＋	－
Adj.	高興	＋	－	＋	－	＋	－
	高	＋	－	＋	－	＋	－
	漂亮	＋	－	＋	－	＋	－
Psy. V	知道	＋	－	＋	－	＋	－
	認識₁	＋	－	＋	－	＋	－
	認識₂	＋	－	＋	－	＋	－

---

26 須說明的是，雖然在「Neg＋V」的格式來看，「毋（或「不」）＋V」和「無（或「沒」）＋V」可分別傳達「意願」和「存在（事件）」，但在「微量」構式中，否定「意願」者除了南北方言的否定詞不同外，都必須另外插入意願情態動詞，即「Neg＋wh-＋想＋V」，本文將這部分歸入情態動詞的觀察範圍。

		臺閩語		客家語		粵語	
		無啥物	毋按怎	無麼介	毋仰般	無乜	毋點
Mod. V	會	+	−	+	−	+	−
	敢	+	−	+	−	+	−
	喜歡	+	−	+	−	+	−
	想	+	−	+	−	+	−

　　如上表五十所示，儘管這三種方言在「Neg＋VP」的表現上不盡相同，但在「微量」構式上則是一致使用〔無 what XP〕，對此，本文認為應與上節提出的觀點不無關聯。由於「無」在三分系統的南方方言中較「毋」來得強勢，同時也在該情況的推波助瀾下，使得〔無 what NP〕得以向其他詞類擴展，甚至侵入原由「毋」所支持的「毋＋VP」結構，某程度也可視為一種「平整化」（leveling）的現象[27]。

6.4.2　「微量」構式在不同粵語區的歧異與可能成因

　　本文在上一節中，從「微量」構式得出的方言分類，卻在進一步探查香港和澳門兩地的粵語時遇到挑戰，下列是這兩地可接受的「微量」構式；儘管後接「NP」時仍維持〔無乜 NP〕，但修飾在「VP」時，則同時出現：〔無乜〕、〔毋點〕和〔無乜點〕三種形式[28]。

---

[27] Hock（1991）曾以「平整化（leveling）」指稱歷史語言學中的類推現象，本文認為這與〔無 what NP〕將原應是〔毋按怎 VP〕的「毋＋VP」強制轉為〔無 what VP〕的現象，精神上是一致的，因而於此比類稱之。

[28] 除了像母語發音人探索外，馬來西亞發音人更直指〔毋點〕與〔無乜點〕常見於香港 TVB 電視臺的戲劇臺詞之中，但馬來西亞本地並不這樣說。儘管如此，本文認為當一個新興詞語得以登上大眾傳播媒體，也代表著該詞語已獲得相當程度的認同，這部分某程度上也支持本文將〔毋點〕與〔無乜點〕列入正式用詞的討論，而非僅是臨時性用詞。

（352）a. 課室裡<u>無乜</u>人，只得翻幾個學生

fo³ sat¹ leoi⁵ mou⁴ mat¹ jan⁴ zi² tak¹ faan¹ gei² go³ hok⁶ sang¹

課 室 裡 無 什麼人 只 得 翻 幾 個 學 生

在睏覺。

zoi⁶ fan³ gok³

在 睡 覺

*b. 課室裡面<u>毋點</u>人，只得翻幾個學生

fo³ sat¹ leoi⁵ m⁴ tim² jan⁴ zi² tak¹ faan¹ gei² go³ hok⁶ sang¹

課 室 裡 不 怎麼人 只 得 翻 幾 個 學 生

在睏覺。

zoi⁶ fan³ gok³

在 睡 覺

（教室裡沒什麼人，只有幾個學生在睡覺。）

（353）a. 佢平時<u>無乜</u>去圖書館。

keoi⁵ ping⁴ si⁴ mou⁴ mat¹ heoi³ tou⁴ syu¹ gun²

他 平 時 沒 什麼 去 圖 書 館

b. 佢平時<u>毋點</u>去圖書館。

keoi⁵ ping⁴ si⁴ m⁴ tim² heoi³ tou⁴ syu¹ gun²

他 平 時 沒 怎麼 去 圖 書 館

c. 佢平時<u>無乜點</u>去圖書館。

keoi⁵ ping⁴ si⁴ mou⁴ mat¹ tim² heoi³ tou⁴ syu¹ gun²

他 平 時 沒 什麼 怎麼 去 圖 書 館

（他平常不太去圖書館。）

整體觀察結果以及和馬來西亞粵語的比較可整理為下表五十一，其中顯示了幾點值得注意之處。

表五十一 「微量」構式於港澳及馬來西亞粵語的比較

		粵語				
		馬來西亞		香港澳門		
		無乜	毋點	無乜	毋點	無乜點
N	人	+	−	+	−	−
	時間	+	−	+	−	−
	地方	+	−	+	−	−
V	去	+	−	+	+	+
	運動	+	−	+	+	+
	看	+	−	+	+	+
Adj.	高興	+	−	−	+	+
	高	+	−	−	+	−
	漂亮	+	−	−	+	−
Psy. V	知道	+	−	−	+	−
	認識	+	−	−	+	+
Mod. V	會	+	−	−	+	+
	敢	+	−	−	+	−
	喜歡	+	−	−	+	+

1. 〔無乜 XP〕在港澳雖占有「NP」，但已讓出後接「VP」的主流地位。

2. 〔毋點 XP〕在港澳已成為後接「VP」的主流。

3. 後接「VP」的情形在港澳開始出現了一種新興的〔無乜點 XP〕。

　　對於以上三點觀察，本文也延伸出另外的問題：「微量」構式在港澳粵語是否自始便並存兩種系統？若屬實，則何以與其他南方方言，甚至其他地區的粵語不同？若答案為非，那麼哪一種才是最早的「微量」構式？而其他兩組又是如何產生的？這背後有反映了怎樣的語言發展現象？接下來，將針對上述各個問題進行探索。

　　首先，根據香港科技大學收錄的「早期粵語文獻資料庫」和「早期粵語標註語料庫」所記，在十九世紀末葉到二十世紀初期之間，「無乜[29]」共有七十五筆語料，但未能發現「毋點」的用例。若細究「無乜」的分布，下列例句之中除後接「NP」外，尚能發現後接形容詞的情況，比例上各占百分之七十六（57/75）和百分之二十四（18/75）；這點除了和 5.3 節的發展推論相符外，也顯示「無乜 XP」在當時不僅呈現獨占情況，尚具有相當的活躍度。

（354）想話轉行亦冇乜生意好做。（《土話字彙》）
　　　soeng² waa⁶ zyun³ hong⁴ jik⁶ mou⁴ mat¹ sang¹ ji³ hou³ zou⁶
　　　想　　說　轉　行　也　沒　什麼　生　意　好　做
　　　（想說轉行也沒什麼生意好做。）

（355）魚油盅冇乜高。（《讀本》）
　　　jyu⁴　　jau⁴　　zung¹　　mou⁴　　mat¹　　gou¹
　　　魚　　　油　　　盅　　　沒　　　什麼　　高
　　　（魚油盅不怎麼高。）

　　根據上段的觀察可知，至少在清末民初之際，港澳粵語仍與前述幾個具備否定詞系統三分的南方方言一致，以〔無乜 XP〕作為惟一

---

29 該語料庫記作「冇乜」，「冇」為「無」的異體字，為求行文統一，除引用語料外，一律採用「無乜」。

的「微量」構式。接下來想問的是,「點」和「乜」在早期港澳粵語的分布情形又是如何?是否具有可相互替換性,以致爾後得以形成〔無乜點 VP〕,甚至逐漸出現〔毋點 VP〕。

若根據前人(如:張惠英 1990、志村良治 1994〔1984〕:144-158、李如龍 1997 與郭必之 2003 等)的觀察,「點」是來自南朝時期「底物[30]」的合音詞,屬於當時江東方言[31]的遺跡,初時可用來詢問「事物/原因/目的」相當於共同語的「什麼」。然而,當後起(約是進入唐代之後)「乜」進入粵語,「乜」和「點」經過一番競爭,最終分用成名詞性和副詞性疑問代詞(郭必之 2003[32])。

接下來,根據清初屈大均(1630-1696)編寫的《廣東新語》所記錄:「問如何曰『點樣』。」(參自郭必之 2003)可知,上述的功能分界早在三百多年前已底定大勢,並擴及整個珠江三角洲地區的粵語(詳參詹伯慧等 1988 年的調查記錄)。至此可知,「點」和「乜」在「微量」構式形成之際早已分家,不具有替用的基礎,同時早期粵語

---

30 根據志村良治(1994〔1984〕:144-158)所擬,疑問代詞「底」應讀作/ti/,並可後接一系列名詞用以詢問人、事物與時間等,如臺閩語尚可見:「底時」指何時、「底叨位」指何地以及永春閩南方言的「底儂」(合音作tiang⁵)指何人。另外McCoy(1966)將「物」的原始粵音構擬為/muət/;至於香港粵語的「點」整是來自這兩個詞的合音,即/ti/＋/m(uət)/。

31 六朝時期的「江東方言」是指:當時流行於江蘇南部、浙江、江西一代的方言,這部分可詳見Norman(1979,1983)、丁邦新(1988,1995)、梅祖麟(1993,2001)與郭必之(2001)的討論。

32 郭必之(2003)著重「點」如何由名詞性疑問代詞向副詞性疑問代詞的發展,文中所提證據自然不在話下,本文也願意接受文中的觀點。然而,郭必之認為,香港粵語中用來問原因的「點解」可視作「點」早期名詞性用法的保留,則或許存在進一步評議的空間。本文認為若將「點解」理解為「怎麼解」,則對應共同語的「怎麼說」,同樣是用以問原因;同樣的情形,也可見於英語的「How come」或日語的「どうしよう」。如此似乎更能突顯「點」在動詞性成分之前傳達「怎麼」的一致性;另外也同樣支持郭必之認為該詞由「什麼」轉而「怎麼」的橋接階段,如日語的「どうしよう」與「どうして」分別可問「為什麼」和「怎麼辦」。

的記錄中也未見〔無乜點 VP〕，因此本文認為須排除〔無乜點 VP〕
→〔毋點 VP〕的可能。

另外，本文也針對「Neg＋NP」與「Neg＋VP」觀察了「早期粵
語文獻資料庫」和「早期粵語標註語料庫」，在一五七三筆語料中，
「無＋NP」和「毋＋VP」的分界清楚。這顯示此間應該不至於因否
定詞的混用，進而造成「毋點 VP」的出現；這點也和前述幾個南方
方言情況一致。

綜參以上的論辯，大致可得到幾點觀察，同時也可視為對本節開
頭幾個問題的初步回應。

1. 早期粵語僅存在〔無乜 XP〕，未見〔毋點 VP〕或〔無乜點
   VP〕，這套系統尚完整保留在馬來西亞的粵語之中。
2. 後起的〔毋點 VP〕與〔無乜點 VP〕是在晚近的一百多年間才
   形成的，且僅見於港澳粵語。
3. 新興構式的形成應該和早期粵語語法系統沒有關係，否則應在
   一百多年前形塑之初便已分家。

最後仍待回答的問題是，〔毋點 VP〕與〔無乜點 VP〕是如何進
入港澳粵語？何以這樣的現象卻未見於臺閩語、客語，甚至馬來西亞
粵語？對此，本文認為對於語言系統的轉變，背後因素不外乎內部和
外部兩種；然而，從上列幾段的討論中可知，就目前所掌握的資料來
看，內部因素恐怕無法成立，是以下列將是由外部因素方向著手探
查。

來自語言外部的影響因素一般不脫移民接觸，又或政策影響所
致，後者甚至可能透過媒體更全面與迅速的擴散。其實無論是哪一種
可能，背後的根本原因常是來自另一種系統的介入所致；若由系統區

分來看，同樣並存不同系統的北方漢語應是目前最有可能的來源，下列本文將進一步探索可能的影響方式。

若回頭審視〔毋點 VP〕與〔無乜點 VP〕進入港澳粵語的時間，大致是在晚近一百多年之間，而這段時間也正是港澳兩地大量接受來自中國大陸移民潮的階段。根據統計資料（包含：香港特別行政區政府統計處與香港中文大學中國研究服務中心的統計等）來看，香港大量接受原陸籍移民大致可分四個階段：一、一九四〇年代；二、一九六〇年代；三、一九七〇年代；四、一九八〇年代。這四個時期之中，變化最劇者應屬一九四五至一九七四年之間，在此前原香港人口僅七十至七十五萬人左右，但在一九四七年的統計則達一七〇至一七五萬人，相距一百萬人之譜；爾後幾次移民潮相加方及此數。至於澳門人口則是二戰期間移入人口最劇烈，徒增二十萬人以上，其中又香港與廣東等地最多（陳棟康 1986）。現今香港人口約百分之六十七為廣府民系（包括南番順、四邑、香山、東莞、粵西、廣西東部等），百分之二十三點五為閩系族群（包括廣東的潮汕民系和臨近的福建），百分之十為客家族群及其他方言區、國外人士。

另外根據程祥徽（2002）的研究，澳門在語言分布上，持漢語者占百分之九十七人口，其中有百分之八十七‧九為粵語使用者，福建話次之（4.4%），其他方言再次（3.1%），大陸普通話最末（1.6%）；然而由於經濟因素影響，粵語和大陸普通話雙語者占總人口百分之二十五點四。

若由上述人口變化來看，港澳兩地接受的移民多半仍以閩粵方言為主，若由 5.4.3 節的討論結果來看，「微量」構式理應傾向維持單系統的情況；因此本文認為這背後應有其他更強烈的因素影響「微量」構式系統的變化。

來自媒體的推播是另一個可能的影響因素，從一九九七年香港回

歸中國大陸以來，推行普通話便成為重要政策之一，更在二〇〇一年實行「中華人民共和國國家通用語言文字法」。該法內容包含國家廣電總局發布的《電影劇本（梗概）備案、電影片管理規定》，要求管理電影片的署名和字幕用字，甚至包含網路語言，人名用字，建築物命名，廣告用語用字，商品名稱、包裝、說明書等用字，病例、處方、體檢報告等用字，旅遊行業用語用字，民事裁判文書的用語用字等。

　　本文認為當媒體用語的編輯開始帶入大陸普通話的思考後，也可能在不同地方受到不同程度的影響。同時粵語在「無＋NP」和「毋＋VP」的使用上原已界限分明，某程度上也增加了和北方漢語系統在「微量」構式上對應的基礎。事實上，當本文訪查馬來西亞發音人過程中，曾問及能否接受〔毋點 VP〕或〔無乜點 VP〕，發音人一致提到這是港澳電視劇的用法，但他們自己不這麼說。無獨有偶地，類似的媒體影響也在臺閩語中發現，如第三章提到「VP-嗎」與「V-不-V」的興起便是明顯例子；至於何以臺灣閩客方言的「微量」構式未受到影響，或許還涉及其他原因，目前暫時無法深談。

　　或許有人會問，若由一九九七年起算至今方近二十年左右，是否可能造成深層語法的改變？對此本文認為，如果由構式的概念來看，可以將「微量」構式視為獨立記憶單位，一種需要被記誦的「錄位」，除無法以現有的規則推出，也可能是一種不規則的形式。如此也降低了該成分便和整體粵語語法系統的深沉關係，這麼一來，構式本身便同於一般詞彙容易受到影響而改變。

　　上述解釋也呼應前文所述，〔無啥物／麼介／乜 NP〕何以能在確立之後逐一推及「Neg＋VP」的領域，終成〔無啥物／麼介／乜 XP〕；至於北方漢語雖存在兩套系統，也可能是該系統的「不」較頑強所致，但作為一個無法由既有規則所推導出用法的構式則是一致

的。值得注意的是，本文未發現〔毋點乜 VP〕，顯示〔無乜點 VP〕
也是在原有的〔無乜 VP〕基礎上融合新興的〔毋點 VP〕疊架[33]而
成，這也可看出「微量」構式的獨立性，方能提供這樣的競爭條件，
使得兩種疑問代詞並列的特殊現象不致因為違反更深沉的語法系統而
出局。

綜上所述，本文認為港澳粵語在「微量」構式上的變化可能來自
移民和語言政策兩種因素，其中後者能發揮的影響力應是主要成因。

6.5　小結

南北方言系統於否定結構上的差異已在頭兩章有過介紹，本章則
藉由探討漢語「微量」構式〔Neg wh-word XP〕於南北方言的形成路
徑，探索不同系統對此間的影響，並觀察該現象背後與「無」的擴張
的連結。

本文先以臺閩語為對象，探索「微量」構式的的特殊性、語法定
位以及基本形成路徑。據本文研究結果顯示，初始時，詞組結構「無
＋啥物＋NP」經過重新分析，融合成〔無啥物 NP〕構式；爾後，另
外受到「Deg. Adv.＋verbal element」的類推，方進一步泛化成為〔無
啥物 XP〕。

接著，本文再對「微量」構式於南北方言系統的可能發展路徑進
行比較。首先，彼此相同處在於這類構式皆初成於否定存在的否定詞
「無」和「沒」；然而，有別於南方漢語（如閩南語、客家語和粵

---

33 「疊架」一詞最早由王海棻（1991）提出，用以指涉將意義相同或相類的兩個詞或
　　格式（分別標示為A、B）重合交疊使用，或構成一種不完全相同於「A＋B」的新
　　格式，或為「A＋B」的並列聯立格式（均用 A、B標示）。語義上類似疊床架屋，
　　並以之稱呼體現該現象的語言形式。

語）皆為單一系統，即〔無 what XP〕，北方漢語則分成雙系統：〔沒什麼 NP〕與〔不怎麼 VP〕。

更進一步來說，之所以造成上述方言類型上的差異，根據第二、三兩章的觀察結果來看，其實可歸因於否定結構的變遷方向不同所致。由於「無」與「未」在北方系統已併入「沒」，但該詞和「不」之間的界線相當嚴明，其結果形成了兩種「微量」構式系統；反之，「無」在南方系統走強且擴張其功能，除了壓縮「m」與「未」的分布外，也影響了相關成分的發展。「m」於南方漢語較弱勢，因此無法擋住「無」的平整化；反觀北方漢語之中，由於「不」為強勢否定詞，不僅擋下了平整化，並接手生成〔不怎麼 VP〕。

若由結構變遷的效應來看，上述變化正反映了 1.2.1 節中圖四的情況：當抽象成分 A 進入在甲與乙方言之後，很可能受到不同方言語法結構影響，致使該成分最後分別發展成 A'與 A"。

最後，上述南方方言應屬於單一系統的觀點，在港澳粵語上受到挑戰，根據本文觀察發現，該地區存在：〔無乜 NP〕、〔毋點 VP〕與〔無乜點 VP〕三套系統。然而，十九世紀末至二十世紀初期的文獻中，本文僅發現〔無乜 XP〕存在，這點和屬於移民語言的馬來西亞粵語相一致。

對此，本文認為應是港澳一地於回歸中國大陸後，在強勢語言政策驅使下，受到北方漢語的雙系統影響，進而產生〔毋點 VP〕；甚至是以原本〔無乜 VP〕為基底，加入〔毋點 VP〕疊架而成的〔無乜點 VP〕，皆是值得未來進一步注意的現象。

第七章
結論

　　誠如本文開頭所述，語言是一個變動不羈的結構體，受到不同層面的影響，除了會造成結構成分的變遷外，也可能引發後續效應，即：相關系統一併發生調整，而這背後也都涉及認知心理的運作。

　　本文便是以上述精神為基礎，探索閩南語否定系統的變遷（主要觀察對象是口語常見否定詞「m」、「無」和「未」）以及相關效應，並輔以北方漢語的觀察，適時為觀察到的現象提供更具整體性的詮釋。

　　由於來自原始閩語的「m」受到雙方言制影響，使得閩南語的系統出現不穩定的狀態，這也讓讀作/bo⁵/的「無」有機會取而代之，並擴大了其在閩南語中的功能。此外，「無」也因為方便與「有 V」對舉的影響，進而在否定合成完成體上擴張其占有率。

　　上述變化確實已破壞了臺閩語原有的三分否定格局，影響了運作的平衡性，對此，本文分別在一、「VP-Neg」；二、合成完成體系統；三、「微量」構式上發現了相關的效應。

　　首先，「VP-m／無」的混用造成原由「VP-m」承擔的功能出缺，以致破壞語法系統的平衡，為彌補該缺口，便以借自國語的「V-m-V」與「VP-嗎」分別成為新的正反和是非問句形式，整體可歸做下圖十六與圖十七：

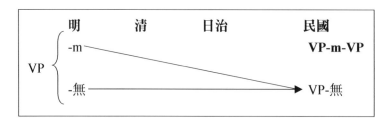

圖十六　正反問句「VP-m／無」的混用及效應

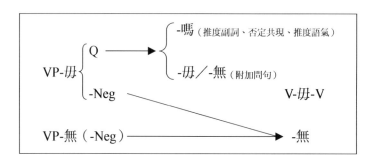

圖十七　臺閩語「VP-m$_{Neg/Q}$」的演變與效應

　　事實上，類似情況也可見於正反問句在北方漢語的發展之中，這除了呼應整體漢語發展趨勢外，更重要的是，這背後反映了語言的普遍性原則，意即：當 A 被 B 所整併後，在 B 同時負擔兩種功能情形下，因與「象似性」相牴觸，此時兼顧為表達需要與結構平衡性，可能會引進相應的新成分（或表達方式），成分 C，並開啟下一段的結構調整。除此之外，本文也從認知角度對以上現象提出詮釋；我們認為因「VP-m」弱化而融入臺閩語的幾個新興形式，背後觸動原因都不脫成分象似原則與類推機制的運作。

　　結構的變遷也可能造成兩個以上的成分競爭同一個功能 F 的情況，其結果除了強勢方吞併弱勢方之外，也可能在參與競爭者之間找到另一種新的分用態勢，使兩者各得其所，「無」在合成完成體系統

的擴張正是如此。

　　首先，本文認為受到詮釋者主觀性影響，合成完成體在閩南語中尚能分成：「沒有 V」、「從沒有 V」和「還沒有 V」等用法，並依此建構三個具體模型，分陳如下：

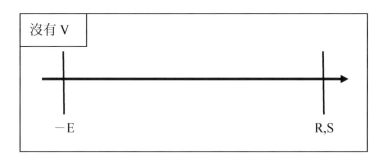

圖十八　「沒有 V」的認知視角

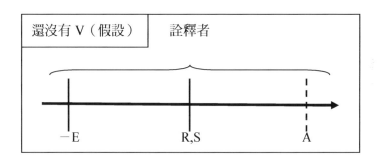

圖十九　「還沒有 V」的認知視角

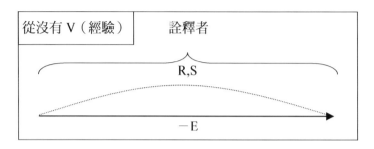

圖二十　「從沒有 V」的認知視角

　　若就以上用法又可依主觀性強弱分成顯性和隱性兩種用法，後兩者主觀性較強，隱性用法雖比較客觀，但須在顯性用法較弱時才得以顯現。本文也整理上述各用法於《荔鏡記》的分布，歸做表五十二：

表五十二　各次語義的誘發因素

	感知度	誘發因素
「從沒有 V」 強調經驗	顯性	1. 包含時間段訊息 2. 或全稱量化副詞 3. 或經驗體標記
「還沒有 V」 強調假設		由語境引導未來時點作參考時間依據 （來自詮釋者基於一般經驗所做的假設）
「沒有 V」	隱性	除上述兩類之外的其他語境

　　根據統計結果顯示，我們發現「m」、「無」和「未」在明清時期都以「沒有 V」為主要或次要用法；但隨著「無」在該次功能的擴張，進而擠壓了「m」與「未」的空間。從統計數據的觀察可知，後兩者分別將重點功能轉向「從沒有 V」（即「m」）與「還沒有 V」（即「未」），以上正體現上文提到的「分用」模式，也可視為結構變遷帶來的效應，背後同樣是受到象似原則的一種體現。

　　無獨有偶地，前述效應也反映在「m」與「未」在「Neg＋經驗體標記」格式的競爭上，甚至還涉及了北方系統的介入。經觀察發現，無論南北方言在該格式上都受到「不（或「m」）」系較強勢的影響，使得與之競爭的「未」系或「沒」系發生變化。不同的是，「未」系在閩南方言是轉作「還沒有 V」功能，這背後也可回溯上一段提到的效應，該詞應是在這雙重因素下進而發生以上改變。

　　最後，1.2.1 節曾提到，某抽象成分 A 在不同方言中將具體落實成相異的狀態，意即：當抽象成分 A 進入在甲與乙方言之後，很可能受到不同方言語法結構影響，致使該成分最後分別發展成 A'與 A"；我們發現該現象體現在「微量」構式在共同語和閩南語的對應之中。

　　本文比較了「微量」構式於南北方言系統的可能發展路徑，相同處在於這類構式皆初成於否定存在的否定詞「無」和「沒」；然而，有別於南方漢語（如閩南語、客家語和粵語）皆為單一系統，即〔無 what XP〕，北方漢語則分成雙系統：〔沒什麼 NP〕與〔不怎麼 VP〕。

　　之所以造成上述方言類型上的差異，可歸因於否定結構的變遷方向不同所致。由於「無」與「未」在北方系統已併入「沒」，但該詞和「不」之間的界線相當嚴明，其結果形成了兩種「微量」構式系統；反之，「無」在南方系統走強且擴張其功能，除了壓縮「m」與「未」的分布外，也影響了相關成分的發展。「m」於南方漢語較弱勢，因此無法擋住「無」的平整化；反觀北方漢語之中，由於「不」為強勢否定詞，不僅擋下了平整化，並接手生成〔不怎麼 VP〕。

　　至於我們在港澳粵語上看到的矛盾，本文認為應是港澳一地於回歸中國大陸後，受強勢語言政策驅使所致，但同樣體現不同方言語法對同一構式產生了相異的影響。

參考文獻

丁邦新　〈吳語中的閩語成分〉　《中央研究院歷史語言研究所集刊》第 59 卷第 1 期　1988 年　頁 13-22

丁邦新　〈重建漢語中古音系的一些想法〉　《中國語文》第 6 卷　1995 年　頁 414-419

丁聲樹　〈釋否定詞「弗」、「不」〉　《慶祝蔡元培先生六十五歲論文集》（下冊）　《歷史語言研究所集刊外編第一種》　北平市　中央研究院歷史語言學研究所　1933 年　頁 967-996

大西克也　〈論「毋」「無」〉　《古漢語研究》第 4 期　1989 年　頁 36-45

于嗣宜　《福州話否定詞：形態句法與語義的研究》　清華大學碩士論文　2003 年

王　力　《漢語史稿》　北京市　中華書局　2004（1958）年

王　力　《古代漢語》　北京市　中華書局　1964 年

王本瑛、連金發　〈臺灣閩南語中的反覆問句〉　曹逢甫、蔡美慧編《臺灣閩南語論文集》　臺北市　文鶴出版社　1995 年　頁 7-69

王　亭　《《國語》否定詞研究》　廣州市　暨南大學碩士論文　2007 年

王海棻　〈六朝以後漢語疊架現象舉例〉　《中國語文》第 5 期　1991 年　頁 366-373

王　琴　《「X 不 X」正反問句生成、演化與語用認知研究》　上海市　上海師範大學博士論文　2013 年

太田辰夫　〈「什麼」考〉　《神戶外大論叢》第 19 卷第 3 期　1968
　　　年　頁 9-26

太田辰夫　《漢語史通考》　重慶市　重慶出版社　1991（1988）年

太田辰夫　《中國語歷史文法》　北京市　北京大學出版社夫　2003
　　　（1987）年

木津祐子　〈琉球編纂の官話課本に見る「未曾」「不曾」「沒有」—
　　　その課本間差異が意味すること〉　《中國語學》第 251 期
　　　2004 年　頁 34-56

日野資成　《形式語の研究—文法化の理論と応用—》　福岡市　九
　　　州大学出版会　2001 年

史佩信、楊玉玲、韓永利　〈試論比字句的形成及其與先秦兩漢有關
　　　句式的淵源關係兼論「詞彙興替」〉　《中國語文》第 2 期
　　　2006 年　頁 142-150

申厚坤　〈語料庫語言學及其應用〉　《哈爾濱學院學報》第 4 期
　　　2005 年　頁 121-125

石毓智、李訥　〈十五世紀前後句法變化與現代漢語否定標記系統的
　　　形成——否定標記「沒（有）」產生的句法背景及其語法化
　　　過程〉　《語言研究》第 2 期　2001 年　頁 39-62

石毓智、李訥　《漢語語法化的歷程——形態句法發展的動因和機
　　　制》　北京市　北京大學出版社　2004 年

石毓智　〈漢語發展史上的雙音化趨勢和動補結構的誕生——語音變
　　　化對語法發展的影響〉　《語言研究》第 1 期　2002 年
　　　頁 1-14

刑公畹　〈《論語》中的否定詞系〉　收錄於刑公畹（1983）《語言論
　　　集》　北京市　商務印書館　1983 年　頁 65-79

朱歧祥　《殷墟卜辭句法論稿——對貞卜辭句型變異研究》　臺北市　臺灣學生書局　1990 年

朱德熙　〈漢語方言裡的兩種反覆問句〉　《中國語文》第 1 期　1985 年　頁 10-19

朱德熙　〈"V-neg-VO"與"VO-neg-V"兩種反覆問句在漢語方言裡的分布〉　《中國語文》第 5 期　1991 年　頁 321-332

竹越孝　〈詞彙興替與致約〉　《神戶外大論叢》第 64 卷第 4 期　2014 年　頁 7-20

江藍生　〈語法化程度的語音表現〉　2005（1999）年　吳福祥編《漢語語法化研究》　北京市　商務印書館　頁 90-100

江藍生　〈同謂雙小句的省略與句法創新〉　《中國語文》第 6 期　2007 年　頁 483-493

何大安　《規律與方向：變遷中的音韻結構》　臺北市　中央研究院歷史語言所　1988 年

何莫邪　〈馬王堆漢帛書中的「弗」〉　《古漢語研究》第 4 期　1992 年　頁 28-39

何樂士　〈《左傳》否定副詞「不」、「弗」的比較〉　《第一屆國際先秦漢語語法研討論論文集》　長沙市　岳麓書社　1994 年　頁 93-133

李子玲、柯彼德　〈新加坡潮州方言中的三種正反問句〉　《語言研究》第 2 期　1996 年　頁 65-73

李正民　《韓籍學習者習得現代漢語否定詞「不」與「沒（有）」之研究》　臺北市　臺灣師範大學碩士論文　2008 年

李佐豐　《古代漢語語法學》　北京市　商務印書館　2005 年

李如龍　〈廣州話常用詞裡的幾種字音變讀〉　詹伯慧編　《第五屆國際粵方言研討會論文集》　廣州市　暨南大學出版社　1997 年　頁 19-22

李如龍　〈閩南方言的否定詞和否定式〉　《中國語文研究》第 2 期　2003 年　頁 24-34

李明曉　《戰國楚簡語法研究》　武漢市　武漢大學出版社　2010年

李書超　《漢語反復問句的歷時研究》　武漢市　武漢大學博士學位論文　2013 年

李新魁　〈廣東閩方言形成的歷史過程〉　《廣東社會科學》第 3 期　1987 年　頁 119-124

李嘉慧　《臺灣閩南語故事集研究》　臺北市　臺北市立師範學院碩士學位論文　2001 年

李　櫻　〈漢語研究中的語用面向〉　《漢學研究》第 18 期　2000年　頁 323-356

李　櫻　〈語意與語用的互動〉　《臺灣語文研究》（慶祝曹逢甫教授華誕專號）第 1 卷第 1 期　2003 年　頁 169-183

志村良治　〈「什麼」の成立──中古中国語における疑問代詞の系譜〉　《東北大学文学部研究年報》第 18 期　1968 年　頁 174-220

志村良治　江藍生、白維國譯　《中國中世語法史研究》　北京市　中華書局　1994（1984）年

宋金蘭　〈論反復問句 A 不 A 產生的年代〉　《青海師專學報》第 1 期　1996 年　頁 34-39

呂叔湘　〈論毋與勿〉　《漢語語法論文集》　北京市　科學出版社　1955 年　頁 12-35

呂叔湘　《近代漢語指代詞》　上海市　學林出版社　1985 年

呂叔湘編　《現代漢語八百詞》　北京市　商務印書館　1999（1980）年

忻愛莉　《臺灣閩南語情態研究》　北京市　清華大學博士論文 1999 年

沈　培　《殷墟甲骨卜辭語序研究》　臺北市　文津出版社　1992 年

沈家煊　〈句法的象似性問題〉　《外語教學與研究》第 1 期　1993 年　頁 2-8

沈家煊　〈語言的「主觀性」和「主觀化」〉　《外語教學與研究》第 4 期　2001 年　頁 268-275

巫雪如　《先秦情態動詞研究》　臺灣大學博士論文　2012 年

余靄芹　〈漢語方言語法的比較研究〉　《中央研究院歷史語言研究所專刊》第 59 卷第 1 期　1988 年　頁 23-41

余靄芹　〈廣東開平方言的中性問句〉　《中國語文》第 4 期　1992 年　頁 279-286

東方孝義　《臺日新辭書》　臺北市　臺灣警察協會　1931 年

孟昭連　〈《金瓶梅》方言研究及其他〉　《南開學報》（哲學社會科學版）第 1 期　2005 年　頁 43-52

吳守禮　〈金花女、蘇六娘潮州戲文研究〉　收錄於婁子匡邊《國立北京大學中國民俗學會民俗叢書》第 4 輯　第 79、80 卷　臺北市　東方文化供應社　1972 年

吳守禮　《明嘉靖刊荔鏡記戲文校理》　臺北市　從宜出版社 2001a 年

吳守禮　《明萬曆刊荔枝記戲文校理》　臺北市　從宜出版社 2001b 年

吳守禮　《明順治刊荔枝記戲文校理》　臺北市　從宜出版社 2001c 年

吳守禮　《明光緒刊荔枝記戲文校理》　臺北市　從宜出版社 2001d 年

吳守禮　《明萬曆刊金花女戲文校理》　臺北市　從宜出版社　2002a 年

吳守禮　《明萬曆刊蘇六娘戲文校理》　臺北市　從宜出版社　2002b 年

吳為善　〈雙音化、語法化和韻律詞的再分析〉　《漢語學習》第 2 期　2003 年　頁 8-14

吳福祥　〈從「VP-neg」是反復問句的分化談語氣詞「麼」的產生〉　《中國語文》第 1 期　1997 年　頁 44-54

吳繢雯　《閩南語否定詞的一致性分析》　新竹市　交通大學碩士論文　2008 年

周生亞　〈否定副詞「非」及其否定的結構形式〉　郭錫良編《古漢語語法論集》　1998 年　頁 171-187

周法高　〈中國語法札記〉　《中央研究院歷史語言研究所集刊》第 24 期　1953 年　頁 197-281

周法高　〈論上古漢中語的繫詞〉　《中央研究院歷史語言研究所集刊》第 59 卷第 1 期　1988 年　頁 89-113

周彥妤　《臺南地區閩南語中性問句變異研究》　新竹教育大學碩士論文　2011 年

周嘉莅　《現代漢語「不」和「沒」之漢泰對比分析與教學活動設計》　臺灣師範大學碩士論文　2011 年

邱坤良　《陳澄三與拱樂社：臺灣戲劇史的一個研究個案》　臺北市　國立傳統藝術中心籌備處　2001 年

林信璋　《新竹閩南語中性問句變異研究》　新竹教育大學碩士論文　2011 年

林若望　〈論現代漢語的時制意義〉　《語言暨語言學》第 3 卷第 1 期　2002 年　頁 1-25

林倫倫　〈潮汕方言的虛詞及其語法特點〉　《汕頭大學學報》第 8
卷 1 期　1992 年　頁 53-61

林嫻一　《閩南語微量構式的形成和語意句法特徵──以一點（仔）
為例》　新竹市　清華大學碩士論文　2016 年

胡文彬　〈古典小說的方言研究述論──兼談《紅樓夢》方言研究與
校勘中兩種值得思考的傾向〉　《遼東學院學報》第 11 卷
第 2 期　2009 年　頁 99-109

胡明揚　胡竹安、楊耐思、蔣紹愚編　〈近代漢語的上下限和分期問
題〉　《近代漢語研究》　北京市　商務印書館　1992 年
頁 3-12

胡萬川、康原、陳益源編　《彰化縣民間文學集 17》　彰化市　彰
化縣文化局　2002 年

泉州地方戲曲研究社編　《荔鏡記荔枝記四種：第 3 種清代道光刊本
〈荔枝記〉書影及校訂本》　泉州市　中國戲劇出版社
2010 年

俞光中與植田均　《近代漢語語法研究》　上海市　學林出版社
1999 年

施其生　〈閩南方言中性問句的類型及其變化〉　2000 年　丁邦新、
余靄芹編　《語言變化與漢語方言：李方桂先生紀念論文
集》　臺北市　中央研究院　西雅圖　華盛頓大學　頁 299-
318

施其生　〈臺中方言的中性問句〉　《語文研究》第 3 卷　2008 年
頁 56-59

洪惟仁　〈漳州詔安縣的語言分佈〉　《臺灣語文研究》第 6 卷第 1
期　2011 年　頁 1-14

高名凱　《漢語語法論》　北京市　商務印書館　1986（1948）年

姚孝遂、肖丁　《小屯南地甲骨考釋》　北京市　中華書局　1985 年

徐時儀　〈否定詞「沒」「沒有」的來源和語法化過程〉　《湖洲師
　　範學院學報》　第 25 卷 1 期　2003 年　頁 1-6

秦嘉嫄、蘇碩斌　〈消失為重生：試論戰後「拱樂社」歌仔戲及其劇
　　本創作〉　《戲劇學刊》第 11 期　2010 年　頁 227-250

涂文欽　〈粵籍移民在彰化縣的分佈及其語言特色〉　「第 6 次語言
　　文化分佈與族群遷徙工作坊」宣讀論文　臺中市　臺中教育
　　大學　2010 年

郭必之　〈粵方言與古江東方言的連繫——從魚虞的分合談起〉　第
　　八屆國際粵方言研討會宣讀論文　2001 年

郭必之　〈香港粵語疑問代詞「點 [tim35]」的來源〉　《語言學論
　　叢》第 27 期　2003 年　頁 69-78

郭必之　〈語言接觸誘發語法化的實例——論畬語三個補語標記的來
　　源和分工〉　《語言暨語言學》第 10 卷第 1 期　2009 年
　　頁 59-92

郭維茹　〈今文《尚書》「惟」字分裂句初探〉　《臺大文史哲學
　　報》第 85 期　2016 年　頁 135-174

郭錫良　〈先秦語氣詞新探（一）〉　《古漢語研究》第 1 期　1988
　　年　頁 50-55

郭錫良　〈先秦語氣詞新探（二）〉　《古漢語研究》第 1 期　1989
　　年　頁 74-82

梁啟超　《佛學研究十八篇》　臺北市　中華書局　1956 年

梁淑慧　《早期 kap 日治時期教會臺語書面語語體特點研究》　新竹
　　市　新竹教育大學博士論文　2015 年

連金發　〈臺灣共同語的詞彙重整〉　語言研究視野的拓展國際研討
　　會宣讀論文　上海市　上海師範大學　2008 年

連金發　〈十六世紀西班牙文獻「基督要理」探索：從語言使用入手〉　清華大學季風亞洲與多元文化系列討論會演講稿　新竹市　清華大學　2010 年

連金發　〈「物」系疑問代詞「什麼」的演變：語法化的動因及歷程〉　日本中現代漢語學會第 62 回全國大會宣讀論文　2012 年

連金發　〈臺灣閩南語情態詞的否定類型探索〉　《語言暨語言學》第 14 卷第 2 期　2013 年　頁 213-239

連金發　〈明清時期荔鏡／荔枝記閩南方言指示詞的演變：從指示詞到程度加強副詞或篇章標記〉　鄭秋豫編《第四屆國際漢學會議論文集：語言資訊和語言類型》　臺北市　中央研究院　2014a 年　頁 129-150

連金發　〈「物」系疑問代詞的演變：動因、歷程、層次〉　何志華、馮勝利編　《承繼與拓新：漢語語言文字學研究》　香港　商務印書館　2014b 年　頁 97-112

連金發　〈現代閩南語「無」的多重功能：從階層結構入手〉　《語言暨語言學》第 16 卷第 2 期　2015 年　頁 169-186

連金發　〈閩南語「免」bian^2 的用法初探（The Uses of Bian^2 in Southern Min）〉　*Bulletin of Chinese Linguistics* 第 9 卷第 1 期　2016 年　頁 58- 66

陳　垣　《史諱舉例》　北京市　中華書局　1956 年

陳夢家　《殷墟卜辭綜述》　北京市　中華書局　1988（1956）年

陳澤平　〈福州話的否定詞與反復疑問句〉　《方言》第 1 期　1998 年　頁 63-70

孫錫信　《漢語歷史語法要略》　上海市　復旦大學出版社　1992 年

曹逢甫　〈臺灣閩南語中與時貌有關的詞語「有」、「ø」和「啊」試析〉　《清華學報》第 28 卷第 3 期　1998 年　頁 299-334

曹逢甫　〈語法化輪迴的研究──以漢語鼻音尾／鼻化小稱詞為例〉
　　　　第二屆語言學研究方法研討會宣讀論文　臺北市　政治大學
　　　　2004 年

曹逢甫　〈語法化輪迴的研究──以漢語鼻音尾／鼻化小稱詞為例〉
　　　　《漢語學報》第 2 期　2006 年　頁 2-15

曹逢甫　〈基於社會語言學觀點談臺灣語文教育政策史〉　政治大學
　　　　華語文教學碩士學位學程課程講義

曹逢甫　〈臺灣閩南語共同腔的浮現：語言學與社會語言學的探討〉
　　　　《語言暨語言學》第 14 卷第 2 期　2013 年　頁 457-484

張玉金　《甲骨文虛詞詞典》　北京市　中華書局　1994 年

張玉金　《甲骨文語法學》　上海市　學林出版社　2001 年

張玉金　〈出土戰國文獻中的否定副詞「未」〉　《語言研究》第 33
　　　　卷第 1 期　2013 年　頁 32-40

張亞如　〈先秦否定詞研究〉　孫力平編《語言研究論叢》第 8 輯
　　　　1999 年　頁 22-28

張　訓　〈西遊記和海州方言〉　《明清小說研究》第 3 期　1993
　　　　年　頁 146-152

張　敏　《漢語方言反復問句的類型學研究：共時分布及其歷時蘊
　　　　含》　北京市　北京大學博士論文　1990 年

張國豔　《〈居延漢簡〉虛詞研究》　上海市　華東師範大學博士論
　　　　文　2005 年

張　華　《〈左傳〉否定詞「非」「未」「勿」「毋」「弗」「不」研究》
　　　　哈爾濱市　黑龍江大學碩士論文　2003 年

張泰源　《漢語動貌體系研究》　臺北市　臺灣大學博士論文　1993
　　　　年

張惠英　〈廣州方言詞考釋〉　《方言》第 2 期　1990 年　頁 135-
　　　　143　第 4 期　頁 298-306

張　羣、連金發、王小梅　〈現代閩南語疑問代詞「啥物」Siann² Mih⁴的非疑問用法〉　第十一屆閩方言國際學術研討會宣讀論文　2010 年

張誼生　〈論與漢語副詞相關的虛化機制——兼論現代漢語副詞的性質、分類與範圍〉　《中國語文》第 1 期　2000 年　頁 3-15

張靜芬　〈《汕頭話讀本》中的兩類中性問句的句末標記〉　《清華學報》第 45 卷第 3 期　2015 年　頁 487-517

張麗麗　〈動詞複合與象似性〉　《語言暨語言學》第 4 卷第 1 期　2003 年　頁 1-27

梅祖麟　〈現代漢語選擇文句法的來源〉　《中央研究院歷史語言研究所集刊》第 49 卷第 1 期　1978 年　頁 15-36

梅祖麟　〈現代漢語完成貌句式和詞尾的來源〉　《語言研究》第 1 卷　1981 年　頁 65-77

梅祖麟　〈南北朝的江東方言和現代方言〉　國際中國語言學學會第 2 屆年會（ICCL-2）宣讀論文　巴黎市　the Minstére de la Recherche et de l'Espace　1993 年

梅祖麟　〈唐代、宋代共同語的語法和現代方言的語法〉　收錄於梅祖麟（2000）《梅祖麟語言學論文集》　1994 年　北京市　商務印書館　頁 247-285

梅祖麟　〈《朱子語類》和休寧話的完成態「著」字〉　《語言學論叢》第 20 期　1998 年　頁 69-98

梅祖麟　〈現代吳語和「支脂魚虞，共為不韻」〉　《中國語文》第 1 期　2001 年　頁 3-15

梅祖麟　〈否定詞「不」「弗」在漢語方言裡的分布及其演變〉　《方言》第 1 期　2013 年　頁 1-10

梅　廣　《上古漢語語法綱要》　臺北市　三民書局　2015 年

章培恒　《百回本西遊記是否吳承恩所作》　《復旦學報》（社會科
　　　　學版）第 4 期　1986 年　頁 95-103

彭利貞　《現代漢語情態研究》　北京市　中國社會科學出版社
　　　　2007 年

馮　青　〈《朱子語類》的方言成分及其地域分析〉　《福建江夏學
　　　　院學報》第 4 卷第 6 期　2014 年　頁 78-86

黃正德　〈漢語正反問句的模組語法〉　《中國語文》第 4 期　1988
　　　　年　頁 679-704

黃伯榮編　《漢語方言語法類編》　青島市　青島出版社　1991 年

黃景欣　〈秦漢以前古漢語中的否定詞「弗」「不」研究〉　《語言
　　　　研究》第 3 期　1958 年　頁 1-23

植田均　〈近代漢語所見否定副詞〉　大河內康憲編《日本近、現代
　　　　漢語研究論文選》　北京市　北京語言學院　1993 年　頁
　　　　52-81

博良勛　〈助詞的研究──助詞所表的神情和用法〉　《或問》第
　　　　14 期　2008 年　頁 209-241

程祥徽　〈澳門社會的語言生活〉　《語文研究》第 1 期　2002 年
　　　　頁 22-26

程　凱　〈漢語是非疑問句的生成解釋〉　《現代外語》第 24 卷第
　　　　4 期　2001 年　頁 331-340

曾憲通　〈明本潮州戲文所見潮州方言述略〉　《方言》第 1 卷
　　　　1991 年　頁 10-29

曾憲通　〈明本潮州戲文疑難字試釋〉　《方言》第 2 期　1992a 年
　　　　頁 138-144

曾憲通　〈明本潮州戲文所見潮州方言綴述〉　梁東漢、林倫倫、朱

永鍇編《第二屆閩方言學術研討會論文集》 廣州市 暨南大學出版社 1992b 年 頁 172-186

詹伯慧、張日昇、甘於恩 《珠江三角洲方言詞匯對照》 香港 新世紀出版社 1988 年

趙恩挺 《廣州話百年來的詞彙變遷——以 J.Dyer Ball 的廣州話教科書為線索》 臺北市 臺灣師範大學博士論文 2003 年

趙 新 〈論「V-neg」式反復問句的分化演變〉 《湖北教育學院學報（哲社版）》第 11 卷第 1 期 1994 年 頁 79-86

趙靜雅、連金發 〈在《荔鏡記》的感嘆與疑問之間〉 《中現代漢語言學集刊》第 3 卷第 2 期 2009 年 頁 45-68

董同龢 〈四個閩南方言〉 《中央研究院歷史語言研究所集刊》第 30 卷第 2 期 1960 年 頁 729-1042

董秀芳 《詞匯化：漢語雙音詞的衍生和發展》（修訂版） 北京市 商務印書館 2011 年

楊伯峻 《春秋左傳注》（修訂本） 臺北市 洪葉文化事業公司 1993 年

楊秀芳 〈論「別」的形態變化及語法化〉 《清華中文學報》第 11 期 2014 年 頁 5-55

楊逢彬 《殷墟甲骨刻辭詞類研究》 廣州市 花城出版社 2003 年

楊敬宇 《清末粵方言語法及其發展研究》 廣州市 廣東人民出版社 2006 年

楊聯陞 〈漢語否定詞雜談〉 《清華學報》第 9 卷第 1 期 1971 年 頁 160-191

楊榮祥 〈近代漢語否定副詞及相關語法現象略論〉 《語言研究》第 1 期 1999 年 頁 20-28

楊馥菱　《臺閩歌仔戲之比較研究》　臺北市　學海出版社　2001 年

溫昌衍　〈客家話否定詞「口盲」小考〉　《嘉應大學學報》（哲學社會科）第 21 卷第 2 期　2003 年　頁 114-116

遇笑容、曹廣順　〈中古漢語中的「VP 不」式疑問句〉　紀念王力先生百年誕辰學術論文及編輯委員會編　《紀念王力先生百年誕辰學術論文集》　北京市　商務印書館　2002 年　頁 55-66

葉瑞娟　〈論客家話「好 X」格式的語法化和主觀化〉　《清華學報》第 42 卷 3 期　2012 年　頁 527-565

裘錫圭　〈談談古文字資料對古漢語研究的重要性〉　《中國語文》第 6 期　1979 年　頁 437-442

潘允中　《漢語語法史概要》　鄭州市　中州書畫社　1982 年

鄧守信　〈漢語信息結構與教學〉　鄧守信教授專題演講稿　臺北市　臺大國際華語言究所　2011 年

葛佳才　〈否定副詞在東漢的混同兼用〉　《湛江師範學院學報》第 25 卷第 2 期　2004 年　頁 61-65

葛佳才　《東漢副詞系統研究》　長沙市　岳麓書社　2005 年

管燮初　《殷虛甲骨刻辭的語法研究》　北京市　中國科學院　1953 年

湯廷池　〈閩南語的是非問句語正反問句〉　《漢學研究》第 16 卷 2 期　1998 年　頁 173-195

蔡維天　〈一、二、三〉　《語言學論叢》第 26 輯　北京市　商務印書館　2002 年　頁 301-312

蔡維天　〈比較句法理論和漢語疑問量化結構研究〉　沈陽、馮勝利主編《當代語言學理論和漢語研究》　北京市　商務印書館　2008 年　頁 26-41

蔡維天　〈談漢語模態詞其分布與詮釋的對應關係〉　《中國語文》
　　　　第 336 期　2010 年　頁 208-221

蔡維天　〈從「這話從何說起？」說起〉　《語言學論叢》第 43 輯
　　　　北京市　商務印書館　2011 年　頁 194-208

蔣紹愚　《近代漢語研究概況》　北京市　北京大學出版社　2001
　　　　（1994）年

蔣冀騁　〈論近代漢語的上限〉（上）　《古漢語研究》第 4 期
　　　　1990 年　頁 68-75

蔣冀騁　〈論近代漢語的上限〉（下）　《古漢語研究》第 2 期
　　　　1991 年　頁 72-78

蔣冀騁　《近代漢語音韻研究》　長沙市　湖南師範大學出版社
　　　　1997 年

蔣冀騁、吳福祥　《近代漢語綱要》　長沙市　湖南教育出版社
　　　　1997 年

鄭再發　〈漢語音韻史的分期問題〉　《中央研究院歷史語言研究所
　　　　集刊》第 36 期　1966 年　頁 635-648

鄭雅方　《臺灣閩南語正反問句中否定助動詞的系統》　新竹市　清
　　　　華大學碩士論文　2007 年

鄭　縈　〈漢語「有」的語法化〉　《語文學報》第 11 期　2004 年
　　　　頁 163-202

劉子瑜　〈漢語反復問句的歷史發展〉　郭錫良編《古漢語語法論
　　　　集：第二屆國際古漢語語法研討會論文集選編》　北京市
　　　　語文出版社　1998 年　頁 566-582

劉丹青　〈粵語「先」、「添」虛實兩用的跨域投射解釋〉　曹廣順、
　　　　曹茜蕾、羅瑞、魏婷蘭編　《綜古述今鉤深取及》（下）
　　　　臺北市　中央研究院秘書組　2013 年　頁 951-970

劉月華、潘文娛、故韡 《實用現代漢語語法》 北京市 商務印書
　　館 2001 年

劉竹娟 《苗栗市四縣腔客家話中性問句研究》 新竹市 新竹教育
　　大學碩士論文 2012 年

劉秀雪 〈泉州腔閩南語的中性問句〉 《語言暨語言學》第 14 卷
　　第 2 期 頁 227-314

劉相臣、丁崇明 〈近百年現代漢語否定副詞研究述論〉 2014 年
　　《江西師範大學學報》第 47 卷第 6 期 2013 年 頁 91-100

劉勛寧 〈《祖堂集》反復問句的一項觀察〉 1998 年 收錄於劉勛
　　寧（1998）《現代漢語研究》 北京市 北京語言文化大學
　　出版社 頁 150-162

戴耀晶 《現代漢語時體系統研究》 杭州市 浙江教育出版社
　　1997 年

魏岫明 〈論福州方言的否定詞及正反問句〉 《臺大中文學報》第
　　7 期 1995 年 頁 253-280

魏培泉 〈東漢魏晉南北朝在語法史上的地位〉 《漢學研究》第
　　18 期（特刊） 2000 年 頁 199-230

魏培泉 〈「弗」、「勿」拼合說新證〉 《中央研究院歷史語言研究
　　所集刊》第 72 卷第 1 集 2001 年 頁 121-215

魏培泉 〈從否定詞到疑問助詞〉 《中國語言學集刊》第 1 卷第 2
　　集 2007 年 頁 23-57

魏培泉 〈古漢語時體標記的語序類型與演變〉 《語言暨語言學》
　　第 16 卷第 2 集 2015 年 頁 213-247

蕭啟慶 〈中國近世前期南北發展的歧異與統合──以南宋金元時期
　　的經濟社會文化為中心〉 《臺灣師大歷史學報》第 36 期
　　頁 1-30

羅傑瑞　〈建陽方言否定詞探源〉　《方言》第 1 期　1995 年　頁 31-32

羅　端　〈金文中「勿」跟「毋」兩個否定詞在用法上的區別〉 《中國境內語言暨語言學》第 1 期　1992 年　頁 323-332

蘭碧仙　〈從出土戰國文獻看「不」與「未」的異同〉　《中國石油 大學學報》(社會科學版)第 27 卷第 6 期　2011 年　頁 91-94

趙靜雅、連金發　〈在《荔鏡記》的感嘆與疑問之間〉　《中國語言 學集刊》第 3 卷第 2 期　2009 年　頁 45-68

蘇建唐、鄭縈　〈漢語情態詞「該」的語義演變研究〉　《東海中文 學報》第 27 期　2014 年　頁 133-166

蘇建唐　〈論《荔鏡記》中完成體否定詞「未」——兼論「未曾／不 曾」的競爭〉　《臺灣語文研究》第 11 卷第 1 期　2016a 年 頁 69-114

蘇建唐　〈論臺閩語「微量」構式〔無啥物 X〕——等級模式和語法 化〉　《清華學報》第 43 卷第 2 期　2016b 年　頁 359-404

蘇俐寧　《中文「不」與「沒」否定詞比較》　新竹市　玄奘大學碩 士論文　2010 年

Aldridge, Edith. 2011. Neg-to-Q: The Historical oringin and development of question particles in Chinese. The Linguitic Review 28.4: 411-477.

Bayer, Josef. 1984. COMP in Bavarian syntax, *The Linguistic Review* 3: 209-274.

Bolinger, Dwight. 1972. *Degree words*. The Hague: Mouton.

Boodberg, Peter A. 1937. Some proleptical remarks on the evolution of Archaic Chinese. *Harvard Journal of Asiatic Studies* 2:329-372.

Brinton, Laurel, and Elizabeth Closs Traugott. 2005. *Lexicalization and language change*. New York: Cambridge University Press.

Bybee, Joan, Revere. Perkins and William. Pagliuca. 1994. *The Evolution of grammar: tense, aspect, and modality in the languages of the world*. Chicago and London: The University of Chicago Press.

Bybee, Joan. 2002. Word frequency and context of use in the lexical diffusion of phonetically conditioned sound change, *Language Variation and Change* 14: 261-290.

Chafe, Wallace L. 1970. *Meaning and the structure of language*. Chicago: University of Chicago Press.

Cheng, Lisa Lai Shen. 1991. *On the Typology of Wh-question*. Cambridge: MIT dissertation.

Cheng, Lisa Lai Shen. 1995. On Dou-Quantification, *Journal of East Asian Linguistics* 3: 197-234.

Cheng, Lisa Lai Shen. and Johan Rooryck. 2000. Licensing wh-in-situ. *Syntax* 1:1-51.

Chomsky, Noam. 2005. On Phases. Papers in *Foundational Issues in Linguistic Theory: Essay in Honor of Jean-Roger Vergnaud*, ed. by R. Freidin, C. P. Otero and M. L. Zubizarreta,s., *Foundational*, 133-166.MIT Press, Cambridge, Mass.

Chou, Fa-Kao. 1986. Stages in the Development of the Chinese Language. Papers in *Chinese Linguistics and Epigraphy*, ed. by Fa-Kao Chou, 1-4. Hong Kong: The Chinese University Press.

Comrie, Bernard. 1976. *Aspect: an introduction to the study of verbal aspect and related problems*. New York: Cambridge University Press.

Croft, William. 2001. *Radical Construction Grammar: Syntactic Theory in Typological Perspective*. Oxford: Oxford University Press.

Croft, William. 2003. Lexical Rules vs. Constructions: A False Dichotomy. *Motivation in Language: Studies in Honour of Gunter Radden*, ed. by Hubert Cuyckens, Thomas Berg, René Dirven, and Klaus-Uwe Panther, 49-68. Amsterdam: John Benjamins.

Croft, William and D. Alan Cruse. 2004. *Cognitive Linguistics.* Cambridge: Cambridge University Press.

Crystal, David. 2008. *A Dictionary of Linguistics and Phonetics* (6th Edition). Malden, MA; Oxford: Blackwell Publishing.

Demieville, Paul. 1950. Archaïsmes de Prononciation en Chinois Vulgaire. *T'oung Pao* 40.1／3: 1-59.

Di Sciullo, Anna Maria and Edwin Williams. 1988. On the definition of word, *Language* 64.4: 766-770.

Dobson, W.A.C.H. 1966. Negation in Archaic Chinese. *Language* 42.2: 278-284.

Eleanor Rosch. 1978. Principles of Categorization. *Cognition and Categorization*, ed. By Eleanor Roach and Barbara B. Lloyd, 1-23. Lawrence Erlbaum Associates.

Faucoonier, Gilles. 1975a. Polarity and the scale principle. *Proceedings from the Main Session of the Chicago Linguistic Society's 11th Meeting* ed. by Robin E. Grossman, L. James San, Timothy J. Vance, 231-246. Chicago linguistic society.

Faucoonier, Gilles. 1975b. Pragmatic scales and logical structure. *Linguistic Inquiry* 6:353-375.

Fillmore, Charles J. 1982. Frame semantics. *Linguitics in the Morning*

Calm, ed. by the Linguistic Society of Korea, 111-137. Seoul：Hanshin.

Fillmore, Charles J., Paul Kay, and Catherine O'Connor. 1988. Regularity and Idiomaticity in Grammatical Constructions: The case of Let Alone. *Language* 64: 501-538.

Gábor, Györi. 2014. On the Primacy of Metonymic Construal in Lexicalization Processes. *Argumentum* 10: 301-311.

Gajewski, Jon R. 2011. Licensing strong NPIs. *Natural Lang Semantics* 19: 109-148.

Giannakidou, Anastasia. 2002. Licensing and Sensitivity in Polarity Items: from Downward Entailment to (Non) veridicality.*Proceedings from the Main Session of the Chicago Linguistic Society's 39th Meeting* ed. by J. Cihlar, A. Franklin, D. Kaiser, I. Kimbara, 1-25. Chicago Linguistic Society.

Goldberg, Adele E. 1995.*Constructions: A Construction Grammar Approach to Argument Structure*. Chicago: The University of Chicago.

Grice, Herbert Paul. 1975. Logic and Conversation. *Syntax and Semantics, vol. 3, Speech Acts,* ed. by Peter Cole and Jerry L. Morgan, 41-58. New York: Academic Press.

Haiman, John. 1980. The Iconicity of Grammar: Isomorphism and Motivation. *Language* 56: 515-540

Haiman, John. 1983. Iconic and Economic Motivation. *Language* 59.4: 781-819.

Haiman, John. 1985. *Natural Syntax*. Cambridge: Cambridge University Press

Halliday, Michael Alexander Kirkwood. 1970. Language structure and language function. *New Horizons in Linguistics* ed. by John Lyons, 140-165. Harmondsworth: Penguin.

Halliday, Michael Alexander Kirkwood. 1978. Language as Social Semiotic: The Social Interpretation of Language and Meaning. London: Arnold.

Halliday, Michael Alexander Kirkwood. 1994[1985]. An Introduction to Functional Grammar. Edward Arnold.

Harris, Alice and Lyle Campbell. 1995. *Historical Syntax in Cross-Linguisitics Perspective*. Cambridge: Cambridge University Press.

Heine, Bernd, Ulrike Claudi, and Friederike Hunnemeyer. 1991. *Grammaticalization: a conceptual framework*. Chicago: University of Chicago Press.

Heine, Bernd. 2002. On the role of context in grammaticalization. *New Reflections on Grammaticalization* ed. by Ilse Wischer and Gabriele Diewald, 83-101. Amsterdam; Philadelphia: John Benjamins Publishing Company.

Heine, Bernd, and Tania Kuteva. 2002. *World Lexicon of Grammaticalization*. Cambridge: Cambridge University Press.

Himmelmann, Nikolause P. 2004. Lexicalization and grammaticization: Opposite or orthogonal? *What Makes Grammaticalization? —A Look from its Fringes and its Components* ed. by Bisang, Walter, Himmelmann, Nikolause, and Wiemer, Björn, 21-42. Berlin: Mouton de Gruyter.

Hock, Hans H. 1991. Principles of Historical Linguistics, Mouton de Gruyter.

Hockett, Charles F. 1960. The Origin of Speech. *Scientific American* 203: 88-111.

Hopper, Paul J., Elizabeth Closs Traugott. 2003. *Grammaticalization*（2nd. edition）. Cambridge: Cambridge University Press.

Huang, Aijun. 2013. Insignificance is Significant: Interpretation of the *wh*-pronoun *shenme* 'what' in Mandarin Chinese. *Language and Linguistics* 14.1:1-45.

Huang, Cheng-Teh James. 1982. *Logical Relations in Chinese and the Theory of Grammar*. Cambridge: MIT dissertation.

Huang, Cheng-Teh James. 2003. The distribution of negative NPs and some typological correlates. *Functional structure(s), form and interpretation—Perspectives from East Asian languages* ed. by Yen-hui Audrey Li and Andrew Simpson, 262-280. London and New York: Routledge Curzon.

Israel, Michael. 2001. Minimizers, maximizers and the rhetoric of scalar reasoning. *Journal of Semantics* 18.4:297-331.

Jackendoff, Ray. 1997. Twistin' the night away. *Language* 73.534-59.

Jackendoff, Ray. 2002. *Foundations of Language*. Oxford: Oxford University Press.

Jayaseelan, K. A. 2001. Questions and question-word incorporating quantifiers in malayyalan. Syntax 4.2: 63-93.

Jayaseelan, K. A. 2008. Question particles and disjunction. Ms. EFL University.

Karlgren, Klass Bernhard Joharnnes. 1966[1916]. Etudes sur la phonologie chinoise. *Bulletin de l'Ecole française d'Extrême-Orient* 16.1: 61-73.

Kayne, Richard S. 1994. *The antisymmetry of syntax*. Cambridge, Mass.: MIT Press.

Kennedy, George Alexander. 1952. NEGATIVES IN CLASSICAL CHINESE. *Selected Works of George A. Kennedy*, ed. by Tien-yi Li, 119-134. New Haven: Far Eastern Publication. Yale University.

Klein, Wolfgang. 1994. *Time in Language*. London; New York: Routledge.

Klima, Edward. S. 1964. Negation in English. *The structure of language: readings in the philosophy of language*,ed. by Jerry Allen. Fodor and Jerrold J. Katz, 246-323. Englewood Cliffs, N.J.: Prentice-Hall.

Ladusaw, William Allen. 1980a. *Polarity sensitivity as inherent scope relations*. New York: Garland publishing company.

Ladusaw, William Allen. 1980b. On the notion affective in the analysis of negative polarity items. *Journal of Linguistic Research* 1:1-16.

Lakoff, George, and Mark Johnson. 1980. *Metaphor we live by*. Chicago: University of Chicago Press.

Langacker, Ronald W., Sytactic Reanalysis. 1977. Mechanisms of Syntactic Change. Paper presented at Symposium on the Mechanisms of Syntactic Change Conference. Santa Barbara: University of California.

Langacker, Ronald W. 1987. *Foundations of cognitive grammar*. Stanford, California: Stanford University Press.

Lehmann, Christian. 2002. New Reflections on Grammaticalization and Lexicalization. New Reflections on Grammaticalization. ed. by Wischer, Ilse, and Diewald, Gabriele, 1-18. Amsterdam; Philadelphia: John Benjamins Publishing Company.

Levinson, Stephen C. 1995. Three Levels of Meaning. *Grammar and Meaning: Essays in Honor of Sir John Lyons*, ed. by Frank Robert Palmer: 90-115. Cambridge: Cambridge University Press.

Li, Charles Na, and Sandra Annear Thompson. 1980. *Mandarin Chinese: a functional reference grammar*. Berkeley: University of California Press.

Li, Ying-Che. 1992. Aspects of Comparative Syntax Between Mandarin and Taiwanese: Use of Negatives in Question. *Proceedings of 3rd. International Symposium on Chinese Language and Linguistics.* ed. by Hsu. Samuel Wang , and Feng-fu Tsao, 437-448. Taiwan: National Tsing Hwa University.

Li, Yen-Hui Audrey. 1992. Indefinite Wh in Mandarin Chinese. *Journal of East Asian Linguistics* 2: 125-155.

Lien, Chinfa. 2015a. Formation of the Experiential Aspect Marker *Pat⁴* 識: Contact-induced Grammatical Change in Southern Min. *International Journal of Chinese Linguistics.* 2.2. 273-299.

Lien, Chinfa. 2015b. The condition and change of 共 vis-à-vis 合 in Southern Min with a sidelight on intra-dialectal variation. *Journal of Chinese Linguistics* 43.1, 1-33.

Lein, Chinfa. 2015c. Imperative Negatives in Earlier Southern Min and theier Later Development. *Faits de langues* 46.2, 187-200.

Lien, Chinfa. 2016a. The Uses of Bian² in Southern Min. Bulletin of Chinese Linguistics, 9.1, 58-66.

Lien, Chinfa. 2016b. MAK⁵ Kɛ⁴ 乜个 AND MAN³ NIN² 瞞人 IN HAKKA: A HISTORICAL AND TYPOLOGICAL PERSPECTIVE. *The Journal of Chinese Linguistics* 44.1, 86-108.

Lin, JO-WANG. 2003. TEMPERAL REFERENCE IN MANDARIN CHINESE, *Journal of East Asian Linguistics* 12, 259-311.

Lipka, Leonhard. 1992. Lexicalization and Institutionalization in English and German. Linguistica Pragensia 3.1: 1-13.

Lyons, John. 1995. Linguistic Semantics: An Introduction. Cambridge: Cambridge University Press.

Karlgren, Bernhard. 1934[1916]. *Word Families in Chinese*. Reprinted from the Bulletin of the Museum of Far Eastern Antiquities, no. 5.

Kennedy, George Alexander. 1951. *Selected Works of George A. Kennedy*, ed. by Tien-yi Li, 119-134. New Haven: Far Eastern Pubns. Yale University.

Marshman, Joshua. 2013[1814]. *Elements of Chinese grammar: with a preliminary dissertation on the characters, and the colloquial medium of the Chinese, and an appendix containing the Tahyoh of Confucius with a translation*. Cambridge: Cambridge University Press.

Maspero Henri. 1914. Sur quelques textes anciens de chinois parlé. Bulletin de l'Ecole *française d'Extrême-Orient* 14:1-36.

Matisoff, James A. 1991. Areal and universal Dimensions of grammaticalization in Lahu. *Approaches to grammaticalization, vol. 2*, ed. by Elizabeth Closs Traugott and Bernd Heine, 383-453. Amsterdam; Philadelphia: John Benjamins Publishing Company.

Martin, Haspelmath. 1997. *Indefinited Pronouns*. Oxford: Oxford University Press.

Miller, George A. 1956. The magical number seven, plus or minus two: some limits on our capacity for processing information. Psychological Review 63.2: 81-97.

Morris Halle and Alec Marantz. 1993. Distributed morphology and the pieces of inflection. *The view from building* 20, ed. by K. Hale and S. J. Keyser, 111-176. Cambridge, MA: The MIT Press.

Morris Halle and Alec Marantz. 1994. Some key features of distributed morphology, *MIT Working Papers in Linguistics* 21, ed. by A. Carnie and H. Harley, with T. Bures, 275-288. Cambridge, MA: The MIT Press.

Mulder, J.W.F.. 1959. On the Morphology of the Negatives in Archaic Chinese, T'oung Pao 47:251-280.

Norman, Jerry. 1970. A characterization of the Min dialects. *Chi-lin* 6.1:19-34.

Norman, Jerry. 1979. Chronological Strata in Min Dialects,《方言》4: 268-274.

Norman, Jerry. 1983. Some Ancient Chienese Dialect Words in the Min Dialects,《方言》3: 202-211.

Norman, Jerry. 1988. *Chinese*. Cambridge: Cambridge University Press.

Ogura Mieko and Wang William S-Y. 1996. Snowball Effect in Lexical Diffusion, *English Historical Linguistics*, ed. by Derek Britton, 119-141. John Benjamins Publishing Company Amsterdam／Philadelphia.

Palmer, Frank Robert. 2001[1986]. *Mood and Modality*. Cambridge; New York: Cambridge University Press.

Palmer, Frank Robert. 2003. Modality in English: theoretical, descriptive and typological issues. Modality in Contemporary English, ed. by Roberta Facchinetti, Manfred G. Krug & Frank R. Palmer, 1-17. Berlin & New York: Mouton de Gruyter.

Pearsall, Judy and Patrick Hank. 1998. *The New Oxford Dictionary of English*. London: Oxford University Press.

Peyraube, Alain. 2014. Has Chinese changed from a synthetic language into an analytic language? *Adaptation and Innovation—Research on Chinese Language and Script*, ed. by He Zhihua and Feng Shengli, 39-66. Hong Kong: Commercial Press.

Pulleyblank, Edwin George. 1959. Emphatic negatives in Classical Chinese, *Ancient China: Studies in Early Civilization*, ed. by David T. Roy and Tsuen-hsuin Tsien , 115-136. Hong Kong: The Chinese University Press.

Radford, Andrew. 1988. *Transformational grammar: a first course*. Cambridge; New York: Cambridge University Press.

Reichenbach, Hans. 1947. The Tenses of Verbs. *Element of Symbolic Logic*, ed. by Macmillan, 287-298. New York: Dover Publications.

Rhee, Seongha. 1996. Pragmatic Inference and Grammaticalization of Serial Verbs of Displacement in Korean. *Proceedings from the Main Session of the Berkeley Linguistics Society's 22th Meeting: General Session and Parasession on The Role of Learnability in Grammatical Theory* ed. by Jan Johnson, 328-339. Berkeley, Calif.: Berkeley Linguistics Society.

Richards, Marc D. 2007. On feature inheritance: An argument from the phase impenetrability condition. *Linguistic Inquiry* 38.3: 563-572.

Rizzi, Luigi. 1997.The Fine Structure of the Left Periphery. *Elements of Grammar* ed. by L.Haegeman, 281-337. Amsterdam: Kluwer.

Rubin, Edgar. 1915. Synsoplevede Figurer. Kibenhavn : Gyldendal.

Saussure, Ferdinand de. 2011. *Course in General Linguistics*, ed. by Perry

Meisel and Haun Saussy; English translation by Wade Baskin. New York: Columbia University Press.

Tai, James H-Y. 1985. Temporal sequence and Chinese word order. *Iconicity in Syntax*, ed. by John Haiman. Amsterdam and Philadelphia: John Benjamins.

Tang, Shou-Shin. 1992. Diversification and Unidaication of Negation in Taiwanese.《中國境內語言暨語言學》1：609-629.

Traugott, Elizabeth Closs. 1989. On the rise of epistemic meanings in English: an example of subjectification in semantic change. *Language* 64: 31-55.

Traugott, Elizabeth Closs. 1995. Subjectification in Grammaticalisation. *Subjectivity and Subjectivisation: Linguistic Perspectives* ed by Dieter Stein and Susan Wright, 31-54. Cambridge: Cambridge University Press.

Traugott, Elizabeth Closs. 1999. The role of pragmatics in a theory of semantic change, *Pragmatics in 1998: Selected Papers from the 6th International Pragmatics Conference, II* ed. by Jef Verschueren, 93-102. Antwerp: International Pragmatics Association.

Traugott, Elizabeth Closs and Richard B. Dasher. 2002. *Regularity in semantics Change*. Cambridge: Cambridge University Press.

Traugott, Elizabeth Closs. 2010. Revisiting Subjectification and Intersubjectification. Subjectification, Intersubjectification and Grammaticalozation, ed. by Kristin Davidse, Lieven Vandelanotte, and Hubert Cuyckens, 29-70. Berlin: De Gruyter Mouton.

Tsai, Wei-Tien Dylan. 1994. On Nominal Islands and LF Extraction in Chinese, *Language and Linguistic Theory* 12: 121-175.

Vendler, Zeno. 1967. *Linguistics and Philosophy*. Ithaca: Cornell University Press.

Ungerer, Friedrich and Hans-Jorg Schmid. 2006[1996]. An Introduction to Cognitive Linguistics (2nd edition). New York：Routledge.

Von Fintel, Kai. 1999. NPI-Licensing, Strawson-Entailment, and ontext-Dependency, *Journal of Semantics* 16.1:1-45.

Wang, William S.-Y. 1969. Competing changes as a cause of residue. *Language* 45:9-25.

Wang, William Shi-Yuan and Chin.-Chuan Cheng. 1977. Implementation of phonological change: the Shaungfeng Chinese case, *The lexicon in phonological change*, ed. by William Shi-Yuan Wang, 148-158. The Hague: Mouton.

Wischer, Ilse. 2000. Grammaticalization versus lexicalization-'methinks' there is some confusion. *Pathways of change-Grammaticaliz-ation in English*, ed. by Fischer, Olga, Anette Rosenbach, and Dieter Stein , 355-370. Amsterdam: John Benjamins.

Xu, Hui Ling. 2007. Aspect of Chaozhou Grammar: A Synchronic Description of the Jieyang Variety. *Journal of Chinese Linguitics*, monograph series 22.

Yen, Sian-Lin. 1971. On Negation with Fei in Classical Chinese, *Journal of the American Oriental Society*, 91.3:409-417.

Yen, Sian-Lin. 1986. The Origin of the Copula Shi in Chinese, *Journal of Chinese Linguistics*, 14.2:227-242.

Zwarts, Frans. 1998. Three Types of Polarity. *Plurality and Quantification*, ed. by Fritz Hamm and Erhard Hinrichs, 177-238. Dordrecht; Boston: Kluwer.

Zanuttini, Rafaella and Portner, Paul. 2000. The Characterization of Exclamative Clauses in Paduan, *Language*, 76.1: 123-132.

Zanuttini, Rafaella and Portner, Paul. 2003. Exclamative Clause: At the Syntax-Semantics Interface, *Language*, 79:39-81.

Zürcher, Erik. 1977. Late Han Vernacular Elements in the Earliest Buddhist Translations, Journal of the Chinese Language Teachers Association, 12:177-203.

附錄一

代稱	書名	年代
粹	殷契粹編	商
周易	易經	西周
五祀衛鼎	五祀衛鼎文	西周
論語	論語	春秋
左傳	左氏春秋傳	春秋
老子	道德經	春秋
秦簡	睡虎地秦墓竹簡	戰國
墨子	墨子	戰國
孟子	孟子	戰國
禮記	禮記	春秋至戰國
莊子	莊子	戰國
商君書	商君書	戰國
呂氏春秋	呂氏春秋	戰國
戰國策	戰國策	秦
史記	太史公書	西漢
漢書	前漢書	東漢
論衡	論衡	東漢
道行	道行般若波羅蜜經	東漢
十誦律	薩婆多部十誦律	後秦
出曜經	出曜經	後秦

代稱	書名	年代
無心論	無心論	南北朝
賢愚經	賢愚經	南北朝
世說	世說新語	南北朝
送別詩	送別詩	隋
畫像題詩	畫像題詩	唐
問劉十九	問劉十九	唐
變文集	敦煌變文集	唐
六祖壇經	六祖法寶壇經	唐
寒山詩	寒山詩集	唐
全唐詩	全唐詩	唐
神會語錄	神會語錄	唐
龐居士	龐居士語錄	五代
祖堂集	祖堂集	五代
朱子	朱子語類	南宋
西遊記	西遊記	明
金瓶梅	繡像金瓶梅詞話	明
嘉靖	重刊五色潮泉插科增入詩詞北曲勾欄荔鏡記戲文全集	明
萬曆	新刻增補全像鄉談荔枝記	明
順治	新刊時興泉潮雅調陳伯卿荔枝記大全	清
醒世	醒世姻緣傳	清
紅樓	紅樓夢校注	清
道光	陳伯卿新調繡像荔枝記全本	清
兒女	兒女英雄傳	清
土話字彙	廣東省土話字彙	清 （1828）

代稱	書名	年代
讀本	Chinese Chrestomathy in the Canton Dialect	清（1841）
光緒	陳伯卿新調繡像荔枝記真本	清
公報	臺灣教會公報	清至民國 (1885-1968)
酒矸	酒瓶可賣否	1988
大甲	大甲鎮閩南語故事集	1994
彰化	彰化縣閩南語故事集	1994
清水	清水鎮閩南語故事集	1996
新社	新社鄉閩南語故事集	1997
大安	大安鄉閩南語故事集	1998
外埔	外埔閩南語故事集	1998
雲林	雲林縣閩南語故事集	1999
臺南	臺南縣閩南語故事集	2001
後山	後山日先照	2002
四重奏	四重奏	2003
辭典	臺灣閩南語常用詞辭典	2011-

附錄二

受測者		全稱否定	偏稱否定
N	人	教室裡完全沒有人	教室裡沒什麼人，只有幾個學生在睡覺
N	時間	我現在都沒時間練習英文	我現在沒什麼時間練習英文，只能睡覺前聽一下
N	地方	他們已經完全沒地方去了	他們已經沒什麼地方去了，只好去公園走一走
V	去	他完全不去圖書館	他不太去圖書館，都在家裡讀書
V	運動	他平常都不運動	他平常不太運動，每天只在公園散步
V	看	他平常都不看電視	他不太看電視，很喜歡看書
Adj.	高興	小明今天好像非常不高興	小明今天好像不太高興
Adj.	高	小明長得不高	小明長得不太高，應該不到六呎
Adj.	漂亮	他長得不漂亮	他長得不太漂亮
Psy. V	知道	我覺得他好像完全不知道這件事	我覺得他好像不太知道這件事
Psy. V	認識₁	我覺得他好像完全不認識這個人	我覺得他好像不太認識這個人
Psy. V	認識₂	我跟他完全不認識	我跟他不太認識
Mod. V	會	他完全不會打球	他不太會打球
Mod. V	敢	他完全不敢喝可樂	他不太敢喝可樂，因為怕胖
Mod. V	喜歡	他完全不喜歡吃麥當勞／湯圓	他不太喜歡吃麥當勞／湯圓

附錄三

　　3.1 節曾提到，漢語曾發生「VP-Neg→VP-Q」的過程，兩式雖皆為問句，但句末否定詞卻轉作疑問助詞，此間關鍵在於決定問句屬性的 [Q] 特徵，如何在不同宿主（holder）間轉變？這背後更須先確認 [Q] 於「VP-Neg」依附的成分。對此，本文嘗試在 Jayaseelan（2001, 2008）與 Aldridge（2011）的基礎上，由「運符-變項」的觀點，同時解決上述問題，並提出更具普遍性的解釋，初步分析如下。

　　在回答以上問題前，須先確認「抑」在並列詞組（下列以正反問句為例）的地位；對此，Aldridge（2011）和梅廣（2015）曾藉反對稱（Antisymmetric）（Kayne 1994）的觀點，將其結構設立為（1），並以連結標記（connection marker）為中心語（Head）。

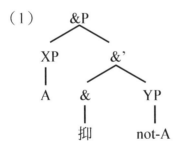

　　接下來，回頭看到上文提出的問題，這部分本文以為應能由 Jayaseelan（2001,2008）的討論獲得啟發；該文利用語言比較發現，在某些語言（如 Malayalam, Sinhala，日語和荷蘭語等）中，常見選

言標記（disjunction marker）和疑問標記（question marker）同形（homophony）的情況，事實上漢語的「抑」的情況亦然，例如：

（2）你<u>抑</u>伊其中一個綴我來吧。（選言標記）

（3）你是欲來<u>抑</u>毋來？（疑問標記）

Jayaseelan（2001,2008）將這類同形詞比照「wh-」詞視作詮釋未決的變項（Li 1992），須待句中的運符給予適當理解；Aldridge（2011）則直接於（1）的中心語「&」之下設立一個未賦值（unvalued）的 [uQ]。

此外，Aldridge（2011）認為否定詞之所以能在是非問句中擔任疑問助詞，是先移至 [&, &P]，並為此在「&」下設立一個 [uNeg]，爾後方由 [C, CP] 的運符 [Q] 加以賦值。但本文卻對[uNeg]的設立有下列疑問。

首先，[uNeg] 在各語言的普遍性未如 [uQ] 來得高，Aldridge（2011）的目的也僅是為了提升否定詞，但仍無法解釋（4）的情況，當「抑」出現時未見否定詞的移位，但全句在 [uNeg] 未獲得滿足前卻仍合法。此外，以（5）至（6）為例，由能否和其他否定詞共現來看，「毋」須在無法補出「抑」後，方為疑問助詞，否則仍為否定詞，顯示這是原本 [uQ] 失去宿主才有的變化，應和否定詞提生無關。

（4）[CP[Q][TP 你 [&P 欲來 [&抑 [毋]]]]]？

（5）你（*無）欲來<u>抑毋</u>Neg（來）？

（6）你無欲來（*抑）<u>毋</u>Q？

上述變化若搭配句（1）的並列結構來看，本文認為應是原本由

[&, &P]承載的[uQ]特徵，漂浮（floating）到位於其管制（domain）範圍的補語（complement）上，即[Neg, NegP]（原有的[Neg]已在競爭後逐漸消失），爾後同樣由[C, CP]下的運符加以解讀。以上過程或許可試將[uQ]視為一種漂浮特徵（floating feature），運作如下：

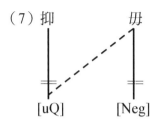

（7）抑　　　　毋

[uQ]　　　　[Neg]

這部分雖與「特徵繼承」（Feature Inheritance）（Chomsky 2005）類似，但實則不然，「特徵繼承」是為了同時滿足語段理論（phase theory）中完全解讀（full interpretation）和語段無滲透條件（phase impenetrability condition）而設，同時（7）並不符合 Richard（2007）所提原則：[uF] 應由邊緣向非邊緣移動。

程凱（2001）曾提出漢語正反問句的形成，應是在句中的「A-not-A」並列結構提生至 [C, CP] 下的 [Q] 所致；同樣地，是非問句的疑問助詞也藉由移位到相同位置而成；然而，這樣一來卻也與前人（如：Li 1992、Cheng 1991；1995 和 Tsai1994 等）認為漢語屬「疑問詞在位」（wh-in-situ）的情況相悖。

以上僅為初步分析，但已帶出值得深究的現象，未來仍須更加細緻論證，同時也希望能對相關議題有所貢獻。

後記

　　否定詞的發展早至甲骨文中便可見到使用紀錄，春秋戰國時期數量更一度達到十七個的巔峰狀態，這背後雖不能排除方言因素影響，但也反映出否定詞在秦朝「書同文，車同軌」前的活躍程度。然而，這樣的情況到了現代漢語中則大量減少，若不計合音者，代表北方系統的共同語常見者有「不」和「沒」，本文關注的臺閩語也僅有「m」、「無」和「未」。至於在功能劃分上，過往研究焦點所在的共同語，其成員間顯得涇渭分明；反之，臺閩語各否定詞間則於部份環境中出現混用，對於後一種情形，過往罕見有人討論背後的走勢與後續效應。

　　本書藉由「m」、「無」和「未」三者的混用作為開端，從第三章的探索結果發現，此間大致是以「無」為主要入侵者，其結果致使臺閩語否定詞之間發生結構調整。對此，接著想提出的問題：第一、結構本身既然是一個具有系統性的完整體，成分間必然牽一髮而動全身，那麼以上變化後續產生的效應是什麼？能否藉此更加了解語言的運作本質？第二，若將漢語視為一個更大的結構體，其發展或具有整體趨勢性，這部分能否提供臺閩語等次結構一個更宏觀的詮釋？

　　關於以上問題，本書於第四到六章中選擇透過：正反問句結構、合成完成體結構與「微量」程度結構等三個方面進行探索，希望透過微觀研究成果能回頭為宏觀理論提供更多實證外，也可利用前人對整體漢語否定詞發展的宏觀考察結果，為個別現象提供整體性詮釋。

　　本書雖是透過有限能力與資源管窺而得的觀察，但在探索過程中

很感謝能獲得厚實力量在背後支持。首先感謝來自科技部、教育部以及臺灣語文學會的經費與獎勵支持，包含：「105 年度獎勵人文與社會科學領域博士候選人撰寫博士論文獎勵金」、「106 年度教育部辦理補助人文及社會科學博士論文改寫專書計畫」以及「第四屆臺灣語文學會優秀博士論文獎」等。

　　除此之外，連金發老師於寫作過程給予的指導，以及來自曹逢甫老師、鄭縈老師、周玟慧老師、郭維茹老師與外審委員們的指正與提點，這都讓本書有機會進行更深入的探索，並降低可能因思慮不周而導致的錯誤，在此一併致謝。當然，相信本書仍有尚待改進之處，這都是我個人的疏忽，還請讀者們不吝指正，謝謝。

　　也感謝我的父母、岳父母、莉媄與維新，以及周世箴老師、連師母、呂菁菁老師、葉美利老師、劉秀雪老師、陳月秋老師、張群學長、胡佳音學姐、施朝凱、蕭景浚與蕭竹君等同學，謝謝這些家人與師友在我求學道路上給予的幫忙；最後，也感謝萬卷樓圖書股份有限公司各人員在出版過程給予的諸多協助。

蘇建唐
二〇一九年春於清華大學語言學研究所

語言文字叢書 1000012

閩南語否定結構的變遷與效應

——由正反問句、動貌系統與程度結構入手

作　　者	蘇建唐
責任編輯	楊芳綾
特約校稿	林秋芬

發 行 人	陳滿銘
總 經 理	梁錦興
總 編 輯	陳滿銘
副總編輯	張晏瑞
編 輯 所	萬卷樓圖書股份有限公司
排　　版	林曉敏
印　　刷	百通科技股份有限公司
封面設計	百通科技股份有限公司

發　　行　萬卷樓圖書股份有限公司
　　　　　臺北市羅斯福路二段 41 號 6 樓之 3
　　　　　電話 (02)23216565
　　　　　傳真 (02)23218698
　　　　　電郵 SERVICE@WANJUAN.COM.TW
香港經銷　香港聯合書刊物流有限公司
　　　　　電話 (852)21502100
　　　　　傳真 (852)23560735

ISBN　　978-986-478-280-2

2019 年 4 月初版一刷

定價：新臺幣 480 元

如何購買本書：

1. 劃撥購書，請透過以下郵政劃撥帳號：
   帳號：15624015
   戶名：萬卷樓圖書股份有限公司
2. 轉帳購書，請透過以下帳戶
   合作金庫銀行 古亭分行
   戶名：萬卷樓圖書股份有限公司
   帳號：0877717092596
3. 網路購書，請透過萬卷樓網站
   網址 WWW.WANJUAN.COM.TW

大量購書，請直接聯繫我們，將有專人為
您服務。客服：(02)23216565 分機 610

如有缺頁、破損或裝訂錯誤，請寄回更換

國家圖書館出版品預行編目資料

閩南語否定結構的變遷與效應——由正反問
句、動貌系統與程度結構入手 / 蘇建唐著. －
- 初版. -- 臺北市 ： 萬卷樓，2019.04
面 ； 公分. -- (語言文字叢書 ； 1000012)
ISBN 978-986-478-280-2(平裝)
1. 閩南語　2. 語法
　802.52326　　　　　　　　　　108003808